IVÁN DE ALDÉNURI

JUAN PÉREZ-FONCEA

IVÁN DE ALDÉNURI

EL BOSQUE DE LOS THAURROKS

TOROMÍTICO

EDICIONES TOROMÍTICO
Colección Literatura Juvenil

Primera edición: abril de 2026

Ediciones Toromítico • Colección Literatura juvenil
Director editorial: Óscar Córdoba
Revisión: Rebeca Rueda

Síguenos en @toromiticolibros
www.toromitico.com
pedidos@almuzaralibros.com info@almuzaralibros.com
Parque Logístico de Córdoba. Ctra. Palma del Río, km 4
C/8, Nave L2, nº 3, 14005, Córdoba.

Imprime: Gráficas La Paz
ISBN: 978-84-19962-51-5
Depósito Legal: CO-471-2026
Hecho e impreso en España - *Made and printed in Spain*

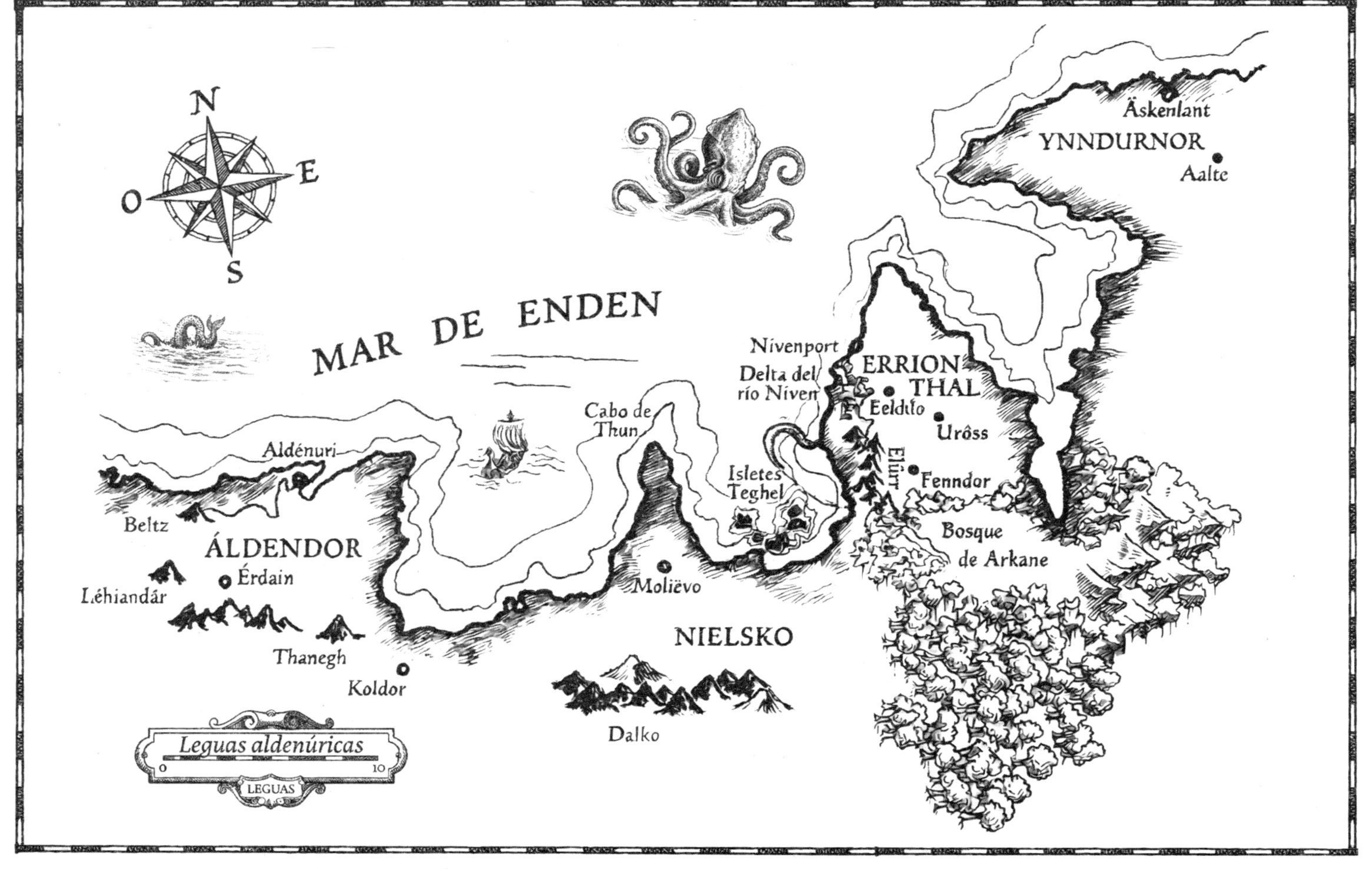
N
O
E
S
MAR DE ENDEN
Äskenlant
YNNDURNOR
Aalte
Nivenport
Delta del
río Niven
ERRION
THAL
Eeldilo
Urôss
Elûrr
Fenndor
Cabo de
Thun
Aldénuri
Isletes
Teghel
Bosque
de Arkane
Beltz
ÁLDENDOR
Érdain
Léhiandár
Moliëvo
NIELSKO
Thanegh
Koldor
Dalko
Leguas aldenúricas
0
10
LEGUAS

ÍNDICE

PREÁMBULO

Este libro constituye una historia cerrada en sí misma. Por lo tanto, se puede leer con independencia de los otros libros de la misma colección. Sin embargo, puede interesarte saber que forma parte de la *Saga de Iván de Aldénuri* (www.perezfoncea.com).

Iván de Aldénuri es un muchacho que vive en un mundo antiguo, de cierto sabor céltico, lleno de enigmas y misterios. En este mundo imaginario se desarrollarán sus aventuras: una prolongación de la sempiterna lucha entre el bien y el mal, al más puro estilo épico.

Al comienzo de este primer libro, Iván tiene doce años y, de manera inesperada, descubre que posee un don extraordinario que cambiará su vida de manera definitiva. La noticia causa un profundo asombro y turbación entre sus padres, Ferrio y Ana, y sus hermanos, Kel, Enkel, Ruth y la pequeña Magge.

El joven muchacho se verá pronto inmerso en peligrosas aventuras, que lo llevarán, muy a su pesar, a lejanas e ignoradas tierras en las que moran pueblos bárbaros y temibles fieras salvajes, desconocidas para él.

SKERRAG A LA VISTA!

1

Érase una vez, hace mucho mucho tiempo, un muchacho llamado Iván de Aldénuri. Tenía doce años y, como su nombre indica, vivía en Aldénuri, una bella aldea rodeada de prados y de colinas boscosas, salvo por el norte. Al norte se encontraba el mar abierto, conocido en Aldénuri como el mar de Enden. Muchas historias se contaban entre los viejos marinos de Aldénuri acerca del mar de Enden..., pero de eso hablaremos más tarde.

Iván era el mayor de cinco hermanos. Vivía con sus padres, Ferrio y Ana, en una casa de las afueras de Aldénuri, más o menos a mitad de camino en la subida a la colina de Illúnn. Era un chico alegre y laborioso, con muchos amigos. Su pelo liso, muy negro, contrastaba con la claridad de sus ojos, de color azul verdoso. Era delgado y quizás algo más alto que la mayoría de los chicos de su edad.

El padre de Iván, Ferrio, era el herrero del pueblo. Para el trabajo en la fragua aprovechaba la fuerza del arroyo que pasaba junto a su casa. Era una casa grande, y en ella había un establo, donde la familia de Iván guardaba sus cinco caballos y los otros animales.

La vida transcurría tranquila en Aldénuri. No había por entonces grandes sobresaltos, si exceptuamos algún invierno, un poco más riguroso de lo habitual, en que los lobos se dejaban ver por las cercanías de la aldea. Es cierto que en otros tiempos había habido incursiones desde el mar de un pueblo guerrero y enemigo: los kerren. Pero hacía ya mucho desde la última vez que atacaron Aldénuri, y casi nadie se acordaba de ellos, salvo los más ancianos, que conservaban en su memoria los hechos famosos del pasado. Algunos de ellos, cuando había oportunidad, disfrutaban contando a los pequeños (y a los no tan pequeños) los antiguos sucesos, con un modo de narrar tan vivo y emocionante que los oyentes se sentían como si hubieran vivido aquellas historias en primera persona.

Hasta el final del verano los días solían ser excelentes en la costa. El sol penetraba tamizado en haces de luz por entre las hayas y los robles en la colina de Illúnn. Los niños del pueblo jugaban en esta época dorada del año, aprovechando que los días eran largos, después de salir de la escuela de Filós, el maestro. El juego preferido de los muchachos de Aldénuri era el escondite: con un poco de imaginación, se encontraban fácilmente lugares estupendos donde se podía permanecer largo tiempo sin ser visto. Iván solía trepar a la copa de un alto roble. Conocía al dedillo la posición de cada rama, y podía subir y bajar con gran rapidez. Nadie había descubierto su escondite favorito, lo que le permitía salir cuando llevaban tiempo jugando y liberar a sus compañeros que ya hubieran sido capturados por el equipo contrario.

Fue uno de esos días de finales del verano cuando se produjo un fenómeno sorprendente, que iba a cambiar la vida de Iván...

Era aproximadamente media tarde. Se encontraba escondido en lo alto del roble que tan bien conocía. Se entretenía en seguir con la mirada el ir y venir de un grupo de hormigas cuando atrajo su atención un objeto que brillaba en una oquedad del árbol, situada algunos metros por debajo de su escondite. Bajó con cuidado y, metiendo el brazo hasta el hombro en el hueco, consiguió sacar el objeto con la punta de dos dedos. Estaba muy sucio y era frío al tacto.

Cuando ya lo tuvo en sus manos y desprendió parte de la costra de barrillo, vio que se trataba de una especie de moneda, bastante grande. También podía ser un medallón, porque tenía cerca del borde un pequeño orificio, como para colgarlo de un cordón. Lo limpió mejor y pudo distinguir las curiosas escenas grabadas en relieve sobre el metal: en el anverso se representaba un extraño animal con cuernos, erguido y en actitud de agarrar o espantar a los pájaros que aparecían en gran número a su alrededor, diminutos en comparación con él. En el reverso podía verse una especie de fortaleza o casa con almenas, de la que salía otra bandada de pájaros similar a la del anverso. Un haz de luz bajaba desde el cielo hasta la fortaleza. Contorneando las dos caras de la moneda había una inscripción en caracteres completamente desconocidos.

Iván miraba atentamente los relieves, pensando cuál podría ser el significado de esas figuras. Quedó tan absorto y fue tanta su concentración que, sin saber cómo ni por qué, se encontró de repente flotando por los aires a la misma altura que la oquedad en la que había descubierto el objeto, la cual no era mucha..., pero tampoco puede decirse que fuera poca: unos tres metros por encima del suelo. En el momento en que se dio cuenta de su situación, Iván perdió la concentración y cayó como una piedra. Por suerte, el piso era de césped y amortiguó la caída, evitando que las consecuencias fueran graves. Aun así, al incorporarse se sintió descompuesto, estaba muy impresionado. No era para menos. ¿Cuándo se ha oído decir que un chico flote por los aires? ¿Era realidad, o un sueño? ¿Tendría algo que ver con el descubrimiento de esa extraña medalla? ¿Estaría perdiendo la razón? Lejos de alegrarse, se quedó muy pensativo, tratando de decidir si debía contarlo a alguien o no.

Quería convencerse de que aquello era una broma de su imaginación, pero lo cierto es que el dolor que sentía como consecuencia de la caída era tremendamente real. Se le ocurrió una idea para salir de dudas: volvería a concentrarse como antes y así se demostraría a sí mismo que todo era un absurdo. Dicho y hecho, comenzó a abstraerse de nuevo, pensando en que quería elevarse flotando por los aires y, para su sorpresa, comenzó a ascender otra vez como un globo aerostático. Primero unos centímetros, después un metro, metro y medio, dos metros... Entonces, manteniendo siempre la concentración para no caer de golpe como antes, comenzó a pensar en perder poco a poco altura... ¡y lo consiguió!: fue descendiendo aproximadamente al mismo ritmo al que había ascendido.

Después de este experimento, no le quedó ya ningún tipo de duda y decidió comunicar tan extraña novedad a sus padres.

Ferrio era lo que se dice un hombre bueno y muy cariñoso. Pero no le gustaban las bromas de mal gusto. Sabía castigar a sus hijos cuando convenía. Conociéndolo —pensó Iván—, no parecía prudente decírselo primero a él.

Ana, como todas las madres, era más indulgente con las trastadas de sus hijos, pero también más impresionable ante cualquier incidente adverso o inesperado. Por eso, a Iván tampoco le resultaba fácil comunicar la noticia a su madre. Sin embargo, veía claro que debía hacerlo: el asunto era demasiado importante para mantenerlo en secreto.

Después de mucho cavilar, tuvo una idea: no lo diría, lo haría. En lugar de buscar la ocasión o la manera más adecuada de explicar el extraño fenómeno a sus padres, les haría una demostración de vuelo. ¡Sí! Lo tenía decidido: simplemente se elevaría por los aires durante la cena. Además, como el techo del comedor era bastante alto, la demostración contaría con un escenario de primera categoría.

No faltaba mucho para la hora de cenar, así que se dirigió poco a poco hacia su casa mientras meditaba acerca del efecto que causaría en sus padres y hermanos lo que pensaba hacer.

2

—¡Ya te tengo! —gritó una voz, al tiempo que alguien agarraba a Iván por el brazo. Había olvidado por completo que estaba jugando al escondite. De todos modos, ya no tenía ningunas ganas de seguir jugando. Estaba ansioso pensando que se acercaba el momento en que volaría por el comedor de su casa delante de toda su familia.

—¡No, ya no juego! —respondió Iván a Hure, que era quien lo tenía agarrado—. Es tarde y hay que ir a casa.

—¡Es verdad, si debe de ser por lo menos la hora décima! Nosotros también nos vamos.

Junto a Hure venía su hermana Léirenn, de once años, y su hermano Anthe, de ocho.

Uno tras otro, los chicos de Aldénuri dejaron de jugar por ese día y volvieron cada uno a su casa. Hure, Léirenn y Anthe acompañaron a Iván todo el camino, pues habían estado jugando en la cumbre de la colina de Illúnn, y ellos vivían también en la ladera de esa colina, solo que algo más abajo que la familia de Ferrio y Ana.

—Iván, ¿qué te ha pasado? Tienes el pantalón todo manchado de hierba, ¿te has caído? —preguntó Hure.

—¡Bah! No es nada, me he resbalado bajando de un roble.

—Pues, si yo vuelvo con el pantalón así, me mandan a la cama sin cenar.

—¡Anda! No lo había pensado, me parece que tendré que entrar y cambiarme antes de que me vea nadie. Hure, qué tipo más fenomenal eres —Iván palmeó la espalda a su amigo—, siempre dices cosas interesantes.

—¿Es interesante lo que he dicho? A mí me parece una tontería. Será que tienes demasiada hambre.

—Es posible. De todas formas, gracias por avisarme. Léirenn y Anthe escuchaban la conversación en silencio. Léirenn era muy reservada, más que nada por timidez. Era una chica guapa y reflexiva, y sentía gran admiración por Iván, pero este no parecía darse cuenta.

Al llegar a casa de Iván, se despidieron:

—¡Adiós!

—¡Adiós, Iván, hasta mañana! —dijo también Léirenn.

Iván, por pura distracción, ni siquiera contestó. Estaba ya pensando en cómo entrar en casa con el mayor sigilo posible. No había nadie en el zaguán, al menos a primera vista, y tampoco en los alrededores de la escalera que subía a su habitación, así que cerró la puerta sin hacer ruido y comenzó a subir de puntillas. Al llegar arriba, escuchó unos segundos en silencio y, después de cerciorarse de que no se oía a nadie por allí, empezó a recorrer la distancia de aproximadamente diez metros de pasillo hasta su cuarto.

—¡Iván! —oyó de repente a sus espaldas.

Iba tan silencioso y en tensión que dio un brinco al oír su nombre. Le volvió la calma al ver que se trataba de su hermana pequeña Magge, de cinco años. Sin embargo, al momento volvió a inquietarse: cayó en la cuenta de que, si Magge estaba ahí, su madre no andaría muy lejos. En efecto, casi no había acabado este razonamiento cuando oyó la voz de Ana desde la habitación contigua:

—¡Iván, lávate las manos, que vamos a cenar enseguida, hoy viene el tío Lánder!... ¡Y ven a darme un beso!

Se tranquilizó: si estaba el tío Lánder, no lo mandarían a la cama sin cenar, así que podía saludar a su madre sin peligro.

—¡Voy, madre!

—¡Iván! ¡Cómo te has puesto! ¿Se puede saber qué has estado haciendo?

—No es nada... Me he caído jugando al escondite.

—Anda, ve a cambiarte rápido y baja al comedor.

El hecho de que estuviera invitado el tío Lánder no cambiaba en nada los planes de Iván: el tío Lánder era uno más de la familia. Tenía ese don, propio de algunas personas, de hacerse querer por los niños; y a él, desde luego, le alegraba mucho la presencia de gente joven a su alrededor. Le rejuvenecía, solía decir.

Lánder de Érdain (este era su nombre completo) era el menor de los hermanos del padre de Ana, y el único con vida. El tío Lánder seguía viviendo en la casa de los Érdain, en el valle de Assen, a una media jornada de camino a caballo desde Aldénuri hacia el interior.

Ferrio e Iván llegaron al mismo tiempo al comedor. En cuanto estuvieron todos, Ferrio bendijo la mesa y entró Atania portando la bandeja, que aquel día contenía truchas pescadas en el mismo arroyo junto a la casa.

—¡Truchas, yupiiii…! —dijo Enkel, de once años y segundo de los hermanos, junto con su gemelo, Kel. Como a todos, le encantaban las truchas, pero en su caso el entusiasmo estaba aún más justificado, porque era él quien las había pescado. Era un consumado pescador, y disfrutaba de ver que su labor no era en balde.

—Enkel —se interesó el tío Lánder—, ¿las has pescado tú? ¡Son muy grandes!

—¡Deberíais haber visto la que se me ha escapado, era por lo menos tres veces las que veis aquí!

—¿No estarás exagerando? —intervino Ferrio, en tono de guasa—. Yo creo que no hay truchas tan grandes.

—¿Que no? —se defendió el pequeño Enkel—, mañana ya veréis…

—Estoy deseando verlo, Enkel —terció el tío Lánder—; mañana voy contigo.

—Oye, Lánder, ¿cómo se presenta el próximo otoño en Érdain? —preguntó Ferrio, cambiando de tema.

A Iván le aburrían las conversaciones acerca de las cosechas, de la benignidad del clima y de si aquí o allá habría sequía o exceso de agua, o se preveía granizo o helada. Le parecía absurdo preocuparse tanto del tiempo que iba a hacer o a dejar de hacer, cuando después, de hecho, las previsiones poco o nada tenían que ver con la realidad. Así que le pareció que ese era el momento adecuado para iniciar su vuelo por el comedor. Empezó a concentrarse, con cierto temor de que ahora no funcionara el procedimiento, pero, a los pocos segundos, aunque permanecía aún en su sitio, ya no notaba la fuerza de la gravedad que antes lo empujaba contra la silla, y un instante después empezó a elevarse con ligereza.

Ana empezó a abrir la boca para llamar la atención a su hijo por ponerse de pie en el asiento, pero volvió a cerrarla de golpe, con expresión de incredulidad, al ver que los pies no estaban sobre la silla, sino que ascendían siguiendo el resto del cuerpo, que iba ganando altura sobre la mesa del comedor y las cabezas de los comensales. Para entonces, todas las miradas se dirigían ya hacia un mismo punto: Iván. Se hizo el silencio en el comedor. Solo se oía el ruido que hacían, al caer de golpe sobre el plato, los cubiertos que uno u otro soltaba inconscientemente.

Ante las miradas atónitas, Iván, dejándose llevar un tanto por la vanidad del momento, iba ganando altura con aire solemne y acercándose a las vigas del techo, que estaban a sus buenos seis metros sobre las aparentemente petrificadas cabezas de la familia de Ferrio de Aldénuri. Fue entonces, en ese tercer vuelo de su historia, cuando se dio cuenta de que era capaz de dirigirse a derecha e izquierda, adelante y atrás, con solo pensarlo intensamente.

Todo iba muy bien hasta que su hermana Magge, fiel a lo que tan a menudo suelen hacer los niños, anunció en voz alta lo que era a todas luces evidente:

—¡Mamá, Iván está volando por el techo!

Ese inocente comentario fue la chispa que hizo saltar la tensión que Ana iba acumulando por momentos, al ver a su hijo mayor suspendido a seis metros de altura sin poder explicarse lo que estaba ocurriendo. Tras un nervioso «¡Baja de ahí ahora mismo!», se desmayó.

Iván, al ver desmayarse a su madre, se preocupó mucho. A punto estuvo de perder la concentración y caer, pero consiguió dominarse y descender sobre la silla, con la misma suavidad con la que había despegado.

—¡Atania, por favor, traiga un poco de tila! —pidió Ferrio—. ¡Ana! ¡Ana! ¡Despierta!

La pobre Ana fue volviendo en sí, todavía con cara de susto por lo que había visto.

—¡Ferrio! ¿Has visto lo mismo que yo?

—Ana, tranquilízate —intervino el tío Lánder con voz cariñosa y firme a la vez—. Aunque te parezca extraño, sé perfectamente lo que está pasando, y creo que Ferrio también.

—¿Ferrio también? ¿Estás seguro de lo que dices?

—Sí, lo estoy. Y, además, te diré que, o mucho me equivoco, o esto tiene que ver con las investigaciones físicas de mi hermano Unke, es decir, tu querido padre.

—¿Cómo...? ¿Qué quieres decir exactamente?

—Anda, Ana, tómate esto —le acercó el cuenco humeante que la eficaz Atania había llevado ya—, te sentará bien. No te preocupes ahora de lo que has visto, hablaremos de todo eso después... ¿Te encuentras mejor?

—Creo que sí. Tenéis que perdonarme... —murmuró un poco avergonzada, y añadió, sonriendo débilmente—: no estoy acostumbrada a ver a mis hijos flotando por los aires.

—¡A mí me parece alucinante! —intervino decidido Enkel, que no había abierto la boca desde los comentarios suscitados a raíz de la llegada de las truchas.

—¡Y a mí! —añadieron casi al unísono Kel, Magge y Ruth. Ruth, de siete años, era la que seguía en edad a los gemelos.

—Iván, ¿cómo has aprendido a hacer eso? ¿Te ha costado mucho tiempo? —inquirió Ferrio, mirando a su hijo con grave atención.

—No, padre, hoy ha sido la primera vez... Me ha ocurrido sin que yo hiciera nada, por pura casualidad: he encontrado una medalla, me he concentrado fijándome en cómo era y...

—Y has comenzado a flotar como ahora, ¿no?

—Sí, tío Lánder.

—¿Puedo ver esa medalla?

—Sí, claro, la tengo en el bolsillo…

—¡Vaya! —exclamó el tío Lánder impresionado—. ¡Se trata de una medalla de origen thálico, del período medio…!

—¿De origen quééé…? —preguntaron Kel y Enkel.

—Es una medalla antigua cuyos orígenes se remontan a los tiempos de la fundación de nuestra aldea —les explicó el tío Lánder devolviéndosela a Iván—. Dime, Iván, ¿te ha visto volar alguien, aparte de nosotros?

—No, tío Lánder, no me ha visto nadie. Sois los primeros.

—Así debe ser: los vuelos inaugurales se deben hacer en familia… —añadió Ferrio, ahora ya relajado, en un alegre tono de broma—, pero creo que lo mejor será que demos cuenta de las truchas de Enkel, que se van a enfriar. Tiempo habrá de seguir comentando esos vuelos…

Las truchas no llegaron a enfriarse. Mientras comían, con apetito redoblado, la conversación en torno a la nueva capacidad de Iván, lejos de apagarse, fue ganando en emoción, sobre todo, claro está, por parte de los más pequeños. A los postres, Ana no daba ya la menor muestra del anterior nerviosismo, y los hermanos de Iván estaban más que moderadamente entusiasmados. Hasta tal punto que Enkel y Kel comenzaron a proponer:

—¡Vamos al jardín y que Iván haga una demostración de vuelo!

—¡Eso, eso!, ¡una demostración! —respondían a coro el resto de los niños y el tío Lánder, que disfrutaba una enormidad uniéndose como uno más al alboroto de los pequeños.

3

En aquella época del año todavía era de día a esas horas, así que Ferrio y Ana acabaron cediendo y salieron todos al jardín. El tío Lánder llevaba la voz cantante, y los niños coreaban lo que él decía:

—¡A los abetos, a ver si llega a lo alto de los abetos!

—¿Estáis seguros de que no es peligroso? —preguntaba en voz baja Ana, incapaz de librarse de cierta preocupación.

—No te apures, Ana. Ya lo has visto en el comedor. No existe el menor peligro —respondió Lánder en el mismo tono, con gran calma, como quien sabe bien lo que se trae entre manos—. Y, de todos modos, conviene que observemos bien lo que hace Iván, para saber a qué atenernos en el futuro.

—¡¡A los abetos!! ¡¡A los abetos!! —seguían coreando bulliciosamente los niños.

Se referían a tres majestuosos abetos que había delante de la casa, hacia el lado izquierdo. Sin hacerse rogar, Iván comenzó a concentrarse y a elevarse con suavidad hacia la copa del más alto de ellos. Al llegar a esa altura, como el súbito aumento de protagonismo en la familia lo había llenado de arrojo, quiso superarse a sí mismo intentando sobrepasar la cota de los árboles:

—¡Ya he pasado los abetos! ¡Y desde aquí veo el mar! —gritó entusiasmado—. ¡Vienen nubes desde el horizonte! ¡Y...!

Se le cortó la voz de repente, como si se hubiera atragantado. Desde la casa vecina, un hombre lo estaba observando con mirada sombría. Se trataba de Hugo Gorkhol.

Hugo Gorkhol no había nacido en Aldénuri. Había llegado desde el mar hacía unos veinte años, pero todavía tenía dificultades para expresarse en la lengua de Aldénuri, el aldenórico. Hablaba —las pocas veces que podía oírsele— con un marcado acento extranjero. Algunos decían que era de origen kerrénico, pero nadie lo sabía a ciencia cierta. Cuando llegó para instalarse en la aldea, junto a las herramientas y ropas que transportaba en un gran fardo, traía también algunas armas poco habituales en la región —entre ellas, un casco rematado por dos enormes astas de toro—, que habían llamado la atención y contribuido a fomentar su fama de tipo extraño e inquietante.

La sospecha sobre sus orígenes kerrénicos, su aspecto ominoso —acentuado por la incierta amenaza de aquellas armas extranjeras, que siempre se acababan mencionando cuando se hablaba de Gorkhol en los corrillos— y la convicción de que había sido el protagonista de algunos asuntos turbios que nunca llegaron a esclarecerse habían creado un ambiente de desconfianza hacia él en la aldea. Hasta llegó a haber, tiempo atrás, un intento formal de expulsar a Gorkhol de Aldénuri. Ferrio intervino en aquella Asamblea —no porque tuviera más razones que los otros para fiarse de él, sino porque le parecía injusto desterrar a alguien solo por habladurías— y consiguió que le permitieran quedarse en la parcela contigua a su casa.

A partir de entonces, Hugo Gorkhol nunca volvió a relacionarse con nadie de la aldea, y tampoco con Ferrio. Nunca llegó a agradecerle lo que había hecho por él. Incluso se diría que desde aquel momento le profesaba una especial antipatía.

Nadie podía decir por qué medio se ganaba la vida Gorkhol. Se le veía ausentarse por largas temporadas, pero no se sabía a qué obedecían esos frecuentes viajes. Durante uno de ellos se había casado con una mujer extranjera, que regresó con él. Se llamaba Elgga. Tampoco ella salía de casa, por lo que su modo de ser era todo un enigma en Aldénuri. Ana había intentado dispensarle una acogida amistosa cuando llegó, pero Elgga la había despedido de su casa con malos modos. Los hijos de Gorkhol no iban a la escuela y tampoco participaban en los juegos con los demás muchachos de Aldénuri.

Así pues, los Gorkhol constituían un misterio y una especie de mundo aislado en medio de Aldénuri.

No es de extrañar, por eso, que, al cruzar su mirada con la de Hugo Gorkhol, Iván recibiera una desagradable impresión, en contraste con el ambiente festivo que lo envolvía. La frialdad heladora de aquellos ojos le afectó tanto que le cortó el resuello.

Ana, que, a pesar de las palabras tranquilizadoras de Lánder, no las tenía todas consigo, lo notó en el acto.

—¡Iván! ¿Te pasa algo?

—¡No es nada, madre! ¡Ya bajo!

—¿Por qué has puesto esa cara?

Iván, sintiéndose todavía observado por Gorkhol, enrojeció, sin responder. Cuando estuvo algo más abajo, a cubierto de la mirada indiscreta del vecino, confesó, casi en un susurro:

—¡He visto a Gorkhol!

—¿Gorkhol? ¿Cuál de ellos? —preguntó Ferrio.

—Al padre.

—¿Te ha dicho algo?

—No, pero me ha asustado su mirada…

—¡Vamos, Iván! ¡No me digas ahora que te asustan los vecinos mirones! —intervino el tío Lánder, restando importancia al asunto.

Pero la verdad es que el incidente, aunque pueda parecer pueril, había reavivado tanto en él como en Ferrio y Ana la sensación de inquietud que el extraño vecino les provocaba…

4

Ghulden Fenndordun tenía entonces treinta y cinco años. Era alto y corpulento. Tenía el pelo de color castaño claro que en la barba adquiría tonos rojizos. Los ojos, de mirada penetrante, eran grises. La voz, tan grave que parecía brotar de lo hondo de un pozo, impresionaba un tanto a quien no lo conocía. Era, sin embargo, una persona alegre, con fino sentido del humor, a pesar de que había debido sobreponerse a duros reveses en la vida. Al año de casarse, había perdido a su esposa, Irian, que le dejó un niño varón recién nacido, que ahora tenía doce años. Su nombre era Astuur, y había heredado de su madre el pelo rubio. Por lo demás, salvando la ausencia de barba, era una réplica en pequeño de su padre.

Ghulden había puesto especial empeño en que su hijo no creciese aislado del mundo, y por eso hacían frecuentes visitas a las cercanas aldeas de Eekklo y Urôss. Tenía proyectado enviarlo allá más adelante por una temporada, para que acudiese a la escuela con los demás muchachos de su edad.

Astuur era inteligente y despierto. Se interesaba mucho por la naturaleza, de la que extraía lecciones de esa sabiduría que las personas que viven en las ciudades raramente poseen. También había aprendido de su padre la afición por la lectura. En los sótanos de la casa-fortaleza en la que vivían contaban con una enorme biblioteca que, durante siglos y hasta poco antes, había sido el principal centro de recopilación de la historia del Errion-Thal.

Esta casa-fortaleza o casa-torre se hallaba en la península del Errion-Thal, en la parte de las tierras altas del sur, que recibían el nombre de Alto Errion-Thal. El antiguo caserón pertenecía a la familia de Ghulden desde tiempo inmemorial; se llamaba Fenndor («casa fuerte» en el antiguo dialecto de la tierra alta), y de ahí tomaba el nombre su estirpe (Fenndordun: de la casa de

Fenndor). El edificio había sido construido en el período de las guerras contra los siniestros habitantes del bosque de Arkane, situado a menos de media milla hacia el sur. Toda la construcción descansaba sobre recios muros de piedra. En la zona alta mostraba un aspecto más pintoresco y amable gracias a las vigas y postes de madera vista.

La parte más sólida del conjunto la componía sin duda la torre, situada en el lado sur, defendiendo el flanco expuesto al bosque de Arkane. Era también la más antigua. Algunos opinaban que databa probablemente de los años anteriores al primer Arkanwerr o guerra de Arkane, pero era difícil saberlo con exactitud.

Arkane era un bosque espesísimo, en el que predominaba una especie de abeto de hoja muy oscura, aunque se intercalaban también aquí y allá árboles de hoja caduca: abedules, fresnos y robles, entre otros. Antiguamente había sido escenario de sucesos tremendos de la historia del Errion-Thal y por eso no era un paraje grato para los lugareños, que evitaban internarse en él si no era necesario. Desde entonces no había noticias de que hubiera vuelto a ocurrir allí nada fuera de lo normal. Sin embargo, en las últimas semanas, y cada vez con mayor frecuencia, se venían oyendo inquietantes ruidos nocturnos que llegaban hasta la casa. Ghulden atribuía los sonidos a las criaturas del bosque, aunque desconocía el motivo que los originaba.

Padre e hijo habían deliberado bastante sobre qué debían hacer ante la creciente sensación de inseguridad. Por un lado, nada les retenía en la casa. Podían trasladarse sin mayor dificultad a la cercana aldea de Eekklo o a la de Urôss, donde Astuur recibiría una educación más adecuada.

Por otro lado, era su casa y la de sus padres, y la de los padres de sus padres... No parecía razonable abandonarla así, sin intentar averiguar siquiera hasta qué punto era real el peligro, qué criaturas eran las que merodeaban de noche por las cercanías y cuál era el motivo por el que habían comenzado a hacerlo precisamente entonces. También se planteaban si sería sensato salir de casa por la noche a investigar. Quizás fuera más prudente bajar a Eekklo a pedir ayuda.

Todo esto ocurría en ese mismo final de verano en el que Iván había empezado a volar.

Un día, a media tarde, Astuur se encontraba trabajando en un campo cercano. Ghulden estaba en la casa Fenndor.

Ambos comenzaron a oír un ruido insólito que les sobresaltó, un sonido entre humano y animal. Era como si alguien riera y llorara a la vez: como una risa triste o un llanto sarcástico. Quizás no fuera sino la voz de algún ave.

¿Una especie de lechuza? Ghulden resolvió salir para llamar a Astuur y tratar de averiguar, de paso, qué era aquello. En el momento en que cruzó el umbral de la puerta, cesó todo sonido. No solo el extraño lamento, sino todo, absolutamente todo signo de vida.

Miró en derredor y no vio ni oyó nada raro, salvo aquella calma tan absoluta. Una quietud tensa, como la de un muelle que ha acabado de comprimirse y está a punto de saltar.

Inesperadamente, salió de la espesura del bosque una manada de lobos. Corrían sin ruido y tan rápido como eran capaces, pero no perseguían a ninguna presa: se diría más bien que huían de alguien o de algo... Ni siquiera la presencia de los dos hombres atrajo su atención. Continuaron su alocada carrera, alejándose en dirección a las montañas de Elúrr.

Volvió a oírse entonces el estremecedor sonido, y esta vez Ghulden tuvo la certeza de que era el aullido de alguna criatura desconocida para él. En cuanto cesó, volvió aquel silencio nada natural. Ghulden, después de ver que su hijo ya se acercaba corriendo, intentó volverse hacia la casa-torre, pero no pudo. Estaba como paralizado por el miedo a algo desconocido y aterrador al mismo tiempo. Con extraordinario esfuerzo consiguió mover una pierna, agarrotada como una piedra, después la otra... Le pareció que tardaba una eternidad, aunque en realidad no fueron más que unos instantes, en recorrer los pocos metros que se había alejado de la puerta. Allí lo alcanzó Astuur, jadeante por la carrera.

—¡Padre! ¿Has oído eso? ¡He visto una manada de lobos que ha salido huyendo del bosque hacia las Elúrr!

—¡Sí, lo sé! ¡Vamos adentro!

Una vez en casa, trataron de serenarse. Se armaron de sendas ballestas, que se colgaron del cuello, y Ghulden tomó además un hacha. Deprisa y en silencio, fueron haciendo los preparativos para refugiarse en la torre.

La torre era en sí misma una fortaleza, preparada para resistir largos asedios. Contaba con aspilleras desde donde asaetear al enemigo, así como con aberturas mayores que permitían obsequiar con inesperados presentes, como aceite hirviendo y otras sorpresas de no menor efecto, a las visitas no deseadas. Allí se prepararon los dos para afrontar lo que pudiera suceder. Acumularon abundantes provisiones y llevaron consigo a sus dos mastines, Akur y Akkoh, que no habrían hecho mal papel si se las hubieran tenido que ver con la manada de lobos que acababan de contemplar en plena huida. Cuando acabaron de instalarse, seguía sin escucharse nada…, absolutamente nada, ni siquiera la ligera brisa de la tarde. Aquel silencio era enervante en extremo. Los dos perros gruñían muy juntos, en posición defensiva. No era un gruñido amenazador, sino más bien temeroso, como si intuyeran un peligro mayor del que se sentían capaces de arrostrar…

Transcurrieron con suma lentitud dos horas, tres quizás. Se dejaba sentir esa pesadez de la atmósfera que precede a una tormenta que no acaba de desencadenarse; esa misma inmovilidad pegajosa. El sol estaba ya muy bajo, cercano al horizonte. Ghulden y Astuur no eran cobardes, pero algo les decía que obrarían prudentemente si pasaban la noche en la torre: había un catre en cada una de las garitas, y, si bien aquello no sería tan confortable como sus dormitorios, entendían que valía la pena pasar un poco de frío e incomodidad, a cambio de una seguridad de la que carecerían en la casa. Después de comprobar otra vez que la estrecha puerta de acceso a la torre quedaba sólidamente asegurada con las trancas de madera de roble, se dispusieron a cenar algo antes de intentar conciliar el sueño en aquellas circunstancias…

5

En Aldénuri amaneció un nuevo día. Ferrio y Ana habían decidido que, al menos por un tiempo, Iván no debía volar por fuera de la finca a fin de evitar que lo viera casualmente alguien de la aldea, con el consiguiente escándalo. Dentro de la finca, volaría solo cuando no hubiera gente ajena a la familia y siempre por la parte más alejada de la casa de Hugo Gorkhol, de modo que no hubiera más encuentros desagradables con el vecino.

Mientras los niños jugaban en el jardín, Ferrio, Ana y el tío Lánder conversaban dentro de la casa. Había llegado por fin el momento de la explicación prometida, y Lánder les estaba hablando del difunto Unke, su hermano mayor y padre de Ana. Había sido un físico muy sabio, tanto que su fama había llegado más allá de las fronteras del Áldendor, como se denominaba el territorio al que pertenecía Aldénuri. Venían desde muy lejos otros hombres de ciencia para consultarle y cambiar impresiones con él.

—No sé si recordarás que tu padre estudió durante muchos años la caída de los cuerpos. Sostenía que quien conociera bien su causa podría volar como los pájaros. Pues bien, como fruto de esos estudios, llegó a destilar una sustancia que estaba convencido de que, ingerida en dosis adecuadas, podía anular y restablecer a voluntad la pesadez de una persona, que es precisamente lo que la mantiene pegada al suelo.

»Ahora bien, Unke nunca se atrevió a probar esa sustancia con nadie, por miedo a que, si alguno de sus cálculos no era del todo exacto, pudiera resultar mortal o al menos perjudicial para quien la bebiera. Así que se murió sin saber si funcionaba o no.

—¡Un momento, un momento! —lo interrumpió Ana, algo agitada—. ¿Estás insinuando que Iván puede haber tomado esa sustancia?

—Exacto. No lo insinúo, lo afirmo.

—¿Pero, entonces, esa medalla? ¿No tiene nada que ver con todo esto?

—¿Te refieres a la medalla thálica? No, no, en absoluto. Estoy seguro de que ha sido una mera casualidad... Eso sí, es probable que el hecho de concentrarse profundamente en estudiarla fuese lo que hizo posible que Iván levantara el vuelo. Verás..., hace ocho o nueve años, cuando se agravó la enfermedad de la que acabó muriendo, tu padre me explicó todo lo que os acabo de contar y, dándome la llave de su laboratorio, me encargó que destruyera tanto la sustancia como su fórmula, para evitar posibles males cuando él ya no estuviera. Esa misma tarde fui al laboratorio, localicé en una estantería el frasco que me había descrito y lo dejé en el suelo mientras buscaba las notas de la fórmula. Pero me encontré con varios cartapacios atestados de papeles y no sabía exactamente cuáles había que quemar, así que decidí llevarlos todos a mi habitación para clasificarlos más tarde con tranquilidad. Como pensaba volver enseguida, no tuve la precaución de cerrar la puerta con llave... El hecho es que Iván, que andaba jugando por la casa, aprovechó esa breve ausencia para colarse en el laboratorio y, al regresar un minuto después, me lo encontré bebiendo de aquel frasco, que era el único a su alcance.

—¡Dios mío! —exclamó Ana, sin poder contenerse—, ¡mi hijo! Y yo sin saber nada...

—Al verlo me asusté mucho —Lánder se encogió de hombros, como pidiendo excusas—, pero preferí no decirte nada, sabiendo lo afectada que estabas por el agravamiento de tu padre. Se lo expliqué a Ferrio, que estuvo de acuerdo en no preocuparte sin necesidad hasta ver si le sucedía algo al niño. Decidió llevar al chico a casa de Ath, el médico, que lo observó durante el tiempo necesario y, al comprobar que nada extraño le ocurría, concluyó que todo era una falsa alarma. Y aquella travesura no ha tenido ninguna consecuencia hasta hoy, día en que sabemos que los estudios de tu padre estaban en lo cierto…

—¡Es asombroso! ¿Y destruiste la fórmula y aquella sustancia?

—Sí… y no. —Sonrió Lánder, guiñando un ojo con aire pícaro.

—¿Qué quieres decir?

—Pues, verás, rompí el frasco y eché la sustancia al río; pero, cuando iba a destruir los papeles, recapacité y decidí guardarlos, pues ningún mal podían causar unas anotaciones que no significarían nada para quien no estuviera en antecedentes.

—¿Así que tienes una fórmula para poder volar? —preguntó Ana, cada vez más asombrada de lo que oía.

—No. No la tengo —respondió el tío Lánder.

—¡Vaya! Ahora sí que no entiendo nada…

—Verás…, me pareció preferible, por si acaso, que aquellos papeles estuvieran lejos del laboratorio de Unke, para que nadie que no estuviera al tanto pudiera relacionarlos con su trabajo, si los encontraba. Por eso se los di a tu marido para que los guardara en casa. Supongo que los tienes, ¿no, Ferrio?

—Pues el caso es que…, veréis —casi tartamudeó Ferrio—, sé que los guardé, pero hace ya tantos años de esto que ahora no recuerdo dónde los puse exactamente… No había vuelto a pensar en esos papeles desde aquel día.

—¡Pero Ferrio! —La cara de decepción de Lánder era todo un poema—. ¡Tienen que aparecer! Ahora sabemos que la fórmula es buena. No daña a la salud y funciona.

—Tienen que estar en casa, seguro… Ya veréis como, cuando menos lo piense, me acordaré de dónde los puse…

Ferrio se sentía confundido. Recordaba, efectivamente, que por entonces Lánder le había pedido que guardara en casa algunos papeles con notas de laboratorio de Unke, pero no prestó mucha atención. ¿Cómo iba a pensar que pudieran servir nunca para nada, una vez desaparecido su difunto suegro? Ahora comprendía que había obrado con negligencia. Pero sabía por experiencia que hubiera sido contraproducente iniciar una búsqueda frenética o intentar acordarse a toda costa: solo conseguiría bloquear aún más el recuerdo. Se propuso hacer memoria con calma, convencido de que, tarde o temprano, acabaría volviéndole a la mente lo que había hecho con aquellos papeles.

Transcurrieron algunos días sin especiales acontecimientos. Los niños pasaban mucho tiempo en el jardín jugando con el tío Lánder y contemplando los progresos que hacía Iván en sus vuelos. Ana, más calmada, incluso le había proporcionado a Iván una bella cadena de plata con la que se había colgado, muy contento, la antigua medalla thálica al cuello. De todas formas, ella y Ferrio habían explicado a los niños que, por el momento, era mejor no contar a nadie que Iván podía volar. «¡Pero a nadie, ¿eh?!».

Todos prometieron muy serios guardar el secreto, y lo estaban cumpliendo. Bueno, la verdad es que la pequeña Magge se lo dijo un día a una mujer de la aldea que la saludó al pasar delante de la casa: «¡Mi hermano Iván sabe volar!». Los gemelos se quedaron helados al oírla, pero la mujer soltó una carcajada, divertidísima con la ocurrencia de la niña, y siguió su camino.

Si hubieran sabido que su padre quizás podría recuperar los papeles que explicaban cómo elaborar la sustancia que les permitiría volar... Pero no lo sabían. Así que tampoco se hacían ilusiones, y no dejaban de asombrarse al ver a su hermano ir de acá para allá por los aires, aprendiendo a dominar cada vez mejor su nueva facultad.

Iván ascendía bastante alto, aunque nunca tanto que pudiese ser visto desde la finca vecina. Un solo cruce de miradas con

Hugo Gorkhol había sido bastante para él. No quería por nada del mundo que volviera a ocurrir si podía evitarlo. De todos modos, llegaba hasta una altura suficiente para poder contemplar sin obstáculos el mar de Enden, que solo se entreveía desde el piso superior de la casa, porque no distaba mucho en línea recta desde la colina de Illúnn.

Un día soleado y claro, en uno de aquellos vuelos de aprendizaje, mientras contemplaba extasiado la línea del horizonte nítidamente dibujada sobre el océano, Iván vio aparecer en la lejanía una silueta borrosa. Supuso que sería alguna embarcación, y se quedó un buen rato inmóvil en el aire, contemplando fascinado cómo la silueta se iba haciendo más definida a medida que se aproximaba, hasta permitirle percibir unos minutos después que no era una, sino muchas naves, que navegaban muy juntas, con las velas desplegadas.

Cuando alcanzó a distinguir más claramente las características peculiares de aquellas naves, lo primero que pensó fue que nunca había visto esa clase de aparejo en ningún barco, pero, mientras lo pensaba, cayó súbitamente en la cuenta de algo que le asustó aún más que la mirada de Gorkhol.

Iván había nacido muchos años después de la última invasión de los kerren, pero los relatos de los ancianos de la aldea le habían impresionado muchísimo desde pequeño. Tenía vívidamente impresos en la imaginación los minuciosos detalles con que había oído describir tantas veces a aquellos hombres feroces, sus ropas, sus armas, sus temibles naves de guerra. Y, como cualquier chico de Aldénuri, podía repetir casi de memoria las palabras que solían poner fin a las narraciones del viejo Kórdúinn, como una moraleja. Aquel veterano de dos guerras kerrénicas, blandiendo su huesudo índice, decía a los niños, que lo miraban con ojos como platos: «No lo olvidéis nunca, chicos: ¡los remos! ¡Esos remos son la primera señal! En cuanto se ven, no hay que pensar más que en dar la alarma, porque con ellos vienen la guerra y la muerte!».

La distancia no permitía distinguir aún las banderas de guerra y las amenazantes figuras de dragones marinos talladas en los mascarones de proa, pero el movimiento acompasado de aquellos remos, como enormes patas de un insecto desconocido, no dejaba lugar a dudas: lo que estaba viendo era una flotilla de skerrags, las inconfundibles embarcaciones de guerra de los kerren, que se aproximaban desde el horizonte.

Cuando consiguió recuperar más o menos el habla, gritó entrecortadamente:

—¡Los kerren! ¡Padre, son los kerren! ¡Puedo ver sus remos desde aquí! ¡Son al menos cincuenta skerrags!

La ansiedad de su voz era bien elocuente. Cualquiera, al oírlo, habría comprendido que no estaba bromeando, que una amenaza terriblemente cierta se cernía sobre toda la población de Aldénuri. Hacía al menos medio siglo que los kerren no habían sido avistados desde aquellas costas. Algunos jóvenes hasta habían comenzado a considerarlos personajes de leyenda. Pero ahora estaban ahí, absolutamente reales..., y se acercaban por momentos.

—¡Hijo, baja deprisa! ¡Todos a casa! ¡Mi espada, Ana! ¡Atania, trae el cuerno de guerra, corre!

Instantes después, Ferrio hacía sonar el cuerno de guerra. Su sonido, inconfundible, se expandió inundando todo el valle. Pronto se llenó el aire con las respuestas de todos aquellos áldenors (así se llamaban los habitantes del Áldendor) que lo habían oído. Cada respuesta servía para confirmar la recepción del mensaje y para retransmitir la señal de valle en valle, de modo que toda la región se pudiera preparar en breves minutos para el ataque que se avecinaba.

Los pájaros callaron, como adivinando la inminente tragedia. Ahora tan solo se oían cuernos de guerra que sonaban desde todas las direcciones y se respondían como un eco infinito. Era un sonido en verdad emocionante.

Ferrio ordenó a toda la familia encerrarse en casa, cegar las puertas y ventanas con tablones, y esconderse en la bodega bajo la custodia del tío Lánder, el cual, si bien era ya entrado en años, había sido un significado guerrero en los tiempos de hierro del Ordelkhan: en esa época fue a luchar, como tantos otros de su generación, a las tierras de Errest para frenar el paso de los Hombres del Este, cuando avanzaron amenazantes hacia Occidente y llegaron a poner en peligro hasta la misma ciudad de Oësterwein.

Sin muchas ceremonias, acuciado por la urgencia de presentarse cuanto antes en la plaza central de Aldénuri, se despidió, montó su caballo más veloz y bajó al galope hacia la aldea.

Continuó haciendo sonar el cuerno de guerra con fuerza mientras galopaba colina abajo. Otros hombres se le fueron uniendo por el camino, sin detenerse ni siquiera a preguntar el motivo de la señal. Todos cabalgaban a galope tendido, ansiosos de conocer las malas noticias que sin duda recibirían al llegar a la parte baja.

Cuando llegaron, Helder, que era quien ocupaba el cargo de thaine, máxima autoridad en la aldea, intentaba calmar a los hombres congregados, mientras aguardaban las explicaciones de quien hubiera dado la alarma. Ferrio tomó la palabra:

—¡Helder! ¡He sido yo quien ha lanzado la primera señal! ¡Los kerren están a la vista desde mi casa! —Un murmullo de inquietud se extendió por la Asamblea, a la que seguían incorporándose jinetes sudorosos—. ¡Podrían desembarcar y atacarnos al anochecer! ¡Debemos estar preparados!

—¿Los kerren? ¡Dios mío! Malas son en verdad esas noticias, Ferrio... ¿Estimas que, a la distancia a la que se encuentran, habrán podido oír nuestras señales?

—Es improbable. El viento sopla desde el mar y están aún muy lejos...

—¡Muy bien: entonces todavía estamos a tiempo de sorprenderles!

Animado de una energía desusada, Helder empezó a dar órdenes de inmediato:

—¡Id a la fortaleza y armaos, rápido! ¡Coged todos ballestas! ¡Nos reagruparemos en el Kéldoráin!

El Kéldoráin era un pequeño desfiladero entre dos altas peñas, por el que se accedía a Aldénuri desde el mar. Entre las peñas discurría un río navegable para quienes tuvieran el arrojo y pericia suficientes para sortear los escollos de la ensenada. Paralelo a su ribera se había abierto un camino apto para carruajes y caballerías.

La atmósfera reinante entre los guerreros áldenors, a pesar de la ventaja que suponía la posibilidad de hacer caer al enemigo en una emboscada, era de pesadumbre y temor. Llevaban muchos años viviendo en paz, y la mayor parte de ellos habían llegado a pensar que ya nunca tendrían que luchar por sus vidas, sus familias y sus hogares en un combate como el que se avecinaba, cuyas consecuencias nadie podía prever.

Los kerren eran un pueblo esencialmente guerrero: no eran amantes de la agricultura ni de la ganadería. A pesar de ser gente de mar, desdeñaban las tareas de pesca, excepto en circunstancias de gran necesidad. Vivían del pillaje y acostumbraban a llevarse rehenes de las aldeas que saqueaban, con objeto de pedir cuantiosos rescates por ellos.

Mientras se armaban apresuradamente en la fortaleza, los áldenors ignoraban todavía que los kerren habían destacado un skerrag más ligero para que precediese al grueso de la flota, y que cuatro guerreros a bordo de esa pequeña embarcación hacía ya un buen rato que habían desembarcado en la playa y ascendían por la ladera de Illúnn para explorar el terreno antes de la invasión.

—¡Hredth! ¡Arvreid finn olmënkarr! —oyó el tío Lánder en las proximidades de la casa, al tiempo de cegar la última ventana. Con la velocidad del rayo, concluyó la operación y se reunió con todos en la bodega. Allí estaban ya los niños, Ana y la servidumbre, aterrorizados.

—¡Mamá! ¿Dónde está papá? —preguntó Magge entre sollozos. La niña no sabía muy bien lo que ocurría, pero percibía el peligro en el ambiente.

—Enseguida viene, Magge —le habló dulcemente Ana, procurando que su voz sonara animada—. Ha tenido que ir a la aldea un momento, no te preocupes y duérmete.

—¡Madre, tengo miedo! ¿Por qué no subimos? ¡Aquí hace frío! —esta vez era Ruth, que, aunque hacía esfuerzos por no llorar, tenía dos lagrimones ya a punto de rodar por las mejillas.

—¡Ssshhh! ¡Niños, silencio! —susurró el tío Lánder en un tono severo que jamás le habían oído Iván y sus hermanos—. Sed buenos y no habléis, ¡hay que dormir! —añadió más blandamente, para mitigar la dura impresión que les había causado.

Los niños, obedeciendo al tío Lánder, no hablaban, pero tampoco dormían. De vez en cuando se escapaba un sollozo aquí o allá. Y lo cierto es que no eran solo de los niños, sino también de Atania y de la propia Ana...

La tensión en la bodega era grande. Los mayores aguzaban los sentidos, atentos a captar la menor señal de movimiento en los pisos de arriba. Los de oído más sensible alcanzaban a oír débilmente los golpes que daban los kerren en puertas y ventanas, buscando un punto por donde entrar.

Iván, que los había oído, se agitaba con una inquietud creciente, como si una voz interior le dijera, cada vez con mayor insistencia, que, si podía volar, era para algo..., quizás para aprovechar esa ventaja en situaciones como esta...

¡Sí, claro! —pensaba—, pero ¿cómo? ¿Qué podía hacer él desde la bodega? Entonces se le ocurrió algo. Se deslizaría por el hueco de ventilación que comunicaba la bodega con la cocina y desde ahí saldría por la chimenea, para intentar atraer a los kerren y alejarlos de la casa.

Sin llamar la atención, al amparo de la casi total oscuridad de la bodega, se deslizó a tientas hacia el orificio de ventilación, por el que cabía con cierta holgura. Esa holgura le permitió ascender flotando, lo cual tenía la ventaja adicional de no producir ni el más leve ruido. Al llegar a la cocina, vio que los kerren estaban a punto de echar la puerta abajo. Quizás pudiera aguantar algunos golpes todavía, pero no muchos. No le quedaba tiempo ni para pensar en el miedo que sentía. Iván corrió hacia la chimenea, se colocó debajo y flotó nuevamente hacia la salida. Al llegar arriba, todavía había luz natural, que le cegó un poco. Sin perder tiempo, voló hasta la esquina contigua a la puerta con la que forcejeaban los kerren y gritó con todas sus fuerzas:

—¡Fuera de ahí, sinvergüenzas! ¡Marchaos por donde habéis venido!

Acto seguido, otra vez a cubierto tras la esquina, ascendió hasta quedar oculto por el alero del tejado.

Los kerren dejaron de golpear la puerta y se dirigieron hacia donde había sonado el grito. No vieron a nadie. Iván descendió por el lado contrario de la casa y gritó de nuevo:

—¿¡Qué hacéis todavía aquí!? ¿¡Es que no entendéis el aldenórico!? ¡Os he dicho que os larguéis!

Evidentemente, los kerren no entendían el aldenórico, pero sí comprendían perfectamente que quien les gritaba andaba por allí cerca, y estaban dispuestos a encontrarlo.

Entonces, en el momento más inoportuno, ocurrió el accidente. Iván, cada vez más seguro de sí mismo y bastante alterado por la excitación del momento, no reparó en una viga que sobresalía del tejado. Al pasar junto a ella, se golpeó en la cabeza con la fuerza suficiente para perder la concentración, exactamente igual que le había ocurrido en su primer vuelo al tomar conciencia de que estaba flotando en el aire. Y, también como entonces —aunque esta vez desde una altura bastante mayor—, se precipitó contra el suelo. Con el golpe de la caída, que produjo un sonido sordo, quedó inconsciente sobre la hierba...

6

No muy lejos de la torre, un gigantesco abeto se había desplomado con un tremendo crujido, que en el silencio de la noche resonó como si hubiera caído un rayo.

Ghulden lo había oído y permanecía despierto, atento a cualquier señal de peligro proveniente del bosque. Sentía solamente el mismo silencio inquietante de la tarde, hasta que el fuerte estallido del tronco de otro árbol al partirse por la mitad volvió a sobresaltarle. Astuur hacía tiempo que estaba también despierto, pero no se atrevía a hablar.

Tras otro intervalo de silencio, la brisa nocturna trajo el sonido lejano de golpes que se sucedían a un ritmo más o menos constante, cada vez más cercanos y numerosos. A ratos, se notaba que el suelo retemblaba levemente. El ruido se parecía al de muchas pisadas que avanzaran al unísono, pero desde luego no eran de hombres: las criaturas capaces de sacudir la tierra de ese modo debían de ser gigantescas... La noche era bastante cerrada. No había luna y el cielo estaba parcialmente nublado, por lo que desde las aspilleras de la torre apenas se alcanzaban a distinguir las formas de los árboles más cercanos.

—¡Padre...! —llamó Astuur en un susurro apenas audible.

—¡Padre...! —repitió un poco más alto.

—¿Mmm...? —murmuró Ghulden, sin abandonar ni un instante su vigilancia.

—¿Qué puede ser eso que se oye? Nunca había visto a los perros tan asustados...

—No lo sé, pero nada bueno. Esperaremos en silencio.

Vigila desde ese lado...

No cabía ya la menor duda de que algo estaba sucediendo en el bosque y había que marcharse de allí cuanto antes..., si aún estaban a tiempo y encontraban el modo oportuno... A Ghulden se le fue el pensamiento a los caballos. ¿Qué sería de ellos? ¿Estarían a salvo en el establo? ¿Sobrevivirían a esa noche?

Se le ocurrió que quizás podrían aprovechar el momento de calma para bajar a la cuadra, ensillar dos caballos y huir al galope. Pero la idea no acababa de gustarle: era muy arriesgado abandonar la torre en plena noche; además, ni siquiera tenían la certeza de que los caballos fueran lo bastante rápidos como para huir de aquello...

El seco chasquido de otro abeto al partirse vino a interrumpir sus cavilaciones. Esta vez había sonado mucho más próximo. Fuera lo que fuese lo que estaba partiendo así los árboles, se acercaba como una tormenta.

—De cualquier modo, ya es tarde para huir a caballo —murmuró Ghulden para sí mismo—, eso está demasiado cerca.

Resolvió que lo más prudente era permanecer donde estaban y esperar al amanecer. Si para entonces «aquello» se había alejado, podrían tratar de huir. En silencio, rogó al cielo por sus vidas, mientras continuaba intentando taladrar con los ojos la densa oscuridad exterior.

El fragor de las pisadas se había hecho atronador, y se distinguían en medio de él algunos gruñidos espantosos.

Ni Ghulden ni Astuur habían experimentado jamás una sensación de pavor semejante. Ninguno de los dos osaba articular palabra. Si hubieran querido gritar, es muy probable que no hubieran conseguido emitir más que un débil hilo de voz. La temperatura en la torre, con el fuego apagado, era más bien fría y, sin embargo, estaban empapados en sudor.

El portón de acceso tembló al recibir un colosal impacto. Esas criaturas intentaban derribarlo... Una segunda acometida, aún más poderosa, hizo gemir los inmensos goznes de hierro empotrados en el muro, que, sin embargo, no parecieron ceder. ¿Cuántos embates más como ese serían capaces de soportar el portón y las trancas de madera que lo aseguraban? Probablemente, no muchos...

7

Tan pronto como los kerren descubrieron a Iván tendido en el suelo, decidieron trasladarlo a su skerrag y reunirse con el resto de la flotilla. Podrían pedir un buen rescate por él.

Entretanto, en la bodega, después de algunos momentos de gran angustia, se había recuperado poco a poco la normalidad a medida que habían dejado de oírse ruidos en el piso superior. Hacía ya un buen rato que no se oía nada. El tío Lánder susurró:

—Parece que se han ido sin poder entrar.

—¿Estás seguro? —preguntó Ana.

—Creo que sí. Este silencio es muy distinto al del enemigo acechando. No sé explicar por qué, pero lo intuyo... Niños, ¿estáis bien?

—Yo sí —fueron respondiendo en voz baja uno tras otro.

—¿Y tú, Iván?

—... ... ...

—¿Iván?

—... ... ...

—¿¡¡Iván!!?

—... ... ...

—¡Es imposible! ¡Si estaba aquí hace un momento, no ha podido ir a ninguna parte!... A no ser que...

El tío Lánder empezaba a imaginarse lo que había podido ocurrir y se inclinó para hablar al oído de su sobrina.

—Ana, creo que Iván debe de haber salido por el hueco que comunica con la cocina. Me temo que por eso han cesado los golpes. Voy a subir.

—¡Tío Lánder, ten cuidado!

—Lo tendré. Pero, por favor, no os mováis de aquí hasta que vuelva.

El tío Lánder subió las escaleras sigilosamente, atento a cualquier sonido que pudiera significar peligro. Pero para entonces los kerren ya se hallaban a una buena distancia, cargando por turnos a Iván, que seguía inconsciente.

* * *

Al llegar a las proximidades del Kéldoráin, los kerren que habían capturado a Iván se toparon con los áldenors que esperaban emboscados al enemigo cada vez más cercano. Sin dudar un instante, los tres que tenían las manos libres desenvainaron sus espadas y las apoyaron contra el cuerpo de Iván, rodeando al que lo llevaba a hombros. Avanzaron despacio, con gesto torvo. Para llegar a donde habían ocultado su skerrag, tenían que pasar entre los áldenors.

La luz era ya escasa, pero suficiente para que los guerreros áldenors que guardaban la entrada del Kéldoráin pudieran comprender de un golpe de vista lo que ocurría. Se percataron de que los kerren estaban dispuestos a matar a Iván allí mismo si no les permitían pasar. Eso significaba que podrían salir al mar llevando a Iván a bordo como rehén y alertar al resto de la flota, con lo que perderían la ventaja de la sorpresa.

Pero no había elección posible. Con ira contenida, bajaron las armas, hicieron señales a los otros puestos para que dejaran partir a los kerren y abrieron paso.

Desde su puesto dentro del desfiladero, Ferrio vio pasar, con honda desesperación, a su hijo atado e inconsciente en el skerrag. Sintió el impulso irracional de lanzarse al agua para rescatarlo, pero la cordura y la disciplina se impusieron y, haciendo un esfuerzo de voluntad sobrehumano, se mantuvo inmóvil. Gruesas lágrimas de impotencia se deslizaban por su rostro silenciosamente.

Poco después, el skerrag de avanzadilla alcanzó al grueso de la flota y los exploradores dieron novedades. Los jefes kerren, al conocer la prevención de los áldenors y satisfechos con el rescate que esperaban obtener por el rehén, decidieron virar hacia otras costas sin atacar Aldénuri.

Iván fue trasladado a un skerrag mayor y encerrado en una especie de celda vacía y oscura, que olía fuertemente a pescado podrido. Sin haber vuelto todavía en sí, estaba a punto de iniciar una larga travesía por el mar de Enden.

Enden no era un mar cualquiera. Casi todos los habitantes de Aldénuri habían navegado por él, pero siempre en barcos de cabotaje, sin perder de vista la costa, o alejándose solo lo imprescindible para pescar. Los pocos que lo habían cruzado y habían conseguido regresar quedaban marcados por la experiencia para el resto de sus días.

En el mar de Enden todo o casi todo estaba por descubrir. Es cierto que algunos marinos exageraban los relatos, que con el tiempo se iban convirtiendo en fábulas al circular de boca en boca. Pero no es menos cierto que había motivos reales para preocuparse si uno se arriesgaba a surcar aquel mar...

Además de las súbitas tormentas y de las fuertes corrientes que llevaban los barcos a la deriva durante días e incluso semanas, inspiraban terror los seres de naturaleza desconocida que habitaban bajo las oscuras aguas. Se hablaba de gigantescos moradores de las profundidades que de vez en cuando asomaban a la superficie, y se decía que eran capaces de destruir fácilmente la embarcación más sólida.

Por todo ello era temido el mar de Enden, que separaba Aldénuri de Kerrenia. Era cosa bien sabida en las tradiciones de Aldénuri que los propios kerren llamaban al mar de Enden en su lengua Kerrenagh, o sea, «exterminador de los kerren». El hecho de que, aun así, osaran aventurarse en él era una muestra más del talante temerario de ese pueblo guerrero.

Ya había anochecido, pero los áldenors, desconociendo los propósitos de los kerren, decidieron pernoctar armados y en sus puestos, estableciendo un turno de vigías. Helder, el thaine, se acercó a Ferrio y le rogó que volviera a su hogar a compartir el dolor con los suyos. Ante su elocuente insistencia, Ferrio acabó cediendo.

Cuando llegó a casa, acompañado por su amigo y vecino Hark, padre de Hure, Léirenn y Anthe, era casi media noche. Los niños estaban acostados, lo cual en esta ocasión no era sinónimo de dormidos: estaban preocupados por su padre y por su hermano mayor.

Ana y el tío Lánder hablaban en voz baja junto al fuego. A esas horas hacía frío. Ferrio desensilló el caballo y lo acomodó en el establo, con la ayuda de Hark. Juntos se dirigieron a la puerta principal, pero los tablones con que la habían apuntalado para la defensa continuaban en su sitio, por lo que les fue imposible entrar. Ferrio silbó entonces varias veces, de un modo característico. Ana lo reconoció de inmediato y corrió con Lánder a desembarazar la puerta para recibir a su marido.

—¡¡Ferrio…!! —sollozó, abrazándose a él—. ¡¡Iván ha desaparecido…!! ¡¡Creemos que lo han capturado los kerren!! —al pronunciar estas palabras, rompió a llorar desconsoladamente.

—¡Ana…! —Ferrio no acertaba a decir nada, se le quebraba la voz. Se limitó a abrazar con fuerza a su mujer, acariciándole el pelo con ternura, mientras entraba con ella.

El tío Lánder invitó a pasar a Hark, que declinó amablemente la invitación.

—Gracias, Lánder, pero ya me marcho. Debo volver a mi puesto en el Kéldoráin. He acompañado a Ferrio para que no viniera solo. Está destrozado…

Antes de despedirse, Hark narró de forma sucinta a Lánder lo que había ocurrido con Iván y los kerren. Enseguida partió de nuevo.

Cuando Lánder volvió junto a la lumbre, encontró a Ferrio y Ana en silencio, cogidos de la mano, mirando al suelo. Su actitud era la viva imagen del desconsuelo. Sobreponiéndose a su propia pena, se dirigió a ellos cariñosamente.

—Creo que debéis intentar dormir un poco. No perdamos la esperanza: los kerren lo cuidarán, pues sin duda piensan pedir rescate por él, como es su costumbre. Además, quizás logre huir. No olvidéis que puede escapar volando.

—Gracias, Lánder... No podemos hacer otra cosa que confiar, rezar y esperar —murmuró Ferrio con un suspiro.

* * *

A la inconsciencia provocada por la dura caída de Iván había sucedido un sueño reparador. Aunque al volver en sí, todavía de noche, se había encontrado cautivo en aquel barco enemigo, no había tenido tiempo de lamentarse ni de sentir miedo: se quedó dormido al momento. Las emociones de la jornada habían sido muchas e intensas, y su mente reclamaba descanso.

Cuando despertó por segunda vez, era ya de día. En el cuartucho donde lo habían encerrado los kerren había un ventanuco demasiado pequeño para escapar, pero suficiente para permitirle ver el exterior. El cielo estaba cubierto de nubes y caía una fina lluvia. Hacía viento y la mar estaba algo encrespada.

De vez en cuando oía hablar a los kerren, por encima de donde estaba encerrado, pero las raíces del aldenórico y el kerrénico se habían separado en un pasado muy remoto, y ahora sonaban muy distintos. Apenas reconocía alguna palabra suelta de las que sabía por las historias que había escuchado: skerrag, que eran los barcos de guerra, o Kerrenagh, que era como llamaban al mar de Enden. También reconocía el nombre de Aldénuri, cuando lo mencionaban con su extraña pronunciación...

—¡Andùnn hrekke innver llinm aaf Kerrenagh!

—¡Keldu, rimn whldër skerrag kanna loch Aldënurrik!

Escuchando esas voces extranjeras, se le ocurrió que quizás no volvería a oír nunca más el dulce acento aldenórico. Ese pensamiento le devolvió repentinamente la conciencia de la realidad de su situación, llenándolo de tristeza. ¿Qué estaría ocurriendo en su casa de Aldénuri? ¿Cómo se encontrarían los suyos?

Tuvo que hacer un gran esfuerzo para no llorar, pero se obligó con valentía a desechar los pensamientos tristes y se concentró en calcular con sentido práctico qué podía hacer.

Estaba seguro de que los kerren que lo habían capturado no lo habían visto volar, y eso significaba que quizás se le ofrecería alguna oportunidad de escapar. Por ahora era imposible, pero en algún momento lo dejarían salir de su celda... Ahora bien, suponiendo que lo consiguiera, ¿cómo sabría hacia dónde dirigirse? No tenía la menor idea de dónde estaba ni del rumbo que seguía la nave: podía ser que estuvieran regresando a Kerrenia, o también que se dirigiesen a saquear otros lugares. ¡Si al menos pudiera comprender algo de lo que decían, o captar el nombre de algún lugar conocido, a lo mejor podría hacerse una idea de su situación...!

* * *

Iván estaba hambriento, esa es la verdad. Los kerren no parecían preocuparse demasiado de sus prisioneros, y ahora, con la mar cada vez más revuelta, estaban muy atareados para ocuparse de él.

El hambre y el movimiento del mar lo estaban mareando. Se empezó a sentir mal, con ganas de vomitar, a pesar de que no había comido nada desde hacía bastantes horas... Lo que había comenzado como una fina lluvia era ahora un fuerte aguacero, y hacía frío. El viento iba aumentando en intensidad. En una palabra, aquello se estaba convirtiendo en una auténtica tempestad de esas del final del verano... o del inicio del otoño, que viene a ser lo mismo.

Pasó el día entero sin que nadie se interesase por él. Se encontraba cada vez peor: mareado, muy cansado y con un hambre atroz. El frío le había ido penetrando hasta los huesos. El olor de la celda era insoportable, y además entraba agua del mar y de la lluvia. Los ánimos de Iván empezaron a flaquear. De nuevo hubiera llorado, pero esta vez ni siquiera tuvo que esforzarse por evitarlo. Le venció el cansancio y se quedó dormido.

Despertó todavía de noche. La tempestad continuaba, si bien parecía haber perdido algo de fuerza. El skerrag ya no se movía tanto. Iván se propuso gritar para pedir de comer y de beber tan pronto como advirtiera señales de vida, pero de momento no oía hablar a nadie.

No tardó mucho en amanecer. La lluvia cesó por completo y un rayo de sol consiguió colarse entre las nubes. La tempestad estaba amainando. La vista del sol, que arrancaba destellos aquí y allá a la mar grisácea, le elevó el espíritu. Espontáneamente se le vino a los labios una oración: por sus padres, por sus hermanos, por el tío Lánder... y por él, para que consiguiera escapar bien —¡y pronto, por favor, Dios mío!— de aquella situación. Se interrumpió cuando oyó que se acercaban algunos kerren conversando.

—¡Errendünn inn hakkon whlër Aldënurrik!

—¡Kah, owerld hrimm unnf immerhkeg!

—¡Loch, ninn kindd ughna!

—¡Kah, ghrruna!

—¡Eh! —gritó con todas sus fuerzas—. ¡Me estoy muriendo de hambre! ¿No tenéis algo de comer? ¡Y algo de beber!

Los kerren no entendieron lo que decía, pero los gritos de Iván les recordaron que, si querían conservar con vida al rehén, tendrían que ocuparse de su alimentación.

Le llevaron un bacalao medio crudo que, con el hambre que tenía, le pareció lo más apetecible del mundo. Para beber, le dieron un jarro de agua.

Después de haber comido, Iván veía ya las cosas con más optimismo. Se sintió de nuevo esperanzado con la idea de huir volando a la primera ocasión, que con toda seguridad acabaría por presentarse. Con este feliz pensamiento se fue adormilando, recostado contra la pared de su camarote.

Poco duró esa cabezada. Un fortísimo golpe que zarandeó el skerrag de proa a popa lo despertó sobresaltado. Enseguida se oyó una fuerte exclamación:

—¡¡Hram rumn jorrah, krilden Kerrenagh!!

En la cubierta se desató un confuso griterío, como si cundiera el pánico. Entre la baraúnda de alaridos e interjecciones que no entendía, Iván oía que unos y otros repetían alarmados una de las palabras conocidas: Kerrenagh, que, como bien sabía, significa literalmente «exterminador de los kerren». ¿Irían a hundirse?, se preguntó. ¿Qué estaría ocurriendo fuera?

—¡¡Himn hakkon keldurran off...!

Otra acometida formidable sacudió la nave y ahogó el alarido del guerrero kerren, que salió catapultado hacia el mar.

Iván rodó por el suelo contra la pared de enfrente. El hecho de que el camarote fuese pequeño le favoreció, pues evitaba que se hiriera gravemente a consecuencia de los violentos bandazos. Un nuevo choque lo arrojó contra el lado opuesto de su prisión. A cada nueva sacudida parecía que el skerrag iba a desencuadernarse, pero, por fortuna, se mantenía aún entero.

Cuando consiguió incorporarse, vacilante, después de otro de aquellos violentos revolcones, Iván logró sostenerse en pie junto a la ventana el tiempo suficiente para presenciar una escena terrorífica. Un enorme tentáculo, que había salido como un rayo de entre las olas, después de elevarse varios metros sobre la superficie, cayó con fuerza indescriptible sobre un skerrag que flotaba a escasa distancia del suyo. La nave atacada se hundió en un instante, y varios kerren con ella.

El descomunal tentáculo pertenecía a una criatura gigantesca de las profundidades del mar de Enden. Los kerren llamaban krilden a aquellos monstruos, con aspecto de pulpos de enorme tamaño.

Iván no sabía nada de esto, pero sí se dio cuenta de que su vida corría auténtico peligro. Cualquiera de esos colosales trallazos podría sepultar para siempre su skerrag en las profundidades del mar con todos dentro.

Todas las cuadernas de la embarcación se estremecían, crujiendo, con cada nuevo golpe. Pero los tripulantes no se limitaban a intentar eludir los ataques, sino que, con el arrojo de la desesperación, intentaban herir a los krilden clavándoles arpones que lanzaban desde unos grandes artilugios en forma de ballesta, fijados en la proa de los skerrags. Después de varios intentos, el arponero de la nave de Iván consiguió hacer blanco en un ojo del monstruo marino que los acosaba. Este, enloquecido de dolor, respondió con un latigazo brutal, que partió limpiamente la embarcación en dos pedazos. El techo de la celda, que era la cubierta del skerrag, saltó hecho astillas, y el casco reventó con tal violencia que Iván salió despedido y cayó al agua.

8

Las pisadas, que hacían retumbar todo el Alto Errion-Thal, se fueron alejando en dirección a Eekklo, una de las aldeas más cercanas a la casa de Ghulden, de la que distaba solo unas pocas millas.

A juzgar por la rapidez con que se alejaba el sonido, los seres que lo producían no tardarían mucho en llegar a Eekklo. Tras ellos quedaba un vacío denso y electrizado, como si hubiera sido cancelado todo signo de vida.

La familia Ibérr vivía al sur de la aldea de Eekklo, en una espaciosa granja situada en el camino hacia el Alto Errion-Thal. Acababan de reparar la vieja fachada y había quedado muy bonita: era del estilo típico en todo el Errion-Thal, adornada de postes y vigas de madera vista que resaltaban sobre el tono más claro de los muros de piedra. Pero nada de esto era perceptible en una noche tan cerrada.

El estruendo creciente pareció inundar en un momento toda la granja. No tardaron mucho en dejarse oír aquellos gruñidos que estremecían el aire, mezclándose con el sonoro restallar de los árboles abatidos.

La caída de una valla, arrancada de cuajo por un tremendo golpe, despertó a la mujer de Ibérr. El estrépito de los derrumbes que siguieron despertó también al resto de la familia. Afortunadamente, las pisadas continuaron su marcha alejándose, y el rumor se fue perdiendo en la distancia. Finn Ibérr, un hombre como de treinta años, bajó las escaleras al cabo de un rato. Ya no se oía nada. Iba armado con su espada. Le temblaban las piernas. Su mujer, Helda, corrió a la habitación de los niños para calmarlos, pues gritaban y lloraban aterrorizados.

Al salir de la casa, Finn se encontró con un panorama desolador. Había partes de la granja arrasadas, como si hubiera pasado un ciclón. Entre los escombros de varias dependencias descubrió unas huellas que tendrían cinco veces el tamaño de las de un hombre corpulento. No supo qué pensar ni qué hacer. Era la tercera hora de la noche.

¿Debía intentar avisar a alguien? Pero ¿a quién? En esa región no se había instaurado un código de señales como el de los cuernos de guerra de Aldénuri. Subió a hablar con Helda, que abrazaba y consolaba a los niños, intentando infundirles tranquilidad.

—¡Helda, voy a salir! ¡Debo prevenir a los de la aldea!

—¡¡Finn, ni se te ocurra!! ¿No te das cuenta de que las pisadas se dirigían hacia allí? ¡Para cuando llegues, si llegas, todo el mundo estará al corriente de lo que fuera eso…!

Helda tenía razón, reconoció Finn, abrumado. Era inútil tratar de avisar. Lo mejor sería esperar a que amaneciera para tratar de saber qué había pasado.

Al amanecer, se hubiera dicho que un terremoto había sacudido Eekklo durante la noche. Grupos de vecinos atemorizados se contaban sus impresiones mientras hacían inventario de los desperfectos. Gracias a Dios, no había habido víctimas, pero los daños eran cuantiosos.

Reunidos en Asamblea, los habitantes de la gran aldea acordaron volver a cerrar las murallas y poner centinelas durante la noche, como en los tiempos ya lejanos de las guerras con los morghuks.

9

Siguiendo una costumbre ancestral, la familia de Ferrio se reunía diariamente a charlar después de la cena. Era un momento entrañable del día. A pesar de la captura de Iván y del dolor de su ausencia, Ferrio y Ana habían decidido continuar con esa costumbre, que pensaban que les ayudaría a mantenerse unidos para afrontar aquellos días de incertidumbre y haría más soportable la situación a sus hijos.

La tempestad que encontraron los kerren en alta mar había llegado también a Aldénuri, donde el frío se hizo sentir por primera vez desde el final del verano. Por eso se encontraban reunidos en torno a un buen fuego.

El tío Lánder, gran conocedor de las crónicas, narraba gestas del pasado para entretener a los niños y, de paso, enseñarles la historia de su familia y de su tierra. La familia de Iván era de las más antiguas de Aldénuri y contaba con personajes legendarios en su árbol genealógico, así que Lánder tenía donde elegir para hacer disfrutar a los pequeños rememorando las hazañas de tal o cual antepasado.

—¿Os he hablado alguna vez de la fundación de Aldénuri? ¿Sabéis por qué se fundó?

—¡No! ¿Por qué, tío Lánder? —intervino Kel con interés.

—El origen de Aldénuri se remonta al tiempo de vuestro antepasado Bériodun, que fue el primero que se asentó en estas tierras, y que las defendió de todos los ataques que vinieron después.

—¿Y Bériodun quién era? —preguntó otra vez Kel, que era quien seguía el relato con mayor atención.

—Pues Bériodun era un caballero de Äskenlant, en Ynndurnor.

—¿Y Äskenlant está muy lejos? —farfulló Magge, que empezaba a quedarse dormida con el calorcillo, recostada junto a su madre.

—Bueno, eso depende de lo que consideréis lejos… Y depende también de cómo vayáis. Por tierra podrían tardarse entre una o dos semanas, dependiendo de la época del año… El terreno es accidentado y peligroso, hay que atravesar altas cordilleras y espesos bosques que dificultan la marcha.

—¡Dos semanas! ¡Está muy lejos…! —intervino Enkel.

—No tanto, no tanto: yo diría que yendo en barco por la costa quedaría a solo algunos días de viaje.

—¿Y por qué vino hasta aquí? —intervino esta vez Ruth, que, aunque solo tenía siete años, seguía con atención el relato.

—¡Esa sí que es una buena pregunta, Ruth! —dijo Lánder, contento de poder pasar adelante en su narración—. Para contestarla, tendría que explicaros un poco las circunstancias de su vida en aquel entonces… ¿Habéis oído hablar alguna vez del Errion-Thal? ¿Y de los tiempos de la llegada de los lárhunder?

—¡Nooo! —respondieron al unísono todos los niños, menos Magge, que flotaba ya entre este mundo y el de los sueños.

—Pues bien —comenzó el tío Lánder, sin ocultar la satisfacción que le producía explayarse sobre uno de sus temas favoritos ante un auditorio verdaderamente interesado—, en tiempos de Bériodun, antepasado de vuestro padre, las cosas no iban del todo bien en el reino de Ynndurnor. Había cierta anarquía y la vida se había vuelto insegura para la gente honrada. Por si fuera poco, el rey Frogge, reinante en aquel momento, era un déspota…

—¿Qué quiere decir *déspota*? —interrumpió Ruth.

—Que manda lo que le viene en gana sin preocuparse de que sea para el bien de los demás y atendiendo solo a su propio provecho…

—¡Ah!, pues entonces el maestro Filós es un déspota —intervino Enkel.

—¡Sí, sí, un déspota tremendo! —secundó Kel a su hermano gemelo.

—No lo creo —terció Ferrio—. Pero dejad al tío Lánder que siga hablando...

—¿Dónde estábamos? ¡Ah, sí!, os decía que el rey Frogge era un déspota. En efecto, obligaba al pago de impuestos cada vez más altos y, en lugar de emplearlos en beneficio de su pueblo, los gastaba en su propio beneficio y en favorecer a los Señores que le ayudaban a mantenerse en el poder. Mientras tanto, como digo, la situación de la población iba de mal en peor: había asesinatos, robos, atropellos y crímenes que quedaban impunes.

»Bériodun sufría viendo el país en esa situación tan triste, pero poco podía hacer él solo. Vivía en su granja en Äskenlant. Era una granja de gran tamaño, y en torno a ella vivían también muchas familias de la región. La propia familia de Bériodun era muy numerosa. Todas esas familias debieron organizarse como una pequeña república para defenderse del pillaje y de los robos tan frecuentes.

»Así transcurrieron largos años. Y, cuando la situación parecía insostenible..., entonces se hizo de verdad insostenible. Ocurrió que una invasión de un pueblo hasta entonces desconocido, y que hoy sabemos que eran los lárhunder, asoló el país de Ynndurnor. Acabaron con Frogge e impusieron una ley aún más dura, si cabe.

—¿Y qué hizo Bériodun, tío Lánder?

—Bériodun se dio cuenta de que nada se podía hacer para evitar el avance de los lárhunder, pues los que habían llegado no eran sino la avanzadilla de un pueblo mucho más numeroso que los ynndurnor. Además, los ynndurnor estaban desanimados, desorganizados y hambrientos, mientras que los lárhunder constituían un formidable ejército.

»Por eso, Bériodun tomó la decisión de abandonar el país. El plan tenía algunas posibilidades de éxito si se llevaba a cabo antes de que llegara el grueso de los lárhunder. Pero no había tiempo que perder, así que, reuniendo a los ynndurnor de la comarca de Äskenlant, les explicó su propósito. Todos sin excepción decidieron seguirle con sus familias y con las pertenencias que pudieran llevarse. En total podían ser unas mil personas.

—¿Y qué hicieron entonces los lárhunder? —preguntó Kel.

—Una huida de mil personas con enseres y ganado solo podía hacerse por mar. Bériodun contaba con la ventaja de que los lárhunder no podían esperarse semejante expedición de fuga. Y no olvidéis tampoco que el territorio no había estado bien organizado en tiempos de Frogge, y los lárhunder, que eran todavía relativamente pocos, no habían llegado a imponer su ley en comarcas remotas como Äskenlant. Cualquiera que tuviese la osadía de actuar contaba con un margen de maniobra antes de que el movimiento fuese descubierto. Si para entonces había ya unas cuantas millas de mar por medio..., entonces su plan tendría posibilidades de llegar a buen puerto, y nunca mejor dicho.

»El problema era que entonces no había mapas y el conocimiento de las regiones vecinas era muy aproximado, basado solo en los relatos de quienes se habían aventurado a viajar, cosa que era, por lo general, peligrosa. De las costas había un conocimiento algo más preciso, pero no demasiado. Ni los lárhunder ni los ynndurnors eran pueblos marineros, en el sentido de grandes exploradores. Tan solo se aventuraban a pescar en las cercanías de las costas.

»Poco le debió de importar a Bériodun esta cuestión de los mapas. A él y a los suyos les bastaba conocer la región de Äskenlant como la palma de la mano, para no ser descubiertos antes de su partida; y después ya se vería. Pronto se organizaron para su éxodo. Decidieron que debía hacerse lo antes posible. Por más que Bériodun confiara en su gente, sabía que era peligroso depender de la capacidad de mantener un secreto de un millar de personas. De modo que decidieron prepararlo todo para poder zarpar una noche de inicios de verano de aquel año. Hay que tener en cuenta que los lárhunder destronaron a Frogge ya bien entrada la primavera: esto os dará idea de la rapidez con la que se desarrollaron los acontecimientos.

»Su granja de Äskenlant distaba menos de una milla de la costa, así que no fue difícil para Bériodun organizar el abastecimiento: iban ocultando todo lo necesario en la granja y desde allí lo trasladaban a la costa al amparo de la noche. Tampoco fue muy complicado reunir las dos docenas de naves que precisaban, pues entre la gente comprometida en la fuga había bastantes pescadores. Finalmente, fue posible zarpar en el tiempo que habían previsto...

A estas alturas del relato, no solo Magge, sino también Ruth y Enkel dormían profundamente. Por su parte, Kel, aunque hacía heroicos esfuerzos por no sucumbir, notaba que le pesaban los párpados más de lo que era capaz de aguantar.

—Tío Lánder, los has dormido. Creo que habrá que dejar la continuación para mañana —intervino Ana, consolada al ver que al menos sus hijos tenían la tranquilidad necesaria para dormir con facilidad.

—¡Pero si no tenemos sueño! —protestó Kel, traicionado por un bostezo incontenible.

—¡No, ya veo! Mañana seguirá el tío Lánder...

10

Iván se estrelló con fuerza contra la superficie del mar embravecido y el impulso hizo que se hundiera unos metros. Cuando logró salir a flote, había tragado ya bastante agua salada. Le sacudió un escalofrío, no tanto por la frialdad del agua como por la impresión de verse allí, a merced de los inmensos monstruos de las profundidades.

¿Y si intentara volar?, pensó, buscando desesperadamente un modo de ponerse a salvo. ¿Podría concentrarse lo suficiente en esas circunstancias? Decidió al menos intentarlo...

Se esforzó por no pensar en la cercanía del peligro, ni en el frío que le atenazaba, sino tan solo en volar... Pero entonces una ola lo arrolló y volvió a sumergirlo bruscamente. A su alrededor, la feroz batalla entre los kerren y los krilden gigantes continuaba. Había varios guerreros que flotaban vivos o malheridos, pero las bestias marinas continuaban centrando su atención sobre todo en los skerrags: solo de vez en cuando se molestaban en atacar directamente a alguno de los que habían caído al agua.

Iván volvió a intentar concentrarse. Poco a poco consiguió abstraerse de lo que le rodeaba y la fuerza de la gravedad fue perdiendo poder sobre él. El movimiento del mar impedía apreciar a simple vista sus progresos, pero ya comenzaba a elevarse sobre la agitada superficie.

Una nueva ola de considerable tamaño lo levantó en ese momento, pero esta vez, al llegar a la cresta, no volvió a caer revolcado, sino que continuó su ascensión, ganando altura con suavidad, metro a metro. La figura de Iván elevándose sobre las olas no atrajo la atención de los kerren, porque tenían empeñadas todas sus facultades en arponear a los krilden. Pero no pasó inadvertida a estos últimos.

Se encontraría a unos cinco metros sobre las olas, cuando el monstruo más próximo lo vio y lanzó hacia él uno de sus largos tentáculos, de no menos de quince metros. El seco latigazo le pasó muy cerca, pero afortunadamente no llegó a alcanzarlo.

Iván seguía ascendiendo: siete metros, ocho, nueve... La bestia, arrojando ríos de tinta, se acercó como un rayo. Iván se estremeció de pies a cabeza: en su imaginación se vio ya en las fauces del krilden y a punto estuvo de caer, pero enseguida se rehizo y redobló su esfuerzo de concentración. Debía mantener la ascensión a toda costa... En el momento en que el monstruo se aprestaba a atacar de nuevo, la ola sobre la que flotaba pasó de largo, haciéndolo descender un par de metros, que resultaron decisivos para dar tiempo a Iván a situarse fuera de su alcance.

La sensación de alivio que experimentó no impedía al muchacho darse cuenta de lo precaria que era todavía su situación. Se había zafado del ataque del krilden, pero se encontraba volando sobre el mar de Enden sin ningún punto de referencia: no sabía dónde estaba ni qué distancia debía recorrer para llegar a tierra.

¿Qué hacer? ¿Era prudente arriesgarse a volar sobre el mar mientras tuviera fuerzas, o sería mejor volver con los kerren? Por otra parte, si intentaba llegar a tierra, ignoraba qué dirección tomar. ¿Hacia dónde estaría la costa más próxima? ¿Hacia el norte? ¿Hacia el este...? ¿Hacia el suroeste?

De cualquier manera, para volver con los kerren, que le pareció lo menos arriesgado, debería esperar a que terminara la refriega, pues no sería sencillo aterrizar sobre un skerrag con los krilden acechando.

Mientras aguardaba a que fuera posible descender, decidió hacer un intento para orientarse: ascendería lo más alto que pudiese con ánimo de divisar tierra firme, dejando que se decidiera entretanto la lucha con los krilden. Se concentró con toda la intensidad de que fue capaz e inició una lenta pero continuada ascensión hasta alturas que le sobrecogieron, pues nunca se había elevado tanto. Su altura máxima hasta entonces no superaba los veinte o veinticinco metros de los abetos de delante de su casa. Ahora alcanzaba ya más de sesenta metros... y subiendo.

Al cabo de cinco o diez minutos de ascensión ininterrumpida, se encontraba a doscientos cincuenta metros. Notaba los oídos como taponados y un frío terrible le agarrotaba las manos. Cuando le faltaba ya poco para meterse de cabeza en las nubes más bajas, le dio un vuelco el corazón: en el horizonte, los rayos de sol que se filtraban por entre las nubes iluminaban una franja que no reflejaba la luz con el mismo resplandor que el mar. Forzó la vista, procurando enfocar mejor, hasta sentir dolor en los ojos, y descubrió sobre aquella mancha algunos reflejos de agua, sí, pero con forma de hilillos serpenteantes que morían en el mar: ¡aquello tenía que ser un río! ¡Y, donde había un río, había tierra!

En efecto, desde su privilegiada atalaya divisaba, sin saberlo, la desembocadura del Niven, que formaba un bello delta no lejos de Nivenport.

La alegría de Iván fue indescriptible: ¡era libre! ¡Se había salvado de los kerren y de los seres de las profundidades! Estaba empapado y tiritaba de frío, pero la emoción le hizo derramar lágrimas de felicidad. Se puso a reír y a gritar de gozo, como un loco, aunque nadie más que él mismo pudiera oírle:

—¡¡¡Yujuuuu!!! ¡¡¡Tierra a la vista!!!

Perdió altura lentamente para buscar calor y se dirigió hacia la costa sin perder tiempo, con toda la velocidad de la que era capaz con su movimiento aerostático. Como el viento soplaba del mar hacia la tierra, no tardó mucho en recorrer las quince millas que lo separaban de la tierra del Bajo Errion, la zona costera del Errion-Thal.

* * *

Cuando llegó por fin a la costa, hacía tiempo que el sol había superado el mediodía. Iván seguía muerto de frío y volvía a tener hambre: lo mejor sería buscar alguna población, pensó. Aunque la aldea de Nivenport y la de Eekklo se encontraban muy cerca, pasó de largo sin verlas. Le hubiera sido imposible desde la dirección que traía, porque ambas aldeas se ocultaban tras las pequeñas colinas que se alzaban hacia el sur.

Aprovechando la brisa que lo transportaba a una velocidad considerable, continuó volando tierra adentro sin descender, mientras trataba de localizar algún lugar habitado.

Iván se sentía ya al límite de sus fuerzas y dispuesto a descender donde fuera, cuando distinguió una vieja torre que asomaba entre la espesura: debía de ser alguna vieja fortaleza, o al menos eso le pareció. Se encontraba en medio de una alta meseta tapizada de un verdor intenso y muy agradable a la vista. No muy lejos de la torre comenzaba un intrincado bosque de abetos de oscura hoja. Sobre la meseta, salpicadas aquí y allá, se alzaban majestuosas hayas. Acercándose algo más, vio que la torre pertenecía a una casa fortificada, aunque sin duda el elemento más sólido e imponente era la propia torre. Se percató de que la puerta de acceso a la torre estaba desencajada y hecha trizas, lo que le dio mala espina...

¿Qué clase de gente habitaría en la región?, se preguntó Iván. ¿Serían amistosos? ¿Viviría alguien en la casa? ¿Comprenderían su lenguaje? Eran preguntas muy lógicas, pues Iván jamás había salido del Áldendor ni más allá de Érdain, a poco más o menos media jornada a caballo.

Aunque no las tenía todas consigo, decidió de todos modos bajar a la torre, que tenía una especie de garita en cada una de las cuatro esquinas, así podría descansar un poco y observar los movimientos de la casa y sus alrededores, y, en caso de peligro, sería fácil elevarse nuevamente desde allí.

En la torre, además, encontraría cierto abrigo; desde luego, más que si permanecía a la intemperie. La ropa se le había secado durante el vuelo, pero a costa de soportar un frío que le había penetrado hasta los huesos. Afortunadamente, apenas estaba comenzando el otoño: menguaba por aquellos días la luna de fíneann, que daría paso a la luna de vínneann. Con el año un poco más avanzado, las consecuencias hubieran sido mucho más serias...

EL ERRION-THAL EN PELIGRO

1

La jornada había transcurrido en casa de Ana y Ferrio con toda la serenidad que permitían las duras circunstancias que estaban viviendo. El ambiente era más familiar que nunca, pues la desgracia había provocado en todos el deseo, en gran medida inconsciente, de sentirse juntos y apoyarse, de demostrarse cariño en cien menudencias de la vida doméstica.

Al anochecer, después de la cena, volvieron a reunirse junto a la lumbre. El tiempo seguía refrescando y cada vez se agradecía más el calor de un buen fuego mientras charlaban o, mejor dicho, mientras escuchaban, porque el que hablaba era sobre todo el tío Lánder. Y lo cierto es que lo hacía por aclamación popular. El tío Lánder era muy buen narrador y... digamos que no le importaba llevar la voz cantante. A los demás, por su parte, les agradaba escucharlo, de manera que se daban todas las condiciones para que el interés de las veladas no decayera.

—¿Dónde nos quedamos ayer? —comenzó Lánder, con el aire de un maestro que reanudara sus lecciones.

—Nos fuimos cuando Bériodun iba a coger los barcos —contestó de inmediato Kel.

—¡Eso es! En la noche en la que Bériodun zarpaba con toda su gente rumbo a lo desconocido... Bueno, a decir verdad, el rumbo no era desconocido del todo. Bériodun conocía con cierta exactitud bastantes millas de costa. Su abuelo Bréodan había sido un gran pescador y había navegado mucho en comparación con lo que se navegaba entonces, que, como os dije ayer, era más bien poco. En su juventud, Bériodun había acompañado a su abuelo en algunos de sus viajes por las costas más próximas del mar de Enden.

—¿Qué es Bréodan de nosotros, tío Lánder? —preguntó Enkel.

—¡Pues tatarabuelo de nuestro bisabuelo o algo así! ¿Qué va a ser? ¡Calla y déjale seguir! —le respondió Kel, molesto con la interrupción.

—¿Y los tatarabuelos de los bisabuelos no se llaman de ninguna manera, tatatatarabuelos o algo así? —preguntó esta vez Ruth, sin preocuparse por la contestación de su hermano.

—Pues no, Ruth —respondió Lánder con paciencia—, lo más sencillo es decir simplemente que era un antepasado muy lejano, me temo que mucho más lejano que el tatarabuelo de vuestro bisabuelo...

—¡Todo eso habrá ocurrido hace muchísimos años...!

—Desde luego, Ruth, muchísimos. El caso —trató de continuar el tío Lánder— es que Bériodun había conocido un territorio en las navegaciones de su juventud con Bréodan, una región donde quizás pudiesen vivir a salvo, por eso se dirigió hacia allí. Se trataba del Errion-Thal.

—¿El Errion qué...? Nunca había oído ese nombre... —intervino de nuevo Enkel.

—Sí que lo habías oído, lo que pasa es que estabas dormido —le corrigió Kel.

—El Errion-Thal —prosiguió Lánder rápidamente, antes de que los gemelos se enzarzasen en una de sus escaramuzas— es una península con una meseta cubierta de bosque, fácil de defender en caso de invasión. Quedaba a unas quince leguas al suroeste de Ynndurnor. Además, tenía la ventaja de que, una vez llegados a sus costas, podían internarse todavía mucho hasta la meseta navegando por el río Niven. Pero dejadme que vaya por partes.

»La expedición de Bériodun zarpó al comienzo del verano,

precisamente una noche de víspera del único día de la semana en que en Äalte, la capital de Ynndurnor, no había mercado. Así podrían navegar durante todo el día siguiente sin ser perseguidos, porque los lárhunder no sospecharían nada hasta que advirtieran que no llegaban al mercado las carretas que acudían todos los días con los productos de Äskenlant.

»En efecto, cuando los lárhunder fueron a investigar qué pasaba en Äskenlant y descubrieron la fuga de Bériodun y su gente, enviaron inmediatamente una flotilla de naves de guerra a darles caza. Pero resultó inútil: para entonces se encontraban ya muy lejos y, además, ignoraban en qué dirección habían huido.

»Así pues, los fugitivos llegaron sanos y salvos al Errion-Thal. La travesía había transcurrido sin contratiempos, lo cual era para dar muchas gracias a Dios, porque el mar de Enden suele deparar sorpresas desagradables.

Ferrio y Ana conocían bien la historia, pero dejaban hablar al tío Lánder sin interrupciones, pues había captado por completo la atención de los niños. Además, los esfuerzos que hacían ambos por mostrarse todo el día serenos y animosos les resultaban agotadores, y esos ratos en los que solo el tío Lánder hablaba constituían un descanso para ellos. Les facilitaban relajarse un poco o sumergirse en sus propios pensamientos, y hasta justificar alguna que otra lágrima rebelde, amparados en la emoción del relato.

—¿Y por qué no vinieron a Aldénuri directamente, tío Lánder? —preguntó Kel, que no se perdía un detalle.

—Esa es una buena pregunta, Kel. Pero no sé si tu tío Lánder tendrá fuerzas para responderte en este momento —intervino Ferrio, para ir poniendo fin delicadamente a la reunión.

—Bueno, lo intentaré… —El tío Lánder, en vez de cansarse, parecía cobrar vida según avanzaba en los relatos—. ¿No tenéis un mapa por aquí? Con un mapa, la explicación será mucho más fácil…

—Debe de haber un mapa arriba, en algún cajón del desván, pero me parece que no sabría localizarlo. Quizás Ana…

Ana tenía a Magge dormida en su regazo y a Ruth apoyada en su hombro, a punto de caer en el mismo estado que su hermana, así que no se podía mover con facilidad.

—Sí —respondió—, creo que sí. Si los niños se portan bien y mañana quieres seguir hablándonos de estas cosas, tendrás tu mapa, tío Lánder.

—¡Muy bien! Pues mañana, con los mapas, continuaré la explicación. Por hoy os bastará saber que Bériodun se asentó en el Errion-Thal con intención de quedarse definitivamente, no como una etapa en su camino hacia Aldénuri, pues entonces ni siquiera conocía este lugar donde estamos.

—¿Y por qué dejó el Errion-Thal? —preguntó Enkel, dispuesto a demostrar a Kel y a todos que, si quería, podía no dormirse nunca.

—No os precipitéis, las historias tienen su propio ritmo. Bériodun permaneció durante largos e interesantes años en el Errion-Thal. Es más, os adelanto que los actuales habitantes del Errion-Thal son también descendientes de Bériodun y hablan aún hoy nuestra lengua. Pero vuestra madre piensa, y yo estoy de acuerdo, que es suficiente por hoy. Os lo explicaré mañana… ¡A dormir!

2

Iván se acercó a examinar una de las cuatro garitas de la torre. Dentro había un catre. Estuvo tentado de echarse a dormir, tal era su cansancio, pero vaciló: ¿no debería reconocer antes el edificio? Decidió sentarse solo un momento para reponer fuerzas y hacer luego la inspección. Sin embargo, estaba tan rendido que se quedó amodorrado y no tardó en caer en un sueño profundo.

Despertó bruscamente, desorientado. Era ya de noche. Poco a poco empezó a recordar los últimos acontecimientos: estaba en la torre en la que había aterrizado tras escapar de los kerren y de las monstruosas criaturas marinas...

—¿Qué hora será? —se dijo en voz alta.

—Será ya la undécima hora de la noche, no tardará en amanecer —le respondió una voz desconocida en un susurro.

Tras el sobresalto inicial, Iván se tranquilizó. La voz hablaba en tono amigable.

—No te asustes —continuó el susurro—, no sé cómo has llegado hasta aquí, pero ahora lo mejor será que no hagas ruido, podemos ser descubiertos. Te he traído algo de comer. ¿Tienes hambre?

Iván asintió apresuradamente, moviendo la cabeza: comer era lo que más necesitaba en ese momento. Pensó si no estaría todavía soñando: pero no, el frescor de la brisa nocturna era sin duda real.

—¿Quién habla? ¿Quién puede descubrirnos? —preguntó en voz también muy baja.

—Soy Ghulden Fenndordun, señor de esta casa. Pueden volver, si nos oyen, unos seres de los que mejor te hablaré a la luz del día. Ahora, come con tranquilidad. Yo vigilaré.

Ghulden se retiró y permaneció en guardia con su ballesta, paseando de un lado a otro de la torre. Iván obedeció, comiendo en silencio los alimentos que Ghulden le había traído: queso de Innweria, jamón de cerdo de Elúrrden, sidra de Bagaroth... Tenía la impresión de no haber comido desde hacía años.

Pronto amaneció y pudo ver a su anfitrión.

—Bien, chico, ¿te encuentras mejor? ¿Cómo te llamas?

—Sí, señor. Me llamo Iván, y le agradezco mucho el queso y el jamón y...

—No tienes por qué darme las gracias, supongo que tú hubieras hecho lo mismo en mi lugar. ¡No has dejado ni las migas! —Sonrió Ghulden, señalando la escudilla vacía—. ¡Vaya si estabas hambriento...! Pero dime, Iván, ¿cómo has llegado hasta aquí? ¿De dónde vienes?

—Soy de Aldénuri. Me habían secuestrado unos guerreros kerren, pero la flota fue atacada por unos krilden gigantes que destrozaron mi skerrag y pude escapar...

—¡Kerren! —Ghulden silbó por lo bajo, impresionado—. ¡Sí que has tenido suerte! Y debes de ser un buen nadador para haber conseguido llegar a la costa... Así que de Aldénuri... Claro, eso explica que hables errion-thálico...

—¡Pero si no sé una palabra de errion-thálico! —respondió Iván, desconcertado—. Yo hablo aldenórico...

—Es cuestión de nombres. Hablamos el mismo idioma. En el fondo, somos la misma gente. Tenemos un mismo origen, ¿no lo sabías?

—No. Este año estudiaremos historia de Aldénuri con Filós.

—¿Filós?

—Es el maestro. Nos ha dicho que pronto nos enseñará nuestra historia y la geografía de Aldénuri y de las tierras que nos rodean. No tengo ni idea de dónde estoy...

Astuur, que acababa de despertarse, se sorprendió al oír a su padre hablar con alguien. Tomó la ballesta y se aproximó a la garita con sigilo, temiendo que se tratara de alguien peligroso...

—No te preocupes, muchacho, yo sí sé muy bien dónde estás. Te ayudaré a volver a Aldénuri. Te adelantaré algunas de las lecciones de Finolís, o ¿cómo has dicho que se llama ese maestro?

—Filós.

—¡Ah, Filós! Pues, si Filós os hubiera explicado ya algo de historia, os hubiera dicho que vosotros y nosotros tenemos antepasados comunes...

En ese momento, Astuur se dejó ver.

—¡Ah! ¡Astuur! ¡Buenos días! ¿Has descansado? Te presento a Iván de Aldénuri, debe de haber llegado ayer por la tarde, mientras dormíamos.

—¿Ayer...?

—Sí. A pesar de todo el jaleo —rio Ghulden—, creo que has dormido como un tronco... ¡Nos acostamos a mediodía y amaneces ahora! Este es mi hijo Astuur —continuó, dirigiéndose a Iván—. Hace ya doce años, desde que falleció mi esposa, Irian, que vivimos solos los dos.

Normalmente no vivimos aquí arriba, ni con tantas precauciones, no te creas, pero desde hace unos días merodean criaturas extrañas cuando oscurece. Por eso vigilamos de noche y dormimos de día... Anteanoche, intentaron por primera vez asaltar esta torre. ¡Deshicieron la puerta de roble en solo dos o tres golpes! Pero, por suerte, no pudieron acceder a la torre, creo que porque no cabían.

»Siempre me había preguntado por qué mis antepasados habían hecho tan estrechos el acceso a la torre y la escalera, pero eso es lo que nos ha salvado —añadió—. Pensando en esto anoche, se me ocurrió que era como si hubieran construido la torre a propósito para defenderse de criaturas como esas... Veréis... —Ghulden titubeó, como si no se atreviera a seguir—, parece una locura, pero el caso es que me viene cada vez con más fuerza la idea de que esos merodeadores pueden ser thaurroks... He estado haciendo memoria, atando cabos... ¡Todo coincide!

—¿Que pueden ser qué? —preguntó Iván.

—Thaurroks. ¿Tampoco os ha hablado Filós de ellos?

—No.

—Es una historia muy antigua, que tiene que ver con el origen de nuestros pueblos. Ojalá me equivoque, pero me temo que, en los tiempos que se avecinan, oirás hablar de ellos, y hasta los verás en acción... En fin, Dios dirá. En todo caso, se me ha ocurrido un modo de salir de dudas. En la biblioteca de nuestros antepasados, que se encuentra en el sótano de la torre, tiene que haber algo que nos ayude a entender lo que está sucediendo. Por aquí todos, desde pequeños, hemos escuchado historias o poemas en los que aparecen los thaurroks, y cualquier niño del Errion-Thal ha oído a los rapsodas decir que se habla de esos seres en los manuscritos de Bériodun y de los antiguos cronistas, pero la verdad es que nunca se me ha ocurrido comprobarlo... Ni creo que a nadie...

En ese momento, Iván advirtió, con un respingo, la presencia de los dos grandes mastines, que hasta ese momento habían permanecido en guardia junto a las escaleras.

—¡No temas! Son Akur y Akkoh —dijo Astuur, esforzándose por ser amable.

—No te harán nada —añadió Ghulden—. Bajemos a casa, no hay peligro. Hijo, hay que dar de comer a Akur y Akkoh, y a los caballos. Por alguna razón —explicó, dirigiéndose a Iván—, los thaurroks..., o lo que fueran esos seres, no han atacado a los caballos en el establo. Es extraño, pero me alegro de veras.

* * *

Cuando hubieron dado el pienso a las caballerías y un par de huesos con abundante carne a los perros, Ghulden y Astuur entraron de nuevo en casa para desayunar con Iván, que no tuvo inconveniente en repetir para acompañarles. Aún fue capaz de comerse un par de huevos fritos con patatas, tocino, pan, mantequilla ¡y hasta fruta!

Para entonces, ya tenía la completa seguridad de que estaba entre amigos. Durante el desayuno había dejado de tratar a Ghulden de «usted» y de «señor». Por su parte, Ghulden y Astuur, acostumbrados a vivir solos, estaban contentos de tenerlo allí y habían empezado a tratarlo con toda confianza. A ello contribuía el hecho de que Iván y Astuur habían simpatizado enseguida.

Después de desayunar, Ghulden les propuso que lo acompañaran a la biblioteca:

—Hay que salir de dudas cuanto antes y, si se confirmaran mis temores, cuanto más conozcamos acerca del enemigo, mejor podremos defendernos de él, ¿no os parece?

La biblioteca de la casa-torre era una auténtica obra de arte. La fecha de su construcción se remontaba a los primeros años de la colonización de la península por los fugitivos de Äskenlant. Bériodun se había llevado consigo algunos documentos históricos de su estirpe, para evitar dejarlos en manos de los invasores lárhunder, y a lo largo de los años se habían ido añadiendo a ellos otros muchos escritos. El más importante era la *Gran Crónica del Errion-Thal*, que contenía toda la historia de la región, año tras año, desde la llegada de Bériodun y sus compañeros.

Hasta hacía unos ciento cincuenta años, el cronista del Errion-Thal había habitado en la propia casa de Ghulden, donde se custodiaban las crónicas. Actualmente vivía en Eekklo.

La biblioteca ocupaba buena parte de los sótanos de la torre y de la casa. Era una obra de ingeniería de gran valor, pues los muros, de piedra de granito, habían sido diseñados para defender los libros de la labor destructora de la humedad, y aún hoy, siglos después, continuaban haciéndolo a la perfección.

Iván, fascinado, observó inscripciones talladas en las paredes con una escritura que le resultó imposible identificar. Era como adentrarse en una antigua civilización, y tenía la impresión de que en cualquier momento podía surgir algún personaje del pasado desde detrás de una de las estanterías. Había millares y millares de rollos de pergamino y de tomos encuadernados.

—¿Cómo vamos a encontrar lo que buscamos entre todos estos libros? —preguntó Iván, hablando en voz baja sin saber por qué.

—Todo está muy organizado —respondió Ghulden—. Bastará con que encontremos el libro-índice de las obras de historia, entre las cuales está la *Gran Crónica del Errion-Thal.*

—¿Y dónde está ese libro-índice?

—No debería ser difícil localizarlo. En esa sala de la izquierda se conservan todos los libros-índice. Venid y os enseñaré cómo se busca.

A pesar de su nombre, el libro-índice de historia no era uno, sino muchos. De todos modos, Ghulden no tardó en localizar el que les interesaba, que les remitió a una zona del cuadrante noroeste de la biblioteca.

Una vez allí, se veían enseguida las largas filas de tomos de la *Gran Crónica del Errion-Thal*, que ocupaban muchos metros de la estantería. Ghulden tenía una idea bastante aproximada de la época de la aparición de los thaurroks y fue directamente a los tomos correspondientes a esos años. Sabía muy bien que, en parte, esa había sido la razón por la que Bériodun y un buen grupo de familias habían abandonado el Errion-Thal. Pero los que habían decidido quedarse consiguieron acabar con los thaurroks..., o al menos eso se había creído siempre.

Iván y Astuur guardaban silencio mientras Ghulden hojeaba rápidamente un tomo tras otro. Al fin, encontró en uno de ellos una breve referencia a las guerras que empeñaron a los primeros pobladores cuando llevaban pocos años asentados en el Errion-Thal. No explicaba casi nada, pero había allí una anotación marginal de un cronista posterior que remitía a un tomo mucho más tardío.

Lo buscó y lo llevó a la mesa más cercana. Era un libro encuadernado con pesadas tapas de cuero, compuesto de grandes hojas de pergamino escritas por una sola cara. Ghulden mostró a Iván la primera página y le explicó que el tomo estaba escrito en caracteres thálicos del período medio. Se trataba de una escritura comprensible, porque la lengua apenas había variado, pero tenía gran cantidad de signos y caracteres que ya no se empleaban y hacían difícil la lectura. Astuur, que suplía la falta de escuela cercana con las lecciones que su padre le daba en la propia biblioteca, era capaz de entender ya bastante bien los textos más sencillos.

Pasaron un buen rato en silencio, roto apenas por algún cuchicheo de Iván y Astuur, que curioseaban las estanterías un poco aburridos. De vez en cuando, impacientes, se acercaban a mirar por encima de los hombros de Ghulden, que leía con gran concentración. De repente, exclamó:

—¡Aquí está! ¡Lo he encontrado, escuchad! —comenzó a leer lentamente en voz alta—: «Los sabios y ancianos que formaron el primer Consejo, venidos todos con Bériodun desde Äskenlant, redactaron un documento secreto que se ha ido custodiando hasta hoy en los Consejos sucesivos con la obligación de no abrirlo hasta que llegara a gobernar el Errion-Thal la primera generación nacida en paz y que hubiera vivido en paz hasta ese momento. En el presente año, cumplida por vez primera esa condición, y abierto y leído el documento secreto, los actuales ancianos han dispuesto que se dé noticia de su contenido en esta crónica para conocimiento de las futuras generaciones, lo cual me dispongo a cumplir yo, Ildurn, cronista del Errion-Thal». Comienza el documento con la fórmula del juramento y la conminación de secreto, que omito.

»Explica a continuación que el secreto se impone para que las noticias que siguen no debiliten el valor y la esperanza de las generaciones que se encuentran en la necesidad de combatir por su supervivencia, pues sin esperanza de victoria definitiva cualquier pueblo se descorazonaría y acabaría sucumbiendo. En cambio, a las generaciones futuras que solo hayan conocido la paz, esas noticias les servirán de aviso para estar en guardia y de ayuda si llegara el momento de luchar por su vida.

»Prosigue narrando que, durante el año decimosexto de la llegada de Bériodun al Errion-Thal, hordas cada vez más numerosas de thaurroks asolaron la región. Dice que la voz thaurrok, que aparece en el documento, es de etimología incierta. A juzgar por la descripción que se hace de las criaturas así denominadas, podría estar compuesta a partir de las formas antiguas de las palabras *toro* (*tauur*) y *roca* (*errok*), ya que se dice que la forma de la cabeza de los thaurroks recordaba a la de un toro; que la altura de estas bestias podía alcanzar los diez metros, y que su piel tenía una dureza como de roca, lo cual les hacía casi invulnerables. Solo se les podía herir en el talón y en la base del cuello, en la unión entre la piel acorazada de la cabeza y la del tórax. Ahí existía una especie de collar de piel blanda que un arma certera podía atravesar, causándoles la muerte.

»Caminaban erguidos, sobre las dos patas traseras. Una gran cola de reptil les ayudaba a mantener el equilibrio. Las patas delanteras, mucho más cortas, acababan en mortíferas garras. Con un solo golpe de esas extremidades superiores eran capaces de derribar un árbol o de arrancar la cabeza de un hombre. Sin embargo, la longitud de esos miembros no les permitía alcanzar a cubrirse los ojos con ellos, por lo que eran muy vulnerables también en ese punto. Su visión era escasa y, con toda probabilidad, se orientaban por un sistema similar al de los murciélagos.

»Los thaurroks hibernaban bajo tierra durante largos períodos de tiempo. Al salir de su hibernación, eran torpes y prácticamente inofensivos, pero progresivamente iban desarrollando una agresividad cada vez más furiosa.

Iván y Astuur escuchaban inmóviles, casi sin atreverse a respirar. Ya no daban muestra alguna de aburrimiento: sentían un vivo interés, que les hacía embeberse de la antigua crónica como si sus mentes fueran esponjas... Iván pronto relacionó las palabras que estaba escuchando con la figura del animal que aparecía en la medalla que llevaba oculta bajo la ropa. De manera instintiva se llevó la mano al pecho..., en ese momento reparó asimismo en que la escritura del manuscrito coincidía plenamente con los caracteres del medallón..., que sin duda debía de estar acuñado en caracteres thálicos del período medio, ¿qué extraña coincidencia se estaba dando en su vida?

Continuó escuchando las palabras de Ghulden:

—El documento de los ancianos afirma que la aparición de estos thaurroks se debió a los morghuks, un pueblo salvaje que habitaba el bosque de Arkane desde tiempos inmemoriales:

»Era este un pueblo feroz y carente de humanidad. Sus guerreros utilizaban un casco adornado con dos cuernos de toro. A la llegada de Bériodun desde Äskenlant, los morghuks robaban y asesinaban sin piedad a los habitantes del Errion-Thal. Por ello se levantaron casas-fortaleza en las zonas lindantes con el bosque. Cuando la situación se hizo insostenible, Bériodun declaró la guerra abierta, y los morghuks fueron derrotados y casi aniquilados, no sin antes causar numerosas bajas en la población del Errion-Thal, que vivió atemorizada durante los dieciséis años que duró la guerra.

»Al poco tiempo de acabar esta guerra, aparecieron los thaurroks. Fueron exterminados tras cinco años y medio de lucha sin tregua, en los que se dio muerte a más de trescientos ejemplares y sucumbieron tres de cada diez colonos del Errion-Thal.

»Los ancianos conocieron el origen de los thaurroks interrogando bajo tormento a dos guerreros morghuks apresados durante esa guerra abominable. Por ellos supieron también, y así lo hicieron constar en su documento secreto, que, mientras hubiese un solo morghuk sobre la tierra, los thaurroks volverían a sembrar el terror cada vez que...

Ghulden se detuvo y se humedeció el índice con la lengua para pasar la hoja. Al hacerlo, se le escapó una exclamación: alguien había arrancado la siguiente... y varias sucesivas.

—¡Eh! ¿¡Qué significa esto!? ¡Han arrancado hojas del libro!

Ghulden se había puesto muy serio. Era evidente que aquello no era efecto de ninguna causa natural. Alguien había eliminado intencionadamente información trascendental sobre los thaurroks. Y parecía que había actuado con prisa, sin detenerse a comprobar: de otro modo, nunca se hubiera dejado la página que acababan de leer...

—¡No me explico quién ha podido ser! ¿Cómo ha podido entrar en la biblioteca sin que lo sepamos...? —se interrogó Ghulden en voz alta—. ¿Y cuándo, con esas criaturas ahí fuera de noche y los dos mastines aquí?

La puerta de acceso no había sido forzada —continuó su reflexión en silencio—, así que quien hubiera entrado subrepticiamente lo había hecho con una llave. Que él supiera, solo había dos llaves de la biblioteca. Él, como descendiente directo de Bériodun, tenía una. El thaine de Urôss tenía la otra… A no ser que hubiera una tercera llave cuya existencia le fuera desconocida.

—Tendremos que resolver el enigma —dijo a los chicos—, si queremos comprender todo este asunto de los thaurroks. Porque, después de esto —movió la cabeza con abatimiento—, me parece que no quedan muchas dudas de que mis sospechas iban bien encaminadas…

3

En Aldénuri era día grande, pues se celebraba un nuevo aniversario de su fundación por Bériodun de Äskenlant, que desde aquel momento había pasado a llamarse Bériodun de Aldénuri.

La cena en casa de Iván fue mejor de lo habitual y vino acompañada por sukkôts, una bebida dulce muy apreciada en todo el Áldendor y reservada para las grandes ocasiones. La tarta fue muy aplaudida, y no solo por los más jóvenes. A los postres, todos se mostraban animados, especialmente el tío Lánder, que no se hizo rogar para continuar con su relato. Ana no había olvidado bajar los mapas del desván.

—Ayer me preguntabais el motivo por el que Bériodun dejó el Errion-Thal…

—Sí, fui yo —dijo Enkel.

—Pues bien, todo se debió a los thaurroks. —Al ver las caras de incomprensión, se apresuró a tranquilizar a los chicos—.

¡Calma! Ahora os explicaré lo que eran los thaurroks..., también llamados hórrenthar más al sur de Arkane.

—¿Al sur de dónde? —era Kel en esta ocasión.

—De Arkane. ¿No os enseña Filós nada de geografía en la escuela?

—Nos ha dicho que este año aprenderíamos...

—Me parece que ya va siendo hora. Mirad —dijo, mientras señalaba un punto en el mapa—: aquí estamos nosotros, en Aldénuri... Y aquí está el Errion-Thal... Y esto es el bosque de Arkane...

—¡Y aquí está Yn... ndur... nor, tío Lánder, está escrito!

—¡Muy bien, Ruth, eres muy lista!... Bien, volvamos a Bériodun. Como os acabo de decir, Bériodun abandonó el Errion-Thal a causa de los thaurroks. —En el momento en que el tío Lánder volvió a pronunciar la palabra *thaurrok,* recordó para sí que era precisamente un thaurrok el animal grabado en la medalla que había encontrado Iván en la oquedad del árbol. Sin embargo, no dijo nada al respecto, a fin de evitar recuerdos dolorosos para todos. Trató de continuar en un tono natural—. Fue una decisión difícil de tomar para Bériodun...

—Tío Lánder, discúlpame. Creo que los niños quieren que les expliques lo que es un thaurrok... —intervino Ana al ver los ceños fruncidos de sus hijos.

Sin duda, Ana desconocía toda relación entre los thaurroks y la medalla de su hijo. Ferrio conocía la existencia de los thaurroks y la asoció también a la medalla de Iván, pero consiguió que no se reflejara en su rostro y guardó silencio, dejando hablar al tío Lánder.

—¡Es verdad, Ana! ¡Perdonadme, chicos! Veréis, el thaurrok era un extraño y gigantesco animal que vivía en el bosque de Arkane, en el límite sur del Errion-Thal. Tenía la cabeza parecida a la de un toro, pero caminaba sobre dos patas, lo que le daba un aspecto formidable, pues, al parecer, algunos ejemplares llegaban a medir hasta diez metros de altura.

—¡Diez metros! ¡Como un árbol! —exclamó Kel asombrado.

—Exacto: si uno de esos se paseara junto a esta casa, veríamos pasar su cabeza a la altura del tejado... Eso os da idea de lo que Bériodun tenía enfrente. Esas bestias tenían una fuerza colosal. Para que os hagáis una idea, se dice que podían partir en dos un árbol de un solo golpe...

—¡Tío Lánder! ¿Y ahora dónde están esos bichos...? —preguntó Ruth, visiblemente impresionada.

—¡Tranquila, Ruth! —rio Lánder, acariciando la cabeza a su sobrina—. Si os estoy hablando con toda tranquilidad de los thaurroks es porque desaparecieron del mundo hace muchísimos años. Precisamente ahí llegaremos con la historia que os estoy contando. Ya veis que eran criaturas terroríficas. Bériodun nunca había oído hablar de su existencia (como vosotros) hasta que se topó con ellos en la meseta del Errion-Thal, aunque no fue al principio. Los thaurroks no aparecieron hasta bastantes años después de su llegada. ¿Sabéis por qué?

—¡No! —respondieron los niños.

—No aparecieron antes porque, de vez en cuando, hibernaban. ¿Sabéis lo que es *hibernar*?

Los gemelos asintieron, moviendo enérgicamente la cabeza. Ruth, que no quería ser menos, añadió:

—¡Yo también lo sé! ¡Es lo que hacen los osos en invierno, en su cueva!

—Eso es. Sí, señor. Pero no penséis que hibernaban solo durante el invierno. No. Nadie sabía por qué, pero hibernaban durante años, a veces muchos años. Así que, cuando llegó la expedición de Bériodun, probablemente estaban hibernando. Cuando aparecieron los thaurroks, nadie sabía lo que eran. Fue terrible: primero vieron uno, luego dos, tres... Se dice que llegó a haber varios centenares… Y pronto empezaron a atacar, a matar gente y a destrozar todo a su paso.

»Bériodun era ya bastante entrado en años y, aunque su valor continuaba intacto, sufría, sintiéndose responsable por haber llevado a toda aquella gente hasta allí para verlos morir destrozados por esas fieras. Por eso propuso organizar una nueva expedición para abandonar el Errion-Thal y volver a empezar en otro sitio. Sin embargo llevaban ya años en esa tierra, habían echado raíces y muchos no querían marchar, así que hubo una Asamblea del Consejo de Ancianos y los principales caballeros. Algunos proponían fortificarse y hacer frente a los thaurroks. Otros, con Bériodun a la cabeza, preferían no poner en peligro a la población y buscar nuevas tierras.

»Al final decidieron que quienes quisieran quedarse y arrostrar una guerra con los thaurroks, se quedarían. Quienes quisieran partir lo harían guiados por Bériodun… Y esa fue la razón de que Bériodun viniera a esta tierra y fundase Aldénuri. Por eso estamos aquí.

—¿Y qué pasó con los que quedaron en el Errion-Thal, tío Lánder? —preguntó Kel.

—Hubo una guerra durísima que duró varios años. Construyeron fortificaciones, instalaron trampas, estudiaron a los thaurroks (sus costumbres, sus guaridas, sus puntos débiles…) y lucharon con denuedo. Hubo muchas muertes entre los habitantes del Errion-Thal, y cerca estuvieron de desaparecer por completo. Pero, finalmente, vencieron… y exterminaron a los thaurroks.

Los chicos se quedaron silenciosos cuando Lánder terminó su historia. Ana juzgó que la narración había impresionado hondamente a sus hijos y por eso los envió al jardín a jugar.

Tan pronto hubieron salido los niños, la conversación de los mayores derivó hacia lo que les preocupaba de verdad: la suerte que correría Iván y las posibilidades de recuperarlo con vida.

4

Desde la llegada de Iván, Ghulden observaba con satisfacción que él y Astuur se iban haciendo muy amigos. A Astuur le hacía un gran bien la amistad de un chico de su edad.

Los tres se mantenían en tensión: aunque no había vuelto a oírse merodear a nadie cerca de la torre durante varias noches, no se hacían ilusiones de que todo hubiera acabado. Sabían que la agresividad de los thaurroks, una vez salidos de su hibernación, no haría más que aumentar. Por eso apenas se atrevían a aventurarse fuera de la casa.

Aprovechaban las horas de luz, relativamente más seguras, para hacer algunos trabajos necesarios. Además de reparar y reforzar el portón de entrada a la torre y las trancas que lo aseguraban, idearon un sencillo sistema de alarma que les permitiría dormir en la casa, evitando la incomodidad y el frío de la torre. Consistía en una cuerda tendida a unos dos metros de altura sobre postes clavados en el suelo, que rodeaba todo el perímetro de la casa-fortaleza. El cabo de la cuerda estaba tenso, atado a una estantería en la que habían colocado platos viejos y cacerolas en equilibrio. De ese modo, si un thaurrok se aproximara de noche, al engancharse en la cuerda sacudiría la estantería y haría caer los platos. El estruendo despertaría a los moradores de casa Fenndor, que correrían hacia el pasaje que comunicaba con la torre, y podrían ponerse a salvo.

Aunque con la moral alta, la realidad era que se sentían sitiados, y como tales vivían. No se atrevían a abandonar la torre por temor a atraer la atención de los thaurroks. Habían enviado palomas para prevenir a las aldeas cercanas y pedir auxilio, que por ahora no llegaba.

Durante las largas horas que tenían que pasar juntos después de la caída del sol, sin poder hacer otra cosa, Ghulden contaba a los muchachos —para entretenerlos y también para ayudarles a comprender mejor la situación que atravesaban— algunos episodios de la historia del Errion-Thal, relacionados con los sucesos actuales. Muchos de ellos, aunque no todos, eran ya conocidos para Astuur; en cambio, para Iván casi todo era nuevo. Entre otras cosas, descubrió que, si bien lejanamente, ¡estaba emparentado con Ghulden y Astuur! Compartían algunos de los antepasados que conocía por los relatos del tío Lánder.

Esas conversaciones los distraían y ayudaban a Iván a no entristecerse pensando en la angustia de su familia, que le creería todavía cautivo de los kerren. Lo que no lograban era hacerles olvidar la presencia cercana de los thaurroks.

Al contrario, contribuían a que se dieran más cuenta del terrible peligro que los rodeaba.

Iván no había vuelto a volar en los días que llevaba viviendo en el Errion-Thal, ni había hablado de eso todavía. No es que desconfiara de Astuur y Ghulden, simplemente no había encontrado necesidad ni ocasión de decirlo. Desde que Ghulden, en su primer encuentro, dio por sentado que había ganado la costa nadando desde un skerrag, y que había entrado en la torre por la puerta destrozada por los thaurroks, no se había vuelto a hablar de las circunstancias de su llegada.

Habían pasado cinco noches sin ataques directos, aunque la noche anterior, casi de madrugada, habían oído de nuevo el estruendo lejano de la marcha de los thaurroks, sin poder precisar en qué dirección se movían. Por la mañana, mientras revisaban la cuerda de seguridad, Astuur propuso a su padre que le permitiera salir a caballo con Iván por los alrededores de la casa-torre:

—Los caballos necesitan moverse, no han caminado desde hace días… ¡Y a nosotros tampoco nos vendría mal! Déjanos, padre: yendo a caballo sin alejarnos de casa no nos puede pasar nada. Y si pasa algo, podremos volver inmediatamente. ¿Te animarías, Iván?

—¡Hombre, yo…!

A Iván le daba apuro decir que sí, pues no quería poner a Ghulden en un compromiso, pero la idea le atraía muchísimo.

Tanto insistió Astuur que por fin Ghulden accedió: era verdad que los caballos tenían que hacer ejercicio, y ellos llevaban mucho tiempo seguido bajo una gran tensión. Por otra parte, las últimas noches habían transcurrido sin novedad y el día era siempre mucho más tranquilo…

—¡Está bien, podéis dar una vuelta, pero no debéis perder de vista la casa ni acercaros al bosque…! ¡Cabalgaréis siempre manteniéndoos más cercanos a la casa que al bosque, y a la menor señal de peligro volveréis al galope! ¿Está claro?

—¡Sí, padre! —respondió Astuur con una gran sonrisa—. Dejaré la cuerda suelta, para poder entrar luego sin estorbo, y al volver la tensaremos de nuevo antes de cerrar. A Astuur le encantaban los caballos. A pesar de su corta edad, era un consumado jinete, mucho mejor que Iván. No tardó en preparar las monturas, y poco tiempo después trotaban los dos en dirección opuesta al bosque de Arkane. Por ese lado se abría una gran pradera que ascendía lentamente hacia las montañas de Elúrr. Esta disposición del terreno permitía ver la casa-torre desde una gran distancia. Fieles a las instrucciones de Ghulden, los dos muchachos cabalgaban sin alejarse en exceso de la casa, mientras Astuur daba a Iván toda clase de explicaciones acerca de los lugares pintorescos que contemplaban.

—¿Ves aquella montaña de allá? Ahí arriba, debajo de esos picos, al otro lado de la montaña, hay un lago inmenso. En invierno está siempre helado y en verano a veces subimos a pescar truchas.

—¡Truchas! ¡Tengo un hermano que se volvería loco por poder pescar ahí!

—¿A ti no te gusta pescar?

—Un poco, pero no tanto como a mi hermano. Es lo que más le gusta hacer.

—¿En Aldénuri hay lagos?

—Hay dos cerca de donde yo vivo, pero no son muy grandes. Mi hermano pesca más en el río que pasa junto a nuestra casa. Es un río truchero famoso en la comarca.

—¡Me gustaría conocer Aldénuri! Yo nunca he salido de aquí. Mi padre dice que quizás debamos ir a vivir a Eekklo o a Urôss, para que yo conozca más gente y no me vuelva una persona rara y esas cosas, pero a mí no me gustan las poblaciones para vivir.

Astuur no era poco sociable, pero disfrutaba viviendo en contacto estrecho con la naturaleza.

—Aldénuri sí te gustaría, es...

Iván se interrumpió al escuchar un crujido fortísimo a sus espaldas, que le sobresaltó. Astuur, que ya había oído otras veces algo así, reconoció el sonido de un árbol que se quebraba en Arkane. Se giraron para mirar hacia la parte del bosque. No se veía nada, pero optaron por dar media vuelta y volver a casa lo más rápidamente posible.

Astuur montaba su propio caballo y tenía más práctica que Iván. Pronto le sacó una ventaja apreciable. Los violentos ruidos del bosque iban en aumento y se diría que se acercaban.

Al oír el ruido, Ghulden se había asomado a la balconada que miraba hacia las montañas Elúrr y vio a su hijo que volvía al galope tendido. Unos cien metros por detrás venía Iván, galopando a menor velocidad. Entonces apareció un thaurrok en la pradera delante del bosque. Se detuvo unos instantes, como explorando el terreno. Ghulden no podía verlo por la orientación de la balconada, pero Astuur e Iván sí. Era la primera vez que veían uno, y a plena luz del día. A Astuur la vista de un ser tan imponente le puso el corazón en un puño. Pero ya casi estaba a salvo, no tardaría en llegar al portón de la torre. Miró hacia atrás para ver si lo seguía Iván, y lo vio galopar furiosamente, sin perder de vista un instante los movimientos del monstruo, pero a una distancia de la casa que podía ser peligrosa.

El thaurrok, como si hubiera adivinado las intenciones de Iván, inició una rápida marcha hacia la puerta de la torre. El caballo de Iván parecía sentir el peligro y resistirse a continuar su carrera, al encuentro con el thaurrok.

Astuur había llegado ya a la casa y se quedó esperando a Iván para cerrar el portón de entrada en cuanto entrara.

—¡¡¡Cierra la puerta, Astuur!!! ¡¡¡Ciééérralaaa!!! —gritaba Iván con todas sus fuerzas.

Astuur, angustiado, no se decidía a cerrar dejándolo fuera a merced del monstruo, pero en ese momento vio, atónito, como Iván comenzaba a elevarse lentamente por los aires... Ante la proximidad del thaurrok, cerró el portón, asegurándolo con las pesadas trancas de seguridad, y corrió a reunirse con su padre, sin salir de su asombro.

Iván continuó el vuelo hasta la balconada, donde Ghulden lo recibió literalmente con la boca abierta.

—¡Iván! ¿Cómo...? ¿Cómo... has ascendido por el aire?

—¡Era un thaurrok! —dijo Iván, sin oír siquiera la pregunta—. ¡Está abajo: venía hacia nosotros...!

En breves instantes llegó también Astuur a la balconada. Al ver a Iván, se abalanzó sobre él y lo agarró por los brazos, mirándolo con ojos desorbitados.

—¡¡¡Iván!!! ¿Qué has hecho? ¿Cómo lo has hecho?

—¿Lo de volar?

—¡¡Pues claro!! ¿Cómo lo has podido hacer?

Ghulden les interrumpió:

—¡Será mejor que entremos! —mientras lo decía, empujaba a los dos—. Hablaremos dentro.

Ya en el interior, Ghulden, bajando la voz, se dirigió de nuevo a ellos, que respiraban aún afanosamente a causa del esfuerzo y de la emoción:

—¡Uf! ¡Por un pelo! Esperemos aquí arriba sin hacer ruido. Si no nos ve ni nos oye, tal vez se vaya... Creo que no ha sido buena idea dejaros salir. Gracias a Dios que no ha sucedido nada... —Hizo una pausa, mirando a Iván fijamente, y añadió—: Iván, ¿qué es lo que has hecho? ¿Cómo haces eso?

—¡No lo sé muy bien...! Pocos días antes de llegar aquí descubrí por casualidad que podía volar. Mi tío Lánder y mi padre dicen que saben la causa: mencionaron algo relacionado con los estudios de mi abuelo, el físico Unke... Pero no he podido saber más.

—Entonces, ¿puedes volar siempre que quieras? —preguntó Astuur, casi olvidándose de hablar en voz baja.

—Sí, si me concentro en ello, aunque a veces no es fácil: ya me he caído dos veces... Pero, si consigo mantener la concentración, puedo volar durante bastante tiempo. Así es como pude escapar de los kerren y llegar hasta la torre: no entré por abajo, sino por arriba.

—¡Es fantástico! —dijo Ghulden, y quedó pensativo, meditando en silencio sobre la gran cantidad de acontecimientos extraños a los que estaba asistiendo en aquellos días.

El thaurrok, después de golpear algunas veces el portón y los muros, sin demasiada ferocidad, rondó algún tiempo por los alrededores. Finalmente, desistió y se alejó de nuevo hacia el bosque, sin volverse a mirar atrás.

Poco duró la calma para Ghulden y los chicos, porque, cuando acababan de decidir que ya podían moverse y bajar a los pisos inferiores, les alarmaron los gritos de un jinete que se acercaba al galope. Era un emisario de Eekklo, que venía visiblemente excitado. Le seguía, también al galope, el caballo de Iván, que había encontrado huyendo en dirección a Eekklo.

—¡Señor Fenndordun! ¡Señor Fenndordun!

—¡Gwyes! —respondió Ghulden, de nuevo en la balconada—. ¡Cuánto tiempo! ¿Qué te trae por aquí? ¡Veo que has encontrado nuestro caballo fugitivo!

—¡Sí, señor, lo encontré en el camino de Eekklo y lo he reconocido! ¡Pero traigo malas noticias, señor Fenndordun! Los seres monstruosos de los que usted hablaba en su mensaje nos han atacado de nuevo esta madrugada... ¡Ha sido horrible! La gente está atemorizada... Y, lo que es peor, se han llevado a Finn Ibérr...

—¿Cómo? ¿¡Llevado...!? ¿¡Qué quieres decir!?

—Ni más ni menos que lo que he dicho, señor: que se lo han llevado. Por eso hemos salido varios jinetes en su busca, si bien sabemos que nuestra misión es desesperada: aunque los encontráramos, ¿qué podríamos hacer nosotros ante esos monstruos? Cuando hemos llegado ya tan cerca del bosque sin verlos, los demás han decidido regresar, pero yo he pensado que podía acercarme hasta aquí, por si habían visto algo... y para saber cómo estaban.

El pobre Gwyes hablaba con voz nerviosa y jadeaba. Reprimiendo un escalofrío, añadió, como disculpándose:

—Hace tiempo que salimos de Eekklo y, aun sin haber encontrado nada peligroso en el camino, estoy temblando...

—Gwyes, pareces agotado y desquiciado... Entra y descansa aquí. Comerás con nosotros, así podrás explicarnos más despacio qué ha ocurrido con Finn Ibérr.

—Se lo agradezco, señor. ¡Hola, Astuur! —saludó cuando este le abrió la puerta—. ¿Cómo os va por aquí?

—Bien hasta ahora, Gwyes... ¡Me alegro de verte! Sube, nosotros también hemos padecido a esas bestias: ¡acaba de atacarnos una de ellas! Mi padre te pondrá al corriente de todo.

Una vez arriba, Ghulden le presentó a Iván:

—Este es Iván, viene de Aldénuri. Ha llegado hasta aquí huyendo de los kerren, que lo capturaron en su tierra...

Gwyes se inclinó hacia Iván con gesto admirativo, mientras Ghulden continuaba con la presentación.

—Y este, Iván, es Gwyes Hordendun, la persona de mayor confianza de cuantas he conocido. —El aludido enrojeció al oír estas palabras—. Trabajó en esta casa hasta hace poco más de dos años, cuando se casó y se fue a vivir a Eekklo. ¿Cómo está Inda, Gwyes?

—Muy bien, señor, está esperando nuestro segundo hijo para la luna de léhiann.

—¿Ya el segundo? ¡Enhorabuena! ¿Cómo se llama el primero?

—Onder. Tendría usted que verlo, ya empieza a hablar.

—Me encantaría, Gwyes, pero dime: ¿Inda y el niño están con alguien? ¿Quién cuidará de ellos en tu ausencia?

—Están en casa de su hermano Ingharr. Allí estarán a salvo, ya sabe cómo las gasta Ingharr...

—Sí, ¡ja, ja! Iván no conoce a Ingharr. Es capaz de romper una piedra con la cabeza, y no hablo en sentido figurado... Hace algunos años, mató a un oso con un palo. Claro que, si no lo hubiera matado, el oso hubiera acabado con él... Iván escuchaba maravillado. No conocía a nadie en todo Aldénuri con una fama semejante.

Antes de sentarse a comer, Ghulden pidió a Gwyes que lo ayudara y salieron rápidamente a tensar la cuerda de alarma, para que los avisara si alguien se acercaba.

Durante la comida dejaron de recordar alegres tiempos pasados y volvieron a dedicarse a la situación presente. La conversación fue tomando tintes más oscuros. Sobre todo les preocupaba no saber si podrían hacer algo por rescatar a Finn Ibérr...

—Algunos ancianos —iba explicando Gwyes, mientras Ghulden asentía tristemente— hablan de estos seres llamándolos «thaurroks». Dicen que ese es su nombre, y que se les creía exterminados desde los tiempos de Bériodun. Y también dicen haber oído de sus antepasados que esos monstruos se llevaban presas vivas para alimentar a sus cachorros. Eso explicaría el apresamiento de Finn... —Gwyes tuvo que hacerse violencia para contener el llanto, le unía con Finn Ibérr una antigua y estrecha amistad—. ¡No puedo dejar de pensar en su esposa y en sus hijos! —continuó, con la voz quebrada—. Yo...

—¡Cálmate y escucha un momento! —interrumpió Ghulden, enérgico, poniendo su pesada mano sobre el hombro de Gwyes—.

Quizás no sea tarde aún. Lloraremos a los amigos cuando los veamos muertos. Hasta entonces, no necesitan nuestras lágrimas, sino nuestra ayuda. Pensemos qué podemos hacer por Finn.

Gwyes asintió en silencio, secándose los ojos con el antebrazo. Alzó la cabeza y miró de frente a Ghulden. Asintió de nuevo resueltamente, dando a entender que estaba dispuesto. Ghulden continuó:

—Verás, desde aquí se oye con toda claridad el estrépito del movimiento de los thaurroks cuando se desplazan, y te aseguro que seguimos con mucha atención esos ruidos... Pues bien, esta madrugada los oímos desplazarse fuera del bosque, aunque no pasaron por aquí como unas noches atrás..., ¿verdad, chicos? —preguntó a Astuur e Iván, que asintieron, y continuó—. Ese debió de ser el momento en que se ponían en movimiento hacia Eeklo. Sin embargo, no pueden haber regresado aún al bosque, porque, sin duda, los habríamos oído, y no ha sido así.

—Únicamente hemos visto aquel thaurrok que salió del bosque hace un rato —corroboró Astuur—, y estaba solo...

—¡Eso significa que Finn podría estar vivo todavía! —exclamó Gwyes, levantándose de la silla—. Porque las madrigueras de esos monstruos estarán en el bosque...

—Exacto —confirmó Ghulden—, pero no sabemos de cuánto tiempo disponemos. Lo mejor será que nos organicemos y salgamos a buscarlo mientras contamos todavía con horas de luz.

5

No muchas jornadas antes de que Iván y sus amigos del Errion-Thal se vieran en la necesidad de afrontar aquel momento crítico, la llegada de tres skerrags a Aldénuri poco antes del amanecer había roto la monotonía de los primeros días del otoño. Sin embargo, nadie los vio acercarse al amparo de la noche, y solo uno pudo ver en aquella ocasión a sus tripulantes.

Los kerren no pretendían invadir Aldénuri con tres embarcaciones. Solo querían dejar un mensaje. Sabían que ninguna nave de Aldénuri era lo bastante rápida para alcanzar a un skerrag, por lo que estaban seguros de que, si se aproximaban a la costa de noche para no ser avistados, dos de ellos podrían desembarcar, entregar un mensaje a la primera persona que vieran y alejarse de nuevo antes de que nadie pudiera reaccionar.

El escogido fue Jan Urgull, el farero. Cuando volvía a su casa después de cuidar durante toda la noche el fuego del faro, que en esta ocasión había servido de guía a los propios skerrags, se topó con dos kerren que se interpusieron en su camino. Al verlos pensó que estaba perdido, pero los guerreros se limitaron a entregarle una carta, sin pronunciar palabra, y desaparecieron de nuevo rápidamente. Cuando consiguió reponerse del susto, Jan decidió que lo mejor era ir a ver al thaine Helder, para contarle lo sucedido y entregarle el mensaje.

Helder, que ya estaba despierto, escuchó atentamente el relato de Jan antes de abrir la misiva. Al ver que estaba escrita en kerrénico, envió a buscar a Filós, la única persona en Aldénuri capaz de traducirla. El maestro llegó enseguida. Tomó la carta y leyó en voz alta:

Kerrenia. 1 hrimmen 657.

Uhnö hrimm Aldënurrik irmen owerld hakkon minnë loch errendünn.

Andherr Kerrenagh hükk hlon er senhk whlër.

Kwerefrundeughnayrömhlundefimnartehundehredth.Greth rumn hakkon hram.

Trokk wen Kerren

—Bueno, Filós, ahora que ya hemos oído cómo suena, dinos, por favor, ¿qué significa? —preguntó Helder, que acostumbraba a ser bastante directo y hacía esfuerzos por contener su impaciencia ante las maneras pausadas de Filós.

—Veamos, *hrimmen* es el décimo mes en kerrénico, ¿cuál es el décimo mes? Primero, es la luna de léhiann; en segundo lugar, viene la luna de néveann; en tercero...

—¡La luna de vínneann! —le cortó Helder—. ¡El décimo mes es vínneann: la carta ha sido escrita hace cinco días: el día primero de la luna de vínneann!

—Eso, es: primer día de la luna de vínneann del año 657 de los kerren, que, como sabéis...

—¡Al grano, Filós, al grano! ¿Qué dice después? —volvió a urgirle Helder, mientras Jan Urgull permanecía en un discreto silencio, propio de su profesión.

—Vamos a ver... *Uhnö* significa «tenemos»; *hrimm* es un artículo determinado...

—¡Vamos, Filós! ¡Que esto no es una clase! ¡Haz el favor de traducir...!

—¡Sí, sí! ¡Ya lo tengo! Eso es: «Tenemos al chico áldenor en buen estado de salud». Eso es lo que dice el primer párrafo.

—¡¡Bien!! ¿Y el segundo? ¿Qué dice el segundo párrafo?

—Hay una palabra que no entiendo bien... ¿Qué significaba *hükk*? ¿Cómo era esto, hombre...? —murmuraba Filós para sí mismo, pellizcándose el labio, ante la desesperación de Helder.

—¿No puedes traducir el resto? ¡Ya sacaremos después el significado de *juk*!

—No es *juk*, es *hükk*.

—Bueno, pues *jük*.

—No, no: *hükk*.

—¡Me da igual! ¡Traduce, por favor!

—No puedo traducir esta frase sin el verbo: sin verbo no se sabe qué significa el resto... No me atosigues, déjame pensar. Veamos...

Helder alzó la mirada al techo con un gesto de exasperación. Respiró hondo y comenzó a pasear en círculos alrededor de Filós. Poco después, el maestro consiguió recordar la palabra en cuestión.

—¡Ya lo tengo! Significa «volver». Aquí dice: «Si quieren que vuelva (se refiere al chico, a Iván) por el mar de Enden (ellos llaman Kerrenagh a este mar), deben... ¿obedecer?». Sí: *whlër* puede traducirse por «obedecer», «hacer caso»; en definitiva, que sigamos sus instrucciones.

—¡Canallas! ¿Qué más dice?

—Esta frase es más sencilla... Sí, eso es: «Deben entregar sesenta doblones de oro dentro de cuatro días a contar desde la entrega de este mensaje».

—¡Es una cantidad exorbitante! ¿Cómo va a reunir Ferrio todo ese oro? ¿Dentro de cuatro días? ¿Dónde? ¿Quién se han creído que son? ¡Es demasiado hasta para los más ricos de la aldea...!

Helder no podía saber que se trataba de una treta inhumana seguida a menudo por los kerren: incluso cuando perdían a sus rehenes, exigían un rescate por ellos, lo cobraban, se alejaban... y ya no volvían a dar noticias del rehén.

—La carta —continuó Filós, cuando acabó la explosión indignada de Helder— termina diciendo algo así como: «No fallen» o «Sean puntuales». Es una frase hecha, tiene el matiz de «por su bien». Una traducción libre sería «Cumplan con el plazo por su bien», que, en este caso, claro está, se refiere al bien del muchacho.

—¡Sinvergüenzas! ¡Sinvergüenzas! ¡Mil veces sinvergüenzas! —vociferó Helder, subrayando cada apóstrofe con un tremendo puñetazo en la mesa, sin preocuparse ya de las exquisiteces idiomáticas de Filós.

—... y firma Trokk de los kerren.

—¡Ese es el mayor canalla, hijo de una cabra apestosa...!

El thaine Helder, hombre sencillo y franco, estuvo un buen rato lanzando improperios contra los kerren. Cuando logró calmarse, rogó a sus dos interlocutores:

—Por favor, no digáis nada a nadie por ahora. Me gustaría meditar un poco sobre esto antes de tomar una decisión. La noticia va a caer como un mazazo sobre Ferrio y Ana... Hablaré hoy mismo con los más adinerados de Aldénuri y, si es necesario, visitaré los valles vecinos... Pero, para seros sincero, me siento abrumado. Filós, tú eres la persona con más conocimientos de la aldea: piensa, por favor, quizás se te ocurra algo... Jan, la suerte te ha metido en esto. Tú eres hombre de silencios, pero precisamente eso te hace profundo en tu pensamiento: reflexiona sobre la solución. Confío en tu sagacidad. Si os parece bien, mañana a esta hora nos volveremos a reunir. Veremos lo que hemos avanzado cada uno. Quizás entonces estemos en condiciones de hablar con Ferrio ofreciéndole una solución...

6

Finn Ibérr había recibido un fuerte golpe en la cabeza hacía cinco o seis horas. Ocurrió en el momento en el que intentó hacer frente a un thaurrok que golpeaba con fuerza el muro de su casa, amenazando con derribarla. Su mujer gritaba aterrada, abrazando a los niños, y él se lanzó sin pensarlo fuera de la casa, para intentar alejar de los suyos a aquella criatura. Un fuerte golpe lo había dejado inconsciente y ya no recordaba nada más.

La recuperación del conocimiento fue progresiva, algo así como un perezoso despertar después de una larga noche de sueño muy profundo. Primero tomó conciencia de que le dolía todo el cuerpo, sobre todo la cabeza. Después se extrañó de encontrarse tumbado en el suelo. «¿Dónde estoy?», se preguntó. Abrió los ojos y apenas vio nada. Volvió a cerrarlos fuertemente y probó de nuevo. Tardó un rato en distinguir con claridad las formas de los thaurroks que dormían cerca de él. Eran solo tres que —Finn lo ignoraba— lo llevaban a su madriguera para servir de alimento a sus crías.

La escena le pareció irreal, como si estuviera viendo algo que le sucedía a otro, y en el primer momento casi no reaccionó. Pero bruscamente se le aclaró el pensamiento y comenzó a caer en la cuenta de lo apurado de su situación. Seguía sin recordar el golpe que le hizo perder el conocimiento, pues se había borrado de su memoria, pero sí recordaba el pavor de su mujer cuando le anunció la amenazadora presencia de un thaurrok junto a la ventana...

¡Tenía que escapar para volver con ella y con los niños!

Afortunadamente para Finn, los thaurroks eran bestias y como tales se comportaban. Si tenían hambre, buscaban de comer y comían; si estaban furiosos, destruían, y si sentían sueño, se echaban a dormir dondequiera que se encontrasen. Eso era justo lo que había ocurrido, pues hasta varios días después de haber despertado de su larga hibernación, aquellos terribles animales precisaban dormir durante largas horas, incluso durante el día. En esta ocasión no habían ni tan siquiera llegado a entrar en el bosque, que estaba muy cerca de la hondonada en la que se habían tumbado.

Así pues, Finn se veía rodeado de tres moles durmientes, pero libre al fin y al cabo, si conseguía huir sin despertarlos. Desconocía las características de los thaurroks: ¿se despertarían fácilmente o serían de sueño pesado? ¿Lo perseguirían al despertar, en caso de que consiguiera huir? ¿Tendrían buen olfato? ¿Serían buenos rastreadores?

No había modo de averiguar la respuesta a todas esas preguntas: no quedaba más remedio que arriesgarse. Se levantó con sigilo y comenzó a caminar despacito. Había algunas hojas secas en el suelo, así que puso empeño en andar con la delicadeza de una bailarina. Rezando y mirando al suelo para no pisar inadvertidamente ninguna rama seca, se fue alejando muy poco a poco de sus monstruosos captores.

Cuando se encontraba apenas a unos metros de distancia, se detuvo en seco al oír un golpe, acompañado de un gruñido terrorífico, que le hizo estremecerse… Era una falsa alarma: una de las bestias había cambiado de postura, golpeando un viejo roble al moverse. Finn soltó el aire despacio, aliviado. Sudaba copiosamente, como consecuencia de la fuerte tensión. Mirando de reojo para no perderlos de vista, continuó separándose paso a paso del grupo de thaurroks.

Después de alejarse unas decenas de metros, comenzó a caminar algo más deprisa, y un poco después echó a correr tan rápido como era capaz. La hierba abundante que cubría el suelo apagaba bastante el sonido de sus pisadas. Al cabo de un rato, hubo de detenerse para recuperar el aliento y, sobre todo, para tratar de orientarse, porque al empezar a correr había pensado solo en alejarse lo más rápido que pudiera. Se esforzó en discurrir con lógica, procurando serenarse: el bosque junto al que había despertado era sin duda Arkane. Eekklo y Urôss se encontraban hacia el norte de Arkane, así que tenía que tomar la dirección norte. Fijándose en la posición del sol, que había pasado ya del mediodía, pudo orientarse bastante bien. La dirección que había seguido hasta ese momento no era del todo mala, pero se desviaba… Empezó a correr en la buena dirección, y esta vez lo hizo con más cabeza, pues, en lugar de correr al límite de sus fuerzas, marchaba a un ritmo que se sentía capaz de sostener durante más tiempo: a la larga resultaría más efectivo.

Cuando volvió a detenerse a descansar, habría recorrido una legua poco más o menos. Una buena distancia. Pero insignificante si los thaurroks se proponían seguir su rastro: a juzgar por su tamaño, cada una de sus zancadas sería sin duda de varios metros, y podrían recorrer una legua en muy poco tiempo. Tenía que alejarse más, o buscar otra solución… ¿Quizás excavar un agujero y enterrarse? ¡No! Le llevaría demasiado tiempo y probablemente lo descubrirían. Además, sin herramientas, se desharía las manos antes de conseguir cavar un refugio de tamaño suficiente...

De repente se le ocurrió una idea que le iluminó la cara de esperanza: ¡debía dirigirse a la casa-torre de Ghulden Fenndordun! Era el lugar más cercano donde ponerse a salvo, mucho más que cualquiera de las dos aldeas. Quizás consiguiera llegar antes de que los thaurroks despertaran.

7

Ghulden y Gwyes habían discutido durante un buen rato sobre el mejor modo de localizar a Finn Ibérr y rescatarlo de las garras de los thaurroks. Iván y Astuur escuchaban en silencio. Se sentían agotados una vez pasada la excitación de la frenética galopada huyendo del thaurrok.

Por fin Ghulden pareció tomar una decisión y empezó a exponer el plan que había concebido.

—Gwyes, el momento, evidentemente, no es para bromas, así que lo que te voy a decir va en serio. Resulta que..., verás..., este chico de Aldénuri, Iván, puede volar.

—No comprendo, señor.

—No me extraña: yo, aunque lo he visto, tampoco lo comprendo muy bien. Iván, ¿podrías hacerlo ahora?

—Creo que sí —respondió Iván al tiempo que iniciaba un breve ascenso hacia el techo.

Gwyes quedó mudo ante lo que estaba viendo.

—Bueno, Gwyes, ¿entiendes ahora?

—Sssí, de... desde luego..., aunque casi no puedo creerlo.

—Muy bien, ahora que todos estamos en antecedentes, os diré lo que he pensado. Me parece que nuestras posibilidades de rescatar a Finn aumentan mucho si aprovechamos esta capacidad de Iván...

Al oírlo, Iván rechazó interiormente esa posibilidad, aunque no dijo nada. Se imaginaba a sí mismo enfrentándose a los temibles thaurroks. A pesar de que podía volar, la sola idea de verse frente a frente con una de esas bestias le llenaba de pavor. Además, hacía muchos días que faltaba de su casa y estaba inquieto por los suyos. En una palabra, no se sentía con fuerzas para enfrentarse a esos extraños seres. No conocía de nada a Finn Ibérr y, aunque lo lamentaba por él y por su familia, rescatarlo se le antojaba una empresa muy peligrosa, y que excedía con mucho sus fuerzas. Se sintió profundamente abatido...

Ghulden pareció leer estos pensamientos en el rostro apesadumbrado de Iván.

—Iván, adivino lo que te ocurre. Yo también estoy asustado, hijo. Quizás no podamos salvar a Finn, es cierto, pero al menos debemos intentarlo. No tienes que enfrentarte a los thaurroks: solo espero que actúes como atalaya móvil. Tu capacidad de volar nos permitirá localizarlo mucho más rápidamente. Gwyes y yo cabalgaremos hasta donde nos señales y trataremos de liberar a Finn... ¿Qué te parece?

Iván se sintió mezquino por sus pensamientos anteriores. Bajo la noble mirada de Ghulden, entendió claramente una afirmación que había oído más de una vez sin apreciar su verdadero sentido: no es valiente quien no siente miedo, sino quien se esfuerza por dominarlo.

—Tienes razón, Ghulden... Tengo mucho miedo, pero os ayudaré a buscar a Finn —al decirlo, Iván se sintió mucho mejor.

—¡Así me gusta! —Ghulden lo sacudió cariñosamente por los hombros—. Lo mejor será que ensillemos rápido los caballos. Hay que aprovechar el tiempo de que disponemos hasta el anochecer.

8

Helder, Jan y Filós volvieron a reunirse, tal como habían convenido la víspera. Helder inició la reunión con cierta solemnidad:

—Ya sabéis para qué estamos aquí reunidos... Se trata de la cuestión del rescate desmesurado que exigen los kerren para liberar a Iván. Si no os importa, hablaré el último y os diré lo que he conseguido, pero antes me gustaría saber si habéis encontrado alguna solución al problema...

—Yo no —respondió Jan—, por más vueltas que le doy, siempre llego a la misma conclusión: es una cuestión de dinero y no hay otra solución que reunir el dinero. A no ser que nos planteemos descubrir el escondrijo de los kerren y organizar una salida para liberar a Iván. Pero eso me parece impensable.

—¡Es imposible! No conocemos sus costas y matarían al chico antes de que desembarcáramos... Filós, ¿se te ha ocurrido algo?

—Bueno, tengo un par de ideas.

—Veamos...

—Por ejemplo, se le puede pedir dinero al banquero Koldor

Koldor era un auténtico usurero, como bien sabían todos por experiencia.

—Filós, amigo mío... Creo que podemos olvidarnos de eso. No nos dará ni un céntimo.

—No me refiero a que nos dé. Se trataría de solicitarle un préstamo...

—Espero que tu otra idea nos sugiera alguna solución más llevadera. Pedirle un préstamo a Koldor será lo último que hagamos. ¿Has pensado en los intereses que nos pedirá?

—Otra posibilidad sería engañar a los kerren: quizás encontráramos un modo de darles el peso que piden sin que todo sea oro...

—Humm... Podría servir si hicieran el canje de Iván por el rescate en el mismo acto, pero es arriesgado: ¿y si no traen a Iván?

Seguramente querrán cerciorarse de que el pago es bueno antes de liberarlo…

—Entonces creo que mi plan no funcionaría —reconoció Filós mirando hacia el suelo.

—¡Bueno! Os diré lo que he avanzado yo en este asunto. Tampoco es mucho, a decir verdad: Anditz estaría dispuesto a adelantar un doblón…

Anditz era el más rico de la aldea. Tenía fama de tacaño y lo era.

—¿Eso es todo? —intervino Jan.

—Sí, ya sé que es bien poco. Y quedan solo tres días…

—¡Helder!

—¿Sí, Jan?

—Has dicho que Anditz estaría dispuesto a adelantar un doblón. ¿En qué condiciones?

—El Tesoro de Aldénuri debería servir de garantía.

—O sea, que no lo da.

—Lo «presta».

—Ya… A un interés digamos satisfactorio…

—Satisfactorio para él…

—¡Y avalado por el Tesoro! Así no nos vale. Por mi parte, preferiría emplear directamente el Tesoro en liberar al muchacho.

—Tienes razón. Yo estaba pensando lo mismo, visto que por otro camino no hemos avanzado gran cosa. Voy a convocar a toda la aldea a una Asamblea General. Iván ha salvado a Aldénuri de una matanza a manos de los kerren, y creo que la gente comprenderá que entre todos debemos contribuir a pagar el rescate. Lo que más siento es avivar el dolor y la preocupación de Ferrio y Ana. Hablaré antes con Lánder. Él sabrá cómo decirles lo que ocurre.

Así terminó la breve reunión. Helder era un hombre activo y, si se proponía realizar algo, lo hacía sin mayor dilación, así que montó en su caballo e inició la subida a la casa de Ferrio y Ana, por el camino de Illúnn.

El tiempo era ya bastante fresco. Estaba nublado y amenazaba lluvia. Desde el centro de la aldea se llegaba en muy poco tiempo a casa de Iván. Helder distinguió desde lejos a Kel y Enkel jugando con su tío Lánder delante de la casa. Ferrio debía de estar trabajando en la fragua, y Ana, en la casa. Esto facilitaba las cosas, pues le permitiría hablar con Lánder a solas.

—¡Buenos días, Lánder!

—¡Helder! ¡Qué sorpresa! ¿Cómo estás? ¿Qué te trae por aquí?

—Nada de particular —disimuló, mientras desmontaba—. Simplemente pasaba por el camino y me he dicho: voy a visitar a los amigos.

—¡Niños, saludad al señor thaine!

—¡¡Buenos días, señor thaine!!

—¡Hola, chicos!

—Voy a avisar a Ferrio y a Ana de que has venido…

—¡No! ¡No los molestes! En realidad, con quien quería hablar era contigo…

—Entiendo. De acuerdo… Niños, ¿me perdonáis un momento? Tengo que hablar con el señor thaine, después seguiremos

Cogió a Helder por el brazo y ambos se alejaron un poco.

Prefirieron no entrar en casa para no llamar la atención de Ana. Se pusieron a caminar por el prado que desde detrás de la casa llegaba hasta la cumbre de la colina.

—Habla, Helder. Se ve a la legua que traes malas noticias.

—No son muy buenas, Lánder. Nunca se me ha dado bien disimular… Ayer recibimos un mensaje de los kerren.

—¿Le ha pasado algo malo a Iván? —se alarmó Lánder.

—No, no, tranquilízate. Iván está bien. Pero piden un rescate de sesenta doblones de oro a entregar en el plazo de cuatro días… Es decir, de tres días, porque el mensaje llegó ayer…

—¡¡¿Sesenta doblones de oro?!! ¡Están locos! ¿Cómo vamos a reunir esa cantidad?

—Ayer hice gestiones para procurar recaudar la suma y no tuve mucho éxito. He pensado convocar una Asamblea y plantear el problema. No os incumbe solo a vosotros: fue Iván el que dio la alarma, y después toda la aldea se libró de una invasión precisamente porque los kerren secuestraron a Iván y se dieron por satisfechos. Así que todos somos deudores de Iván: si no hubiera sido por él, no sabemos qué podría haber sucedido aquel día.

—Sí —respondió Lánder con desaliento—, pero, aunque todos quisieran colaborar, es demasiado dinero…

—Podemos acudir a los valles vecinos…

—Verdaderamente has traído malas noticias, Helder. No sé cómo se lo diré a Ana y a Ferrio… Debo meditarlo antes…

—Lo comprendo. Por eso he venido antes a ti.

—¿Para cuándo piensas convocar la Asamblea?

—Para mañana mismo, no tenemos tiempo que perder.

—Bien. Hablaré con ellos. Mañana espero acudir a la Asamblea con Ferrio.

—¡Gracias! Procura darles ánimos: entre todos encontraremos una salida. Hasta mañana, Lánder.

—Adiós, Helder. Gracias a ti, muchas gracias…

9

Finn empezó a sentir que le flaqueaban las piernas. No estaba habituado a correr durante tanto tiempo. ¿Se habrían despertado los thaurroks? ¿Le estarían buscando? Mejor no pensar en eso y seguir corriendo, se dijo.

Ghulden fue el primero en ensillar. Mientras los demás terminaban de prepararse, subió a la torre para observar si los alrededores estaban despejados. Ante el panorama que se divisaba desde arriba, no pudo evitar pensar que era un día precioso: una típica mañana de otoño. El sol, aunque débil para calentar, iluminaba el bosque de Arkane, donde los árboles de hoja caduca empezaban ya a amarillear. El aire era muy limpio y tonificante. Contrariamente a los días anteriores, se oía el canto de algunos pájaros.

«¡Pobre Finn! —se dijo—, ¿qué será de él? Y pobre Helda, ¡y los niños!». Eran amigos desde hacía ya tantos años... Tenían que rescatarlo..., si vivía aún. No, no había tiempo que perder. Se volvió con decisión y bajó a reunirse con los otros, que estaban listos ya.

—Creo que el plan está claro —les recordó—: Gwyes, Astuur y yo iremos a caballo y procuraremos seguirte, Iván. Tú explorarás desde arriba. Si consigues localizar a Finn, nos avisarás lo antes posible y nos indicarás el lugar. Iremos armados de ballestas y espadas... Tú también debes llevar una ballesta.

Iván asintió: ya la tenía preparada.

—Recordad —continuó Ghulden—, los puntos débiles de los thaurroks son el cuello, donde la piel dura del tronco y la de la cabeza se encuentran, los ojos y el talón. ¿Se os ocurre alguna pregunta?

—Por mi parte, no —respondió Gwyes.

—Bueno, Iván: dependemos de ti. Procuraremos no perderte de vista, pero, si te alejas y descubres algo, grita con todas tus fuerzas.

—Espero que podáis oírme... Lo haré lo mejor que pueda.

—¡Muy bien! No tenemos otras cartas que jugar: trataremos de hacerlo lo mejor que podamos y sepamos... Pero ya hemos hablado demasiado, vamos allá. ¡Y que Dios nos ayude!

Finn jadeaba a cada paso. Veía delante de sí el gran trecho deshabitado que todavía le quedaba por recorrer. La casa Fenndor debía de estar detrás de alguna de las lomas que divisaba más allá. El aliento, al contacto con el aire frío, formaba pequeñas nubes de vaho a cada expiración. Después de subir penosamente al trote una ligera pendiente, el corazón le dio un vuelco: pudo distinguir la casa de Ghulden a una distancia algo inferior a una legua.

Iván salió de Fenndor delante de sus amigos. Volaba a unos quince metros de altura. Después se fue elevando más. Desconocía el espesor del bosque de Arkane: no sabía si sería capaz de ver a través de las copas de los árboles y si distinguiría las sendas en su interior.

Tan pronto hubo llegado a la vertical sobre el bosque, pudo ver las sobrecogedoras huellas del paso de los thaurroks, como inmensos desgarrones en la espesura: había grandes abetos partidos y desmochados como si de palillos se tratara. Un sonido lejano pero claro le avisó de que algo se movía abriendo una nueva senda por el bosque. Optó por esperar donde se encontraba, pues aquello parecía avanzar velozmente hacia donde estaba...

El cansancio había hecho mella en Finn y ahora no corría, caminaba curvado sobre sí mismo, sujetándose el costado con una mano. A un golpe seco, lejano, siguió otro, y después otro..., y otro. No cabía duda —pensó—, eran ellos. Habían notado su ausencia y lo buscaban.

Así era. En lugar de rodear el bosque, como había hecho Finn en su huida, los thaurroks se estaban abriendo un atajo a través de Arkane. El estruendo que producían al andar y derribar los árboles que encontraban a su paso, avanzaba en su misma dirección... y se acercaban a una velocidad inquietante. Ni siquiera con el acicate del pánico conseguía Finn recuperar el ritmo de hacía unas horas: estaba al límite de sus fuerzas. Hizo ímprobos esfuerzos por acelerar el paso, pero apenas lo logró. Cojeaba un poco. Se sentía como un conejo al que están a punto de dar alcance los sabuesos.

10

El tío Lánder se veía en un auténtico aprieto para dar la noticia a Ferrio y Ana. El exorbitante rescate que pedían los kerren podía descorazonarlos definitivamente. Sería como echar sal sobre la herida abierta de su dolorosa inquietud.

Lánder tenía más confianza con Ana; al fin y al cabo, ella era su sobrina. Sin embargo, como madre, era más sensible e impresionable ante la suerte de su hijo. Ferrio tenía más entereza para este tipo de dificultades. Por ello, el tío Lánder optó por hablar primero con él. ¿Cuál sería el mejor momento para encontrarlo a solas? Tras unos momentos de cavilación, decidió abordarlo cuando reanudara el trabajo en la fragua, después de comer.

—¡Ferrio! ¿Puedo hablar un momento contigo?

—Por supuesto... Si te he de ser sincero, te estaba esperando.

—¿Sabías que iba a venir?

—No sabía si ahora o más tarde, pero Enkel me ha dicho que has estado hablando con Helder. El hecho de que haya venido hasta aquí, no nos haya saludado a Ana y a mí, y haya estado hablando contigo... solo puede querer decir una cosa: que hay noticias, y no son buenas.

—¿Ana lo sabe?

—No, creo que de momento no lo sabe. Les he dicho a los niños que no hablaran del asunto. Kel callará, pero Enkel... me temo que no tardará en ir con el cuento a su madre.

—Ferrio, los kerren exigen un pago de sesenta doblones de oro por el rescate de Iván. Han dado un plazo de cuatro días, a contar desde ayer, para cobrarlo.

—¡Sesenta doblones de oro! Pero, Lánder, ¿de dónde vamos a sacar esa cantidad?

En la voz de Ferrio se unían la decepción y la incredulidad.

—Helder va a convocar mañana la Asamblea de la aldea. Les hará comprender que Iván nos ha salvado a todos, pues él ha sido el chivo expiatorio. Está seguro de que todos querrán colaborar.

—Es muy de agradecer a Helder su buena voluntad, pero…

—¡Puede salir bien, Ferrio! Confiemos.

—Bien —asintió Ferrio, resignado—, hablaré con Ana. Tarde o temprano se acabará enterando, y más vale que sea yo quien se lo diga.

Ana estaba doblando ropa limpia con la ayuda de Atania. Ferrio se asomó a la puerta y la llamó:

—¡Ana! ¿Puedes venir un momento? Tengo algo que decirte.

Ana se sorprendió. No era normal que Ferrio abandonase el trabajo, y menos para charlar. Dejó rápidamente lo que estaba haciendo y fue a su encuentro.

—¿Qué ocurre, Ferrio?

—No es nada, antes he olvidado decirte algo… —Ferrio no quiso ser más explícito mientras podía oírlos Atania.

Cuando se alejaron un poco, habló con seriedad:

—Ana, han llegado noticias de los kerren… Han fijado el rescate…

—¿El rescate? Entonces…, ¡Iván está vivo! ¿Está bien…? —Ferrio se alegró de que Ana se fijase en el lado bueno de la noticia.

—Sí, está vivo y está bien. Pero… piden sesenta doblones de oro por su rescate.

—¡No importa! —respondió Ana sin dudar—. ¡Los conseguiremos! ¡Tenemos que conseguirlos, Ferrio! ¡Tenemos que hacer todo lo que esté en nuestra mano…!

—Lo haremos, Ana. —Ferrio intentó mostrarse animado—. Aunque tengamos que venderlo todo. Rescataremos a Iván. ¡Te lo prometo…! Lánder está al corriente de todo. Hoy ha hablado con Helder. Mañana convocará la Asamblea General para pedir a toda la aldea que colabore…

Durante la cena, el ambiente era sensiblemente más sombrío que el día anterior. Ana, a pesar de la alegría de saber que Iván estaba vivo, se había ido derrumbando durante la tarde, al pensar en el rescate. No paraba de dar vueltas al modo de conseguir ese dinero, y pasaba alternativamente de la esperanza al desaliento más profundo.

Ninguno se sentía con fuerzas para mantener una conversación medianamente animosa, tal y como habían conseguido hasta ese día. Los niños lo notaron.

—¡Mamá! ¿Qué te pasa? ¿Por qué estás tan seria? ¡Te tiembla la boca! ¿Tienes frío? —preguntó de pronto la pequeña Magge. La niña no preguntaba por Iván, pues le habían asegurado que estaba de viaje, y que volvería pronto.

—No es nada, cariño. Es que estoy un poco cansada, nada más.

—¿Y papá también está cansado? —insistió Magge.

—Sí, porque tiene mucho trabajo —intervino el tío Lánder, viendo el esfuerzo que le costaba a Ana mantener la compostura—. Pero no te preocupes, que, cuando termine el trabajo que está haciendo ahora, descansará mucho.

Tan pronto como acabaron de cenar, Ana y Ferrio se retiraron, agradeciendo a Lánder que entretuviera un rato a los niños antes de mandarlos a la cama. La desesperanza había hecho presa en ambos y no eran capaces de disimularlo.

11

A Finn le hubiera gustado que la tierra se lo tragara por unas horas. ¿Qué podía hacer? ¿Dónde esconderse? Sabía que a ese ritmo no llegaría a la casa antes de ser alcanzado por sus perseguidores.

Iván podía ver a Ghulden, Astuur y Gwyes a cierta distancia hacia el norte. Se preguntó si los thaurroks que se acercaban serían los que tenían a Finn. No era probable, pues, de ser así, se hubieran dirigido más bien hacia el interior de Arkane. De todas maneras, no tardarían en aparecer y saldría de dudas. Mientras vigilaba, le llamó la atención algo que se movía despacio fuera del bosque, a una media milla hacia el este. ¿Qué podía ser? Era demasiado pequeño para ser un thaurrok. Se movía despacio... ¿Podría ser un hombre? Decidió acercarse para estar seguro antes de dar la alarma.

Al aproximarse un poco más, Iván estuvo seguro: era un hombre que trataba de escapar de los thaurroks que había oído acercarse. ¡Tenía que ser Finn! Poco faltaba para que le dieran alcance...

Finn vio a Iván apenas como un punto en el aire y lo tomó por un ave. Le extrañó que pudiera mantenerse suspendida en el aire tan estáticamente, pero no se ocupó más de ello. Tenía otras cosas más urgentes en las que pensar. Continuó caminando a duras penas, cada vez más convencido de que estaba viviendo sus últimos instantes de vida..., o al menos de libertad.

Iván agitó los brazos como un loco, gritando con fuerza en dirección a sus compañeros. La altura desde la que gritaba contribuyó a que pudieran oírle. Aunque no entendían lo que decía, no podía haber más que un motivo para esos gritos. Espolearon a sus caballos y se lanzaron al galope hacia Iván.

Las pisadas de los thaurroks se aproximaban cada vez más. No eran de cadencia rápida, pero con cada paso avanzaban cinco o seis metros, lo que significaba una velocidad incomparablemente superior a la de Finn.

Al llegar a las proximidades de una peña que sobresalía como un promontorio sobre el terreno, en un desesperado intento de ocultarse de las miradas de los thaurroks, Finn se escondió agachándose detrás de la roca. Se trataba de un escondite muy precario. Tan pronto como salieran del bosque, los thaurroks podrían descubrirle con facilidad, pero no había alternativa.

Acompañados del retumbante estruendo de sus pisadas, tres thaurroks irrumpieron fuera del bosque de Arkane. A Iván le impresionaron aún más que el que había visto por primera vez horas antes: ¡eran enormes! Esos seres habrían sido el supremo horror dentro de la peor pesadilla. A pesar de su descomunal tamaño, sus movimientos eran rápidos y, sobre todo, de gran fiereza. Parecía que buscasen acabar con todo signo de vida que encontraran a su paso.

Iván comprendió que, si no hacía algo inmediatamente, Finn estaría perdido. Decidió intervenir, aunque estaba muy asustado. Procurando mantenerse en todo momento a una altura superior a la de los thaurroks, intentó atraer su atención para alejarlos del escondite de Finn, que escuchaba angustiado las pisadas y los terribles gruñidos, sin saber muy bien lo que ocurría. Tan pronto como detectaron la presencia de Iván, los thaurroks se lanzaron hacia él como tres perros de presa furiosos.

Ghulden, Astuur y Gwyes continuaban cabalgando hacia allí. Ahora veían ya a los tres thaurroks. Era la primera vez que Ghulden y Gwyes los veían. Cuando estaban ya muy cerca, el caballo de Ghulden, asustado, se frenó bruscamente y rodó por tierra, haciendo caer a su jinete. El animal se levantó como movido por un resorte y emprendió un galope desbocado en dirección a los thaurroks sin que nadie pudiera hacer nada por detenerlo.

Astuur acudió al instante a ayudar a su padre, que trataba de incorporarse. Entretanto, uno de los thaurroks iba al encuentro del caballo rugiendo pavorosamente, mientras los otros dos miraban en su dirección sin moverse. Cuando llegó a su altura, le propinó con una de sus garras un golpe que lo mató en el acto. Aprovechando ese momento de distracción, Iván pudo acercarse a sus amigos e indicarles dónde se encontraba escondido Finn. Este permanecía acurrucado en su guarida, extrañado de que no llegaran los thaurroks y del galope de caballos que le parecía oír. Sin embargo, no se atrevía a asomarse, por temor a verse descubierto. Le parecía oír también voces humanas… ¿Habría enloquecido por la tensión? Mientras tanto, Ghulden, Astuur y Gwyes consiguieron acercarse hasta el escondite de Finn.

—¡Eh, Finn, dormilón! ¡No pierdas tiempo y sube al caballo de Gwyes!

Levantó la cabeza al ser llamado por su nombre, y cuál no sería su sorpresa al ver allí a Ghulden Fenndordun, que montaba a la grupa del caballo de Astuur. ¡Y estaba también Gwyes!

—¡Sube, Finn, date prisa! —le urgió Gwyes, tendiéndole una mano para izarlo.

—¡Pero...! ¿Qué es esto? ¡Un milagro! ¿Me queréis decir de dónde salís? —dijo Finn con indescriptible emoción y alegría mientras saltaba a la montura sin perder un instante.

—¡Agárrate fuerte! Ya hablaremos en Fenndor cuando lleguemos... Si llegamos —respondió Gwyes, clavando los talones en los ijares del caballo.

Los thaurroks, olvidados de Iván, fijaron su atención en los dos caballos, que volvieron grupas y empezaron a alejarse con toda la rapidez que les permitía su pesada carga.

12

El día de la Asamblea amaneció soleado en Aldénuri. La oscura tonalidad de los bosques de abetos contrastaba con el verde encendido de las praderas al sol.

Ana se había quedado en casa con los pequeños mientras Ferrio y el tío Lánder acudían a la Asamblea, que empezaría cuando el reloj solar de la plaza marcara la segunda hora de la mañana.

Faltaban unos minutos para que Helder subiera al estrado dispuesto para la ocasión y tomara la palabra. Había estado atento a la llegada de Ferrio y Lánder, y, al verlos, se acercó a recibirlos:

—¡Ferrio! ¡Lánder! ¡Me alegro de que hayáis venido...!

—Helder se mostraba solícito, tratando de infundirles confianza—. Ferrio, ¿deseas intervenir? Si quieres hablar a la aldea, puedes hacerlo, yo te daré la palabra.

—¡Helder! Te agradezco mucho lo que estás haciendo por nosotros. Nadie se hubiera preocupado como lo estás haciendo. —Ferrio estaba muy conmovido—. Estoy seguro de que explicarás perfectamente la situación, y de que no habrá nada que yo deba añadir. Además, compréndelo, el mero hecho de estar aquí me resulta violento…

—Lo comprendo, Ferrio. No te preocupes: hablaré yo.

—Vamos a buscar asiento —intervino el tío Lánder para cortar el emotivo silencio.

—¡De acuerdo, id! Si os parece bien, nos reuniremos al final de la Asamblea…

—Muy bien, Helder. Gracias de nuevo, y… ¡suerte!

A la hora en punto, Helder subió al estrado, se aclaró la garganta y comenzó a hablar. La plaza mayor de la aldea estaba a rebosar. Pocas cuestiones habían suscitado el interés de los áldenors tanto como esta. La mayoría había dejado su trabajo y obligaciones habituales para asistir. Como el correo les había informado del motivo de la Asamblea, quien más quien menos había acudido provisto de alguna joya, de unos ahorros, de algo de valor con que poder contribuir al rescate impuesto por los kerren.

—¡Nobles áldenors! —comenzó Helder con voz tonante—. ¡Ya conocéis casi todos el motivo por el que os he convocado! ¡Hoy hace dos días que recibimos un correo de los kerren en el que se nos pide como rescate por Iván de Aldénuri la cantidad de sesenta doblones de oro!

A pesar de que todos conocían también el importe del rescate, se oyeron algunas exclamaciones de indignación que no llegaron a interrumpir el discurso. Helder continuó:

—¡Es una barbaridad, ciertamente! ¡No hay nadie en toda esta región en condiciones de pagar un rescate así! ¡Pero estoy seguro de que pensáis, como yo, que esta no es una desgracia solo de Iván y su familia!

Respondió a estas palabras un murmullo de aprobación: Helder, que era un orador experimentado y eficaz, se detenía al final de cada frase para que la Asamblea manifestara su reacción, y volvía a hablar cuando se hacía de nuevo el silencio suficiente para que todos le oyeran.

—¡Quizás no sepáis que fue Iván quien avistó la llegada de los kerren a gran distancia, y por eso Ferrio pudo dar la alarma con mucha antelación! ¡Si los kerren hubieran desembarcado aquel día, nos habrían encontrado preparados, gracias a Iván!

Sonaron, desde diversos lugares de la plaza, voces de asentimiento de algunos de los guerreros que habían ido a defender la costa. Helder añadió:

—¡Queridos amigos! ¡Os ruego que penséis ahora qué habría sucedido si los exploradores de los kerren no hubieran apresado a Iván, si no se hubieran dado por satisfechos con el rescate que pensaban pedir por él…!

Nadie rompió ahora el silencio absoluto de la plaza, pero Helder dejó pasar aún unos momentos antes de proseguir.

—¡De no haber sido así, aunque estábamos dispuestos para la lucha, es seguro que hoy muchas familias de Aldénuri llorarían a sus padres y hermanos muertos, heridos o cautivos! ¡Pero no! ¡Hemos salido con bien, no ha habido sangre, y todo el dolor se ha abatido sobre una sola familia: Iván y los suyos!

A Helder se le quebró la voz. Vino en su ayuda toda la Asamblea, que prorrumpió en un emocionado murmullo de agradecimiento y solidaridad hacia la familia de Iván. Los que estaban más cerca de Ferrio se volvieron hacia él, mostrándole con gestos la simpatía de todos. Helder, ya repuesto, habló de nuevo.

—¡A ninguno se nos oculta que si hoy estamos aquí, si nuestras familias están a salvo, se lo debemos a Iván! ¡Nuestros hijos pueden vivir sin temor porque él está en peligro!

Hizo una nueva pausa antes de concluir:

—¡Áldenors, escuchad mi propuesta! ¡Yo, el thaine, propongo a la Asamblea que hagamos nuestro, de todos, ese dolor que a todos nos ha salvado! ¡Decidme!: ¿aprobáis que Aldénuri se haga cargo del rescate de Iván?

Estalló un griterío unánime de aprobación. Entre vítores y ovaciones, muchos subían al estrado y depositaban a los pies de Helder monedas, joyas, objetos de oro... Otros pugnaban por abrirse paso para entregar sus aportaciones. Léirenn y Hure, los vecinos y amigos de Iván, se acercaron al estrado y dejaron una generosa suma de parte de sus padres, Hark y Eider. Ferrio, sin poder moverse de su sitio, recibía anonadado las numerosas muestras de gratitud y los ánimos de la gente más variada.

—¡Ferrio! No sé si te acuerdas de mí. ¡Soy Emelka! —le dijo una anciana señora, cogiéndole las manos—. Vivo en Alvenn, junto a las montañas de Érdain. Te conocí cuando tenías pocos meses. Fui muy amiga de tu abuela Ulma. He querido venir para entregar mis ahorros. Me queda poco de vida y sé que así se emplearán de la mejor manera posible...

—Señora, yo... —El hercúleo herrero, a punto de echarse a llorar, balbuceó a duras penas—: ¡Muchas gracias!

—¿Es usted Emelka Enderdun? —intervino el tío Lánder para salvar la situación.

—¡Sí, señor! ¡De los Enderdun de Althenport!

—¡Conocí a su hermano menor! Fue en tierras de Errest, en los años del Ordelkhan.

—Los años del Ordelkhan... ¡Los años del Ordelkhan...! —repitió la anciana para sí misma, como meditando. Los ojos se le iluminaron de emoción.

Comenzó a darse la vuelta para marcharse, pero se detuvo para dirigirse de nuevo a Ferrio y a Lánder:

—¡Me siento feliz de poder colaborar con lo que tengo!

Se marchó, sin que Ferrio pudiese articular palabra alguna de despedida, pues un nudo le oprimía la garganta.

—No sé si he debido recordarle a su hermano: murió por salvarnos. Fue un valiente.

—¡Digno hermano de Emelka...! —murmuró Ferrio.

13

Iván voló de nuevo ante los thaurroks lo más cerca que le fue posible, sin arriesgarse a que le alcanzaran. Movía los brazos y gesticulaba cuanto podía para llamar su atención. Intentaba ganar tiempo para que los cuatro jinetes pudiesen huir en sus cargadas monturas. A la vez, gritaba a pleno pulmón:

—¡Eh, thaurroks! ¿Estáis sordos? ¿No me véis? ¡Cogedme si podéis!

Por fin consiguió captar el interés de los monstruos, que comenzaron a perseguirle torpemente, como un cazador de mariposas despistado corre tras un ejemplar único. Mientras tanto, Ghulden, Astuur, Finn y Gwyes escapaban más despacio de lo que les hubiera gustado. Después de la veloz arrancada, habían visto preferible no galopar, por el riesgo de que alguno cayera —Ghulden y Finn iban precariamente sujetos a sus compañeros— y para reservar las fuerzas de los caballos. Así pues, tuvieron que conformarse con un trote animoso en dirección a Fenndor, que se divisaba a lo lejos..., demasiado lejos para su tranquilidad.

Los thaurroks pronto empezaron a cansarse de perseguir inútilmente a aquel vociferante volátil. No estaban dotados para la caza de aves, de modo que cada vez hacían menos caso de sus gritos y aspavientos, para ir mostrando mayor interés por los cuatro fugitivos a caballo. Al darse cuenta, Iván decidió intentar algo con la ballesta. Aunque les golpeara en la parte de piel acorazada, que era casi toda, quizás consiguiera irritarlos y atraer de nuevo su atención... Cargó la ballesta, apuntó al cuello del más cercano y... falló por varios metros. Los thaurroks estaban a punto de abandonarlo, lo cual resultaría fatal para los jinetes.

—¡Astuur! ¿No podemos ir más rápido? —dijo Ghulden, viendo que la casa continuaba aparentemente a la misma distancia en el horizonte.

—¡Me temo que no! ¡Os caeríais!

—¡Finn! ¿Qué tal vas tú?

—¡No me quedan muchas fuerzas para sostenerme, estoy al límite...!

—¡Pues tendremos que correr el riesgo, o nos darán alcance! ¡Aguanta!

Iván volvió a cargar la ballesta mientras volaba lo más rápido que podía en pos de los thaurroks, que ya le habían vuelto la espalda y avanzaban veloces tras los caballos. Apenas podía evitar que se le distanciaran. Apuntó, disparó... y logró rozar el cuello de uno de ellos, que lanzó un gruñido aterrador y se detuvo, volviéndose hacia Iván. Los otros dos thaurroks también se detuvieron a observar lo que ocurría.

Gwyes espoleó a su montura con fuerza, y el animal inició un tímido galope: el que era capaz de mantener con dos pesos pesados sobre el lomo.

—¡Me resbalo! ¡No consigo mantenerme! —Finn se aferraba desesperadamente a Gwyes para no caer, pero no podía evitar deslizarse a cada tranco hacia el flanco del caballo.

—¡Vamos, Finn, aguanta! ¡A este ritmo puede que lo consigamos!

—¡Me caigo! ¡Me caigo!

—¡Aguanta, por favor...! ¡Solo un poco más! ¡Ya casi estamos...!

Iván cargó la ballesta por tercera vez. Le iba tomando gusto ahora que veía que había servido para algo, aunque los dos thaurroks que marchaban por delante habían reanudado la persecución de los caballos.

Volvió a apuntar al cuello del thaurrok, que gruñía rabioso. Esta vez disparó con tanta fortuna que le acertó en un ojo. La bestia, al sentirse herida, comenzó a girar en todas direcciones, lanzando unos rugidos que debían de oírse en varias millas a la redonda. Era un sonido capaz de sobrecoger a cualquiera que alcanzara a oírlo, hombre o animal.

Ghulden, Astuur, Gwyes y Finn oyeron el estentóreo lamento, que les heló la sangre. También lo oyeron los dos thaurroks perseguidores, que se volvieron hacia su congénere y se quedaron quietos, mirando la escena.

Iván, tembloroso pero fiándose de la seguridad de su posición, volvió a cargar la ballesta. Intentó apuntar al cuello, pero era imposible: el thaurrok giraba incesantemente sobre sí mismo, enloquecido de dolor. De repente, se quedó inmóvil un momento y empezó a desplomarse, lanzando un último rugido. Sus dos congéneres acudieron a esa última llamada. Estaban todavía algo lejos, por lo que Iván, siempre guardando una prudente distancia, se acercó al animal que yacía boca abajo, apuntó con cuidado y, ahora sí, le atravesó el cuello con un dardo. El thaurrok se estremeció con un estertor, que parecía confirmar que estaba herido de muerte. Iván se elevó con rapidez, temiendo otras posibles reacciones del monstruo y, sobre todo, de los otros. Para su sorpresa, los dos thaurroks ni se fijaron en él. Se limitaron a agarrar a su congénere muerto y lo arrastraron rápidamente hacia el interior del bosque.

Finn había acabado por caer del caballo a una media milla de la casa, justo cuando los thaurroks perseguidores habían cejado en su empeño. Al detenerse a recogerlo vieron que los thaurroks entraban de nuevo en el bosque. Iván voló enseguida hacia sus amigos, pero no se paró a darles explicaciones, ni ellos tenían tampoco muchos deseos de detenerse. No sabían a qué obedecía la súbita retirada de los thaurroks, ni si sería definitiva o momentánea, así que lo más prudente era llegar a la casa cuanto antes, aprovechando la tregua.

14

Molievo era una aldea tranquila, similar a Aldénuri. Estaba situada casi exactamente a mitad de camino entre el Errion-Thal y Aldénuri, pero no en la costa misma, sino a algunas leguas hacia el interior y sobre un promontorio fortificado en una posición elevada, a casi trescientos metros de altura sobre las tierras circundantes. No muy lejos y aún más hacia el interior, se alzaban las Dalko, una joven cadena montañosa que superaba en varias cumbres los dos mil quinientos metros de altura.

En los altos valles había poblaciones que vivían fundamentalmente de la ganadería. Las dificultades de acceso habían hecho de los montañeses gente ruda, que vivía aislada del mundo circundante. Cada pequeña aldea era en cierto modo un microcosmos. Sin embargo, con las lógicas variantes dialectales que produce el aislamiento, la lengua de Molievo y de los valles era la misma. Recibía entre sus hablantes el nombre de anthska. Muy poco tenía que ver con el aldenórico, pues los primeros pobladores de aquellas tierras provenían de Eltsko, más allá de Ynndurnor.

El territorio donde se hablaba esta lengua, entre las Dalko y el mar de Enden (que allí llamaban Drusnye), se encontraba a una buena distancia del bosque de Arkane. Sin embargo, los acontecimientos que se desarrollaban en los últimos tiempos en aquel bosque estaban teniendo graves consecuencias para las comarcas de Molievo: casi toda la fauna afincada secularmente en Arkane había huido del bosque ante la presencia de los thaurroks, y ahora buscaba nuevos territorios entre las Dalko y el mar.

Los habitantes de la zona comenzaron a inquietarse: los destrozos causados por lobos, osos y otras fieras amenazaban con matarlos de hambre en el invierno, ya cercano.

Pero el problema no afectaba solo al ganado. También algunos pastores habían sido atacados a plena luz del día por manadas de lobos famélicos. La amenaza thaurrok era cada día mayor...

15

Cuando terminaron de contar la recaudación, Helder se reunió contento con Ferrio y Lánder.

—¡Todos en la aldea y en la comarca han sido muy generosos! ¡Hemos recaudado por valor de cincuenta y cinco mil piezas de oro, es decir, el equivalente a cincuenta y cinco doblones de oro! ¡Es una cantidad fabulosa!

Ferrio bajó la cabeza apesadumbrado al oír la noticia.

—¡Ferrio! ¿No te alegras? ¡Es mucho más de lo que podíamos esperar...!

—Lo sé, Helder. Y quisiera poder agradecerlo personalmente a todos los que han colaborado de manera tan generosa —en la voz de Ferrio se traslucía una sincera emoción—, pero no sé cómo voy a conseguir los cinco doblones que faltan...

—¡Ferrio, amigo! ¡Hemos recaudado el equivalente a cincuenta y cinco doblones! Es cierto que faltan cinco, pero ya contaba con eso: los conseguiremos... ¡Tenemos tiempo hasta pasado mañana!

Era cierto que se había obtenido más de lo que cabía esperar. Los áldenors habían sabido ser más que espléndidos: lo habían dado todo. No ya de lo que les sobraba, sino aun de lo que necesitaban y hasta de aquello que les era más querido. Helder tenía sobrados motivos para sentirse satisfecho y optimista. Pero también la pesadumbre de Ferrio tenía justificación: una vez agotados los recursos en Aldénuri y su comarca, ¿a dónde ir...? El tiempo se acababa, y cinco doblones era una cantidad muy respetable.

Intervino Lánder:

—¡Ferrio, seamos positivos! ¡Seamos optimistas! Aún no ha terminado el plazo para conseguir el rescate. Podemos pedir ayuda a regiones vecinas...

—¡Si fuera necesario, Aldénuri entero se endeudará! —aseguró Helder.

—Gracias otra vez, Helder. Pero esa decisión excede de tu potestad. Tendrías que convocar una nueva Asamblea... ¡Es demasiado tarde y es demasiado pedirles!

—Ferrio, tú déjame a mí. Pensaré qué podemos hacer en el plazo que nos queda. Te lo comunicaré tan pronto como lo tenga decidido.

Ferrio y Lánder volvieron a casa y se encontraron a Ana esperándolos junto a la puerta, pues los había visto llegar desde lejos. Ferrio le comunicó las novedades, procurando mostrarse alegre:

—¡Ana! ¡Hemos obtenido cincuenta y cinco doblones!

Dándose perfecta cuenta de la preocupación que oprimía a su marido, Ana respondió animada, mientras lo abrazaba:

—¡Cincuenta y cinco doblones! ¡Es una cantidad enorme!

16

Finn consiguió, mal que bien, volver a montar y reanudaron la marcha hacia la casa-torre de los Fenndordun. Seguía sin haber rastro de los thaurroks que se habían adentrado en el bosque. Entretanto, Iván vigilaba constantemente en dirección hacia Arkane desde su posición elevada. Cuando, por fin, consiguieron llegar, no cabían en sí de entusiasmo: ¡se habían salvado! ¡Finn estaba con vida, gracias a su esfuerzo!

Había merecido la pena arriesgarse. Lo primero, se dijo Ghulden, será llevar a Finn a descansar.

—¡Astuur! ¡Iván! ¿Podéis dejar preparada la cuerda de alarma?

—¡Enseguida! —contestaron los muchachos alegremente.

—¡Bien! —continuó Ghulden, dirigiéndose a Finn—. Podrás descansar en una habitación muy agradable del ala norte. Es la zona que queda más protegida en caso de un ataque de los thaurroks. Después nos contarás tus peripecias.

—¡Gracias, Ghulden! ¡Gracias a todos, amigos! Me parece que podría descansar en cualquier sitio...

—¿No quieres comer algo antes de dormir?

—No, de verdad, estoy agotado. Tanto tiempo corriendo... Y todavía me duele bastante la cabeza.

—Si oyes un ruido de platos rotos —le explicó Ghulden—, eso significa que los thaurroks...

No había terminado de hablar, cuando la estantería de alarma cayó con gran estrépito.

—¡Rápido! ¡A la torre! ¡No hay tiempo que perder! ¡Astuur, Iván: a la torre!

Ghulden, Finn y Gwyes corrieron tan rápido como eran capaces hacia el pasadizo que conducía a la torre. Al llegar arriba, se asomaron entre las almenas y vieron un espectáculo que recordarían toda su vida: numerosos thaurroks rodeaban el edificio por todas partes y golpeaban con frenesí contra sus paredes. Otros muchos, docenas de ellos, continuaban surgiendo desde el interior el bosque.

—¡Dios mío! ¡Estamos rodeados! ¿De dónde han salido en tanto número? ¿Saben que somos nosotros los que han matado a su amigo? ¿Vienen a vengarse? —Ghulden se volvió y entonces se dio cuenta de que los chicos no estaban en la torre—. ¡¡Astuur!! ¡¡Iván!! —gritó, asustado—, ¡¿dónde estáis?!

Cuando Ghulden les pidió que fuesen a preparar la alarma, Astuur e Iván habían bajado al jardín y se habían encontrado con que un grupo numeroso de thaurroks avanzaba ya hacia la torre. Sin perder un instante, ellos mismos habían tirado de la cuerda que iban a colocar, derribando los platos para alertar a Ghulden, Finn y Gwyes. Astuur corría ya escaleras arriba. Iván volvía también, pero por el aire, después de un rápido vuelo de reconocimiento. Había comprobado que las bestias rodeaban la casa e intentaban derribarla. Observó cómo un thaurrok destrozaba la puerta del establo y oyó a los caballos relinchar aterrorizados. No quiso seguir mirando...

—¡Padre! —gritó Astuur al llegar—, ¡estamos rodeados, son muchísimos!

Iván aterrizó en ese momento, y Ghulden se dirigió a él:

—¡Iván, esto es terrible! Solo tú puedes salir de aquí: vete rápido. Da la alarma en Eekklo, y diles que prevengan a los habitantes de Urôss y de las aldeas cercanas. ¡Avísales, por su bien! ¡Son más de los que creíamos!

Ghulden quiso encaminar a Iván hacia Eekklo, pues, a pesar de que Urôss quedaba ligeramente más próximo de Fenndor, Eekklo gozaba de una posición de preeminencia sobre las demás poblaciones de la comarca.

—¡Pero a vosotros os hago falta aquí, Ghulden! —se resistió Iván.

—Nosotros aguantaremos bien en la torre —trató de hacerle razonar Ghulden—, pero, si no avisamos, puede haber una matanza espantosa en toda la región... ¿Lo entiendes?

Iván asintió, un poco enfurruñado: Ghulden tenía razón, pero le costaba muchísimo dejar allí a Astuur y a los demás...

—Iré. Pero volveré lo antes posible.

—¡Muy bien, Iván! —aprobó Ghulden, estrechándole la mano como a un camarada de armas—. Tu aviso puede ser la única esperanza de muchos, no lo olvides. Habla con el thaine de Eekklo y dile, de mi parte, que esto puede ser el retorno de la peor pesadilla de nuestros antepasados. Tendremos que enfrentarnos a los thaurroks como entonces...

—¡Les diré que envíen ayuda urgente!

—No, hijo, diles mejor que no se precipiten —le contradijo Ghulden serenamente—. Ya has visto que los thaurroks no pueden hacernos daño mientras estemos aquí, y tenemos provisiones para mucho tiempo... Si viniera una rápida expedición de socorro, sería aniquilada. Será preciso movilizar un gran ejército para la campaña más sangrienta que podamos imaginar. ¡Está en juego de nuevo la supervivencia de todo el Errion-Thal!

Los cinco quedaron silenciosos, tratando de asimilar la gravedad de las palabras de Ghulden. Iván habló finalmente, convencido ya de lo que debía hacer:

—¿Hacia dónde está Eekklo?

—Hacia allá. —Ghulden señaló hacia el norte—. Vuela alto en aquella dirección y no tardarás en verlo, tras aquella colina...

—¡Un momento, Iván! —intervino Finn, entregándole una medalla que se quitó del pecho—. Llévale esto a mi mujer, y dile que estoy a salvo. Dile que volveré...

Gwyes se acercó también a Iván:

—Dile a mi esposa que yo también estoy bien..., y que me acuerdo de ella.

—¡Date prisa —le urgió Ghulden—, allí corren más peligro que nosotros!

—¡Adiós, Iván! —se despidió Astuur, dándole un amistoso puñetazo en el pecho—. ¡Vuelve pronto!

Iván se despidió mirándolos uno a uno, sin hablar, y alzó el vuelo hacia Eekklo.

* * *

Sobrevolaba el Errion-Thal en sentido contrario al del día de su llegada. Para combatir la pena que le invadía al pensar en los amigos que dejaba atrás, se obligó a fijarse en los lugares por los que pasaba. A ratos, se extasiaba por la belleza del paisaje que contemplaba desde la altura:

—¡Qué bien hizo Bériodun en instalarse en el Errion-Thal! —pensaba en voz alta—. ¡Qué hermoso lugar para vivir..., si no fuera por la amenaza de los thaurroks!

La colina que ocultaba la vista de Eekklo desde la casa de Ghulden empezaba a amarillear: estaba cubierta de robles y hayas. También podían verse algunos abedules, que se distinguían por su blanca corteza. Los distintos tonos y matices de los colores cálidos del otoño acentuaron en Iván un sentimiento de melancolía, en el que se mezclaban la preocupación por sus amigos y la añoranza de su tierra.

Un escalofrío le sacudió mientras volaba contra la brisa que soplaba del norte. El aire era cada vez más frío según avanzaba la estación.

En cuanto alcanzó la vertical de la colina, pudo ver ya las casas de Eekklo, muy similares en su aspecto externo a las de Aldénuri, con sus característicos techados cubiertos de abundante paja. El castillo se recortaba sobre una colina hacia el sur de la aldea. También su aspecto recordaba sin dificultad al castillo de Aldénuri.

Lo que Iván no se esperaba fue el recibimiento que le hicieron: sin previo aviso, le lanzaron una enorme piedra desde una catapulta emplazada entre las almenas del castillo. El proyectil le pasó muy cerca, con un silbido largo y agudo. Vaciló unos instantes, pero decidió continuar. Se esforzó por ganar altura, mientras avanzaba hacia el castillo, de modo que no pudieran alcanzarle los proyectiles.

—¡Eh, los de Eekklo! —gritó cuando se hubo acercado lo bastante para que pudieran oírle—, ¡vengo en paz! ¡Traigo noticias de Ghulden, de Gwyes y de Finn Ibérr!

Los habitantes de Eekklo no conseguían entenderle, aunque le oían gritar algo. Esto al menos les hizo dudar, y evitó que dispararan de nuevo inmediatamente. Una vez sobre la vertical del castillo, sintiéndose más seguro, Iván comenzó a descender poco a poco. Continuaba gritando:

—¡Vengo en paz! ¡Traigo noticias de Ghulden Fenndordun, de Finn Ibérr y de Gwyes Hordendun…!

Cuando lograron entenderle, los eekkloks (así eran llamados los habitantes de Eekklo) se calmaron. Fue una suerte para Iván, pues estaban esperando a tenerlo a tiro de sus ballestas para asaetearlo como a un pichón. La causa de tan hostil recibimiento era que estaban atemorizados por las últimas incursiones de los thaurroks. En ese estado de ánimo, y no habiendo visto nunca, evidentemente, un muchacho que volara, no es extraño que lo tomaran por alguna otra especie de criatura enemiga. No tardó Iván en aterrizar sobre la torre del homenaje del castillo de Eekklo.

—¡Mi nombre es Iván de Aldénuri! ¡Me envía Ghulden! ¡Traigo un mensaje para el thaine!

—Te conduciremos a él. Mi nombre es Ghrendö, jefe de la guardia de Eekklo.

La expresión de Ghrendö era todavía de gran desconfianza: le costaba digerir el hecho de que Iván hubiese llegado volando por los aires como si tal cosa.

Tomando a seis de sus hombres, que se situaron a los lados de Iván, como si escoltaran a un prisionero, lo llevó ante Errien, el thaine.

17

Helder se reunió por la mañana, muy temprano, con los cuatro vocales de la aldea. Al día siguiente aparecería frente a las costas de Aldénuri la embarcación encargada de recoger los sesenta doblones exigidos como rescate por Iván. Los cuatro vocales que ayudaban al thaine en el gobierno se nombraban por turno entre los habitantes de cada una de las comarcas que abarcaba Aldénuri, pues la representación de la aldea propiamente dicha le correspondía siempre al thaine.

La representación de la colina de Illúnn recaía este año en Hark de Aalte, padre de Hure y Léirenn. Las otras tres zonas eran el valle de Inder, que estaba representado por Aran de Inenn; el valle de Skoll, representado por Hanton Krim, y la colina de Ikeldom, representada por Joss Haus.

Helder inició la sesión sin mayores preámbulos:

—¡Ya sabéis por qué os he convocado hoy! Lo que se recaudó ayer no fue poco... Pero no es suficiente. Faltan cinco doblones para llegar a los sesenta que exigen los kerren.

—¿¡Qué insinúas!? —estalló la voz chillona y cortante de Aran de Inenn.

Aran, como los demás habitantes de su valle, profundo y apartado, tendía a ver las cosas del conjunto de Aldénuri con cierto despego. Se consideraban cada vez más al margen de lo que ocurriera en la aldea e incluso en las demás comarcas del Áldendor. Además, encontrándose bastante alejados de la costa, los ataques de los kerren no constituían para ellos una amenaza tan próxima y real como para el resto de las comarcas.

—¡No insinúo nada, Aran! ¡Estoy exponiendo una situación! —contestó Helder, algo amoscado—. Ya dije en la Asamblea, y todos estuvieron de acuerdo, que es un deber de justicia y de gratitud para todos nosotros hacer lo que esté en nuestra mano por rescatar a Iván de Aldénuri.

—¡Ya hemos hecho lo que estaba en nuestra mano! ¡Hemos hecho una recaudación! ¿Qué más quieres que hagamos? —repuso Aran en tono desafiante.

—¿Qué harías tú si hubiera sido tu hijo el secuestrado y la recaudación no hubiera sido suficiente? —intervino suavemente Hark, sin esperar la contestación de Helder.

—Os diré lo que creo que debemos hacer —continuó Helder sin desalentarse—: ¡debemos utilizar el Tesoro de Aldénuri!

El Tesoro de Aldénuri estaba compuesto por piezas de oro, plata y joyas acumuladas a lo largo de los siglos, fruto de victorias en batallas. Si bien su valor material era ciertamente alto, era muy superior su valor histórico y sentimental. Salvo a Helder, a nadie se le hubiera ocurrido emplearlo para pagar el rescate de Iván.

—¡Ni hablar! ¡Eso es impensable! —volvió a intervenir Aran, rotundo.

Hanton y Joss habían permanecido en silencio hasta ese momento. Joss era una persona de edad y con prestigio en todo Aldénuri. Tenía una voz grave y profunda, que captaba la atención en cuanto comenzaba a hablar. Entonces tomó la palabra dirigiéndose a todos, pero a Aran muy en particular:

—¡Señores vocales de Aldénuri! Estimo que en circunstancias como esta, que exigen sacrificio, es cuando resulta más necesario que nunca poner las cosas en su sitio, me refiero a una justa jerarquía de valores. ¿Piensas, Aran, de verdad, que es más importante el Tesoro que la vida de ese muchacho? ¿Estimas que nuestros antepasados hubieran obrado así?

Aran mostraba una expresión sombría y porfiada, pero no quiso o no supo responder a Joss. Fue entonces Hanton, un hombre corpulento y cachazudo, quien habló. Se limitó a decir:

—¡Por mi parte, estoy de acuerdo con Helder! ¡Contad con mi voto! ¡Debemos ayudar a ese chico en todo lo que podamos!

—¡Es un error! ¡No tenemos potestad para hacerlo! ¡Debemos informar a la aldea! ¡No contéis conmigo!

Mientras pronunciaba estas palabras, Aran de Inenn se levantó y salió sin tan siquiera despedirse del resto de los vocales.

Helder y los tres vocales restantes quedaron disgustados por la actitud de Aran. Sin embargo, continuaron con la sesión.

—¡Aran se equivoca! —explicó Helder—. La entrega del rescate debe hacerse mañana, y no hay tiempo para informar de la decisión a la aldea. En circunstancias de urgencia, como las actuales, tenemos la autoridad necesaria para decidir el empleo del Tesoro en esta causa.

Helder interrogó sucesivamente con la mirada a los tres vocales, para comprobar si estaban de acuerdo. Ninguno se opuso.

—De acuerdo, os diré lo que he pensado. Mañana, al amanecer, iré hasta las tierras de Koldor. Le explicaré la situación. Si consiente en ayudarnos, evitaremos emplear el Tesoro de Aldénuri. En caso contrario, lo emplearemos y después informaremos a la aldea de todo. ¿Qué os parece? Os pido que votéis formalmente.

Koldor, el rico comerciante y prestamista, vivía muy cerca de los límites del Áldendor. Las condiciones descaradamente usurarias que solía imponer en sus préstamos eran la razón por la que habían evitado acudir a él hasta ese instante. Sin embargo, si uno se resignaba a pagarle sus servicios al precio que decidiera, era más asequible que Anditz, el personaje más rico y avariento de Aldénuri, con quien habían fracasado los intentos de llegar a un acuerdo satisfactorio.

Los presentes votaron afirmativamente por unanimidad. Aun en el caso de que Aran hubiese permanecido en la Asamblea de notables y hubiese votado en contra, la decisión de Helder habría sido aprobada por cuatro votos contra uno.

—Será difícil conseguir un préstamo de Koldor en condiciones aceptables —reflexionó en voz alta Hark—, pero no hay más solución: ya lo hemos dado todo en la cuestación de ayer...

—Esperemos que se muestre razonable, al menos para esta causa... ¡Se levanta la sesión!

* * *

Helder y Filós partieron muy de madrugada hacia la casa de Koldor. Ese mismo día, desconocían a qué hora, tenía que llegar el skerrag que debía recoger el rescate. Helder dejó instrucciones muy claras en Aldénuri, por si llegaba en su ausencia: debían hacerlo esperar hasta que volvieran con el dinero de la casa de Koldor. Solo en caso de que fuese imposible mantenerlo a la espera, se tomaría para hacer el pago parte del Tesoro de Aldénuri.

Se requería algo más de media jornada a caballo para cubrir la distancia entre la aldea y la casa de Koldor. La intención de Helder era hurtar cuantas horas pudieran al día. Los días acortan rápidamente durante el tiempo de la luna de vínneann, así que partieron de noche, mucho antes del amanecer. Los acompañaba Wharr, un corpulento soldado de la guarnición de Aldénuri, que superaba con creces los dos metros de altura y los cien kilos de peso. No destacaba por su inteligencia, pero podía confiarse en él, y eso era lo que más contaba para Helder. Por eso lo había escogido como escolta para el caso de que surgieran complicaciones en el viaje.

Partieron en silencio. Era plena noche cerrada. Faltaban varias horas aún para el amanecer. El frío era cortante y, para sorpresa de todos, se oían aullidos de lobos en la lejanía. No era habitual en Aldénuri la presencia de lobos en esta época.

Ascendieron por la colina de Illúnn, salida natural hacia el interior, camino de Nielsko. La casa de Iván se encontraba oscura, y sus moradores dormían todavía. Pronto alcanzaron la cumbre y tomaron el sendero hacia el sur. Los caballos podían seguir con facilidad el camino a la luz de las estrellas. Todo parecía indicar que gozarían de una nueva jornada de sol.

Pasadas unas tres horas de marcha, el sol inició su andadura desde el este. Los tres jinetes disfrutaron de la belleza del amanecer, con una maravillosa sucesión de tonalidades en el cielo hasta que se fue definiendo cada vez más un color azul intenso.

—¿Qué os parece si paramos a desayunar? —rompió el silencio Helder.

—¡Creía que no lo iba a decir nunca! —respondió Wharr, que tenía casi siempre un hambre atroz.

—Parece un buen lugar —asintió Filós.

—Pues no se hable más, detengámonos aquí, ya va siendo hora de tomar algo. Hemos salido como tres ladrones que hubieran desvalijado la aldea...

El lugar donde se disponían a desayunar era un claro rodeado de bosque en todo su perímetro. Había mucha hierba que hubiera invitado a sentarse si no hubiera sido por la escarcha que la cubría. Afortunadamente, Helder, que era un hombre práctico, lo había previsto y llevaba enrollada detrás de la silla una vieja manta que les serviría para acomodarse.

—¡Caramba, señor thaine, está usted en todo! —comentó Wharr, admirado de tanta previsión.

—No lo creas..., pero los años enseñan algunas cosas.

—¡Parece que tendremos un buen día! —apuntó alegre Filós, estirándose para desentumecerse.

—¡Sí —respondió Helder—, eso nos favorecerá! La marcha con mal tiempo podría habernos retrasado mucho...

Fue un desayuno copioso, pues no volverían a tomar nada hasta su regreso a Aldénuri. Nada más terminar, continuaron la marcha. Habría transcurrido otra hora más, cuando alcanzaron el límite del Áldendor.

Los límites del Áldendor eran fácilmente reconocibles por la línea de torres de vigía que custodiaban su seguridad. Una guarnición de cinco soldados en cada torre era relevada cada semana.

Los tres viajeros se detuvieron a comunicar su salida al capitán de la guarnición. Era esta una antiquísima costumbre. Se debía más a la voluntad de los viajeros de sentirse de alguna manera amparados, que a una norma que obligase a hacerlo así. Los viajeros sabían que, si no volvían en el tiempo que habían informado, un grupo de jinetes y soldados de a pie saldría en su busca.

—¡Ah de la torre!

—¡¿Quién va?! —respondió una voz desde lo alto.

—¡Soy Helder Weldo, thaine de Aldénuri! Estos son Filós, maestro, y Wharr, miembro de la guardia, ambos de Aldénuri.

—¡Se os saluda! ¡Mi nombre es Kloss Horun, de la tercera guarnición de las torres, con sede en el Fhárendain!

El Fhárendain era el paso que se disponían a cruzar.

—Nos dirigimos hacia la casa de Koldor Rijk, donde permaneceremos una o dos horas, el tiempo imprescindible para concluir una negociación. Después volveremos por la misma ruta.

—¡Malos tiempos corren para abandonar el Áldendor, señor! Mucho me temo que debemos desaconsejar el viaje.

Desaconsejar, en el educado lenguaje de los guardianes de la frontera, significaba «prohibir», como todo el mundo sabía. Helder no llegó a pronunciar palabra: su expresión de incredulidad fue suficientemente elocuente. El capitán continuó:

—Lamento tener que insistir, señor. Deben disculparnos, pero el peligro de una salida ha aumentado de forma considerable en la última semana. Llegan noticias inquietantes y extrañas de las tierras vecinas.

—¿Inquietantes...? ¿Podría explicarse un poco mejor? —El vigor de las palabras de Helder manifestaba un alto grado de contrariedad.

—Hemos sido informados por diversos mensajeros de la presencia inusitada de fieras por doquier...

—¿Fieras? ¿Qué fieras? ¡No tenemos tiempo para bromas, capitán!

El movimiento de animales, iniciado con la desbandada de los lobos y otras alimañas desde el bosque de Arkane al huir de los thaurroks, se había hecho ya sentir en las proximidades del Áldendor.

—Señor, no bromeamos. El territorio entre esta torre y Nielsko es impracticable. Jamás lograrían llegar. Manadas de lobos asolan la región. Las habituales bandas de salteadores han incrementado su actividad, simplemente porque intentan sobrevivir. ¡Tenemos órdenes tajantes de no dejar partir a nadie hasta nueva orden!

—¡¿Quién ha dado esas órdenes?! ¡¿Debo repetirle que soy el thaine de Aldénuri y que viajo en misión urgente?!

—Proceden del Consejo Militar. Hace pocos instantes ha llegado el correo. Salir del territorio del Áldendor es ir a una muerte segura —respondió el capitán, sin alterarse.

El Consejo Militar del Áldendor estaba compuesto por ancianos militares, veteranos de muchas batallas. Su poder en materia de seguridad era total y no podía ser discutido ni tan siquiera por el thaine de una aldea principal como Aldénuri.

—Helder, cálmate —intervino Filós, persuasivo—. Lo que nos dice el capitán es sensato. Tendremos que recurrir a la solución extrema que habéis aprobado para pagar el rescate...

Helder asintió, esforzándose por tragarse su contrariedad. Comprendía que Filós tenía razón: lo más conveniente sería regresar y emplear el Tesoro, como habían previsto. Al fin y al cabo, la posibilidad de un acuerdo con Koldor había fracasado. Nadie podría decir que no lo habían intentado hasta el final: Filós y Wharr eran testigos. Sin detenerse un instante más, tras despedirse cortésmente del capitán, dieron media vuelta y tomaron el camino de regreso.

18

Errien, el thaine de Eekklo, acogió a Iván con aire distante, y hasta con una pizca de arrogancia:

—¿Querías hablar conmigo, muchacho? ¿Qué te trae por aquí?

—¡Soy Iván, hijo de Ferrio de Aldénuri! Llegué a estas tierras huyendo de los kerren, que me habían secuestrado. Pude escapar de ellos durante un ataque de monstruos marinos frente a vuestras costas. Cuando me interné tierra adentro, llegué hasta la casa de Ghulden Fenndordun, que estaba en apuros a causa de unos seres infernales llamados «thaurroks». Esta mañana, alertados por Gwyes Hordendun, pudimos rescatar a Finn Ibérr...

Al oírle hablar de Ghulden, Gwyes y de Finn, el thaine Errien cambió súbitamente de actitud:

—¿Cómo, conoces tú a Finn?

—¡Claro! ¡Y también a Gwyes!

—¿Están bien Finn y Gwyes? ¿Y Ghulden y Astuur?

—Espero que sí...

—¿Esperas...?

—Verá... Después del rescate de Finn, cuando nos estábamos preparando para comer en Fenndor, aparecieron docenas de thaurroks rodeándonos por todas partes. Buscamos refugio en la torre y, ante lo desesperado de la situación, Ghulden me pidió que viniera a Eekklo y a las demás aldeas vecinas a avisar del peligro que se cierne sobre todos...

El thaine había seguido las explicaciones, pero no acababa de desechar su desconfianza inicial:

—Eres un muchacho más bien extraño... ¿Cómo sabemos que no estás mintiendo para tendernos una trampa?

—Traigo una medalla que me entregó Finn, para que se la hiciera llegar a su esposa en señal de que se encuentra bien... Ella podrá reconocerla, supongo. Y puedo asegurarle que no soy una de esas bestias del bosque..., creo que salta a la vista: no tengo cuernos..., y hablo, y... Bueno, el hecho de que pueda volar sí que es raro, pero no me convierte en un monstruo...

Errien se fue calmando. Desde luego, nunca había pensado que Iván fuese un thaurrok, pero tampoco estaba seguro de que no tuviera nada que ver con ellos. Ahora, viendo la sinceridad de su actitud, se inclinaba a pensar que no mentía. Iván aprovechó el cambio que notaba en él para transmitirle el mensaje que Ghulden le había encargado. El thaine lo escuchó ahora con gran seriedad. Sus mandíbulas se tensaron inconscientemente mientras se iba haciendo cargo de la verdadera gravedad de la situación.

—¡Hemos sido algo bruscos contigo, muchacho! —dijo al fin, con un suspiro cansado, y, sobreponiéndose, añadió enseguida—:

¡Ven, comerás algo, seguro que tienes hambre! ¿Te apetece un buen filete de uro?

El uro era una especie de toro salvaje que abundaba en el Errion-Thal. Su carne era muy sabrosa y apreciada. Iván, que llevaba horas en ayunas, asintió sin dudar:

—¡Sí, muchas gracias!

Errien comenzó inmediatamente a organizar los preparativos para acoger a los habitantes de toda la aldea en el interior de las murallas del castillo, haciendo acopio de cuantas provisiones pudieran reunir. Al mismo tiempo, envió emisarios y palomas mensajeras a las aldeas vecinas para comunicarles los últimos acontecimientos.

Mientras tanto, Iván daba buena cuenta del filete de uro. De postre le obsequiaron con una tarta de moras. Cuando ya hubo terminado, entró Errien en la sala donde le habían servido. Lo saludó ahora afectuosamente:

—¿Qué tal has comido?

—¡Muy bien! Muchas gracias.

—Iván, escucha, el mensaje de Ghulden que me has traído...

—¡Es todo verdad, se lo aseguro! —interrumpió Iván, exasperado por lo que interpretó como nueva muestra de desconfianza.

—¡Lo sé, lo sé! —le tranquilizó Errien—. Precisamente por eso quería hablar contigo. Tengo absoluta confianza en el juicio de Ghulden: no pierde los nervios con facilidad y, además, su familia ha custodiado durante siglos la historia del Errion-Thal. Es, quizás, fuera de los sabios y ancianos del Consejo, la persona mejor informada del peligro al que tenemos que enfrentarnos...

—Estuvimos con él en la biblioteca, y nos leyó algunas cosas antiguas. Entonces Astuur y yo nos dimos cuenta de que Ghulden tenía razón: él sospechaba ya antes que lo que estaba sucediendo tenía que ver con los thaurroks...

—Eso me imaginaba. Verás, Iván, tú eres aquí el único que conoce esas noticias, y el único que ha visto a los thaurroks tan de cerca. He pensado que sería muy útil que te entrevistaras con

Gheós: es uno de los más importantes miembros del Consejo. Él sabrá interpretar las informaciones que le des, aunque a ti te parezcan poco importantes. ¿Querrás?

—Pero es que tengo que volver a Fenndor para ver cómo están... ¡Se lo prometí! —Iván añadió, bajando la mirada—. Y... después quiero volver a Aldénuri: mis padres no saben todavía que estoy libre, y hace mucho que no los veo...

—Iván —respondió Errien muy serio—, hay momentos en que cualquier preferencia personal debe dejarse a un lado, y este es uno de ellos. De las decisiones que podamos tomar con tu información dependerá la vida, no solo de Ghulden y los otros, sino de nuestro pueblo... Incluido el Áldendor.

Iván, muy impresionado, no respondió. Se limitaba a mirar fijamente a Errien, que continuó:

—Te diré lo que vamos a hacer: hoy te entrevistarás con Gheós y mañana o pasado, cuando hayáis terminado, viajarás a Aldénuri. Irás como mensajero nuestro para decirles que necesitamos la ayuda de su ejército..., y la necesitan también los propios áldenors. Si los thaurroks nos vencen, nada les impedirá llegar en poco tiempo hasta allí, y todo habrá acabado...

—De acuerdo, lo haré —musitó Iván. Y añadió—: ¿Y no podré ayudar a los de Fenndor?

—Así les ayudarás mucho mejor, no lo dudes. Además, mientras tú viajas al Áldendor, nosotros nos pondremos en movimiento con el ejército.

Iván volvió a asentir silenciosamente.

Cuando Errien iba a marcharse, lo detuvo con una pregunta que se le ocurrió de repente:

—¡Señor thaine, espere! ¿Cómo llegaré a Aldénuri? No sé cómo se va hasta allí...

—No te preocupes por eso: podemos mostrarte algunos mapas que te ayudarán a orientarte en tu viaje de regreso. ¿Será suficiente con eso?

—No estoy seguro… Me gustan mucho los mapas, pero no sé si sabré leerlos. Es que en mi escuela no hemos estudiado mucha geografía aún. Este año íbamos a empezar…

—Comprendo —repuso Errien, divertido—. No te apures, Gheós es un experto: le diré que te instruya a fondo en todo lo que necesites para que puedas regresar sano y salvo a Aldénuri. ¿A qué velocidad puedes viajar?

—Depende de varias cosas: el viento, la concentración… No sé, esta mañana en Arkane podía volar a la velocidad de un caballo al galope…

—¡Eso es estupendo! El mensaje podrá llegar a tiempo de que nos envíen ayuda. Quizás convenga que te lleves una de nuestras palomas mensajeras. Así, si te ves en apuros, bastará con que nos envíes un mensaje y haremos cuanto esté en nuestra mano para socorrerte. Por lo demás, espero que consigas refuerzos del Áldendor… Nuestro antepasado Bériodun abandonó esta tierra por causa de los thaurroks, y ahora vuelve de nuevo la terrible amenaza de esos seres.

Errien se quedó algo pensativo. Iván lo devolvió a la realidad al responderle:

—Muchas gracias por vuestra ayuda. Haré todo lo que pueda por volver al Errion-Thal con refuerzos.

—¡Bien, chico! Descansa ahora un poco, ya he mandado a buscar a Gheós, no tardará mucho.

* * *

Gheós, el eminente miembro del Consejo, no solo era un auténtico sabio, sino que lo parecía. Tenía el pelo muy blanco, y a Iván le resultó el anciano de aspecto más venerable que había conocido en su vida. Sin embargo, su mirada era brillante y viva, y al hablar parecía mucho más joven. Su voz era firme y sonaba alegre.

—¿Así que tú eres el chico que ha llegado volando desde la casa de Ghulden? ¿Es cierto que provienes de Aldénuri? ¿Cómo te llamas? —Gheós hablaba pausadamente, de un modo que transmitía serenidad.

—Me llamo Iván de Aldénuri. Es verdad que puedo volar... Me han dicho que usted puede enseñarme el camino para volver a mi casa.

—¡Desde luego! Pero dime una cosa: si te llamas Iván de Aldénuri, quiere decir que eres descendiente directo de Bériodun de Aldénuri...

Iván, a pesar de haberse perdido los últimos relatos del tío Lánder, conocía algo de la historia familiar y sabía que descendía del mítico Bériodun, del cual tomaba el nombre «de Aldénuri».

—Sí —respondió con orgullo—, era un antepasado de mi padre.

—¡Bériodun! —murmuró Gheós como meditando y hablando consigo mismo—. La historia nos lo describe como un gran hombre, espero que salgas a él, muchacho... —Iván no sabía qué decir. Gheós continuó—: ¡Cuántas cosas podría contarte de tus antepasados y de tu aldea, Aldénuri! Pero no es tiempo ahora. Quizás más adelante tengamos una nueva ocasión de encontrarnos. Mañana deberás partir al amanecer. No hay tiempo que perder. La amenaza de los thaurroks se cierne ahora sobre nosotros como en tiempos de Bériodun. Tienes una gran misión entre manos. Es posible que de ti dependa la supervivencia del Errion-Thal y del propio Áldendor, ¿comprendes? Pide ayuda a Dios, pues debes estar a la altura de lo que se espera de ti.

Iván y Gheós pasaron juntos toda la tarde. El anciano le pidió que le contara todas las peripecias que había vivido hasta llegar a Eekklo. Iván había empezado a contarle su huida de los kerren, pero Gheós le había pedido que comenzara antes, desde el momento en que descubrió que podía volar. Así lo había hecho Iván, mientras Gheós escuchaba atentamente, interrumpiéndolo de vez en cuando para hacerle alguna pregunta, o para pedirle que precisara algún detalle. Alguna vez tomaba notas, pero casi todo el tiempo escuchaba como abstraído, asintiendo para sí mismo en algunos momentos, como si hubiera esperado que Iván dijera exactamente eso.

—¡Muy bien, Iván, eres un gran narrador! —dijo sonriente cuando Iván acabó de contarle—, muchas gracias. Tendré que pensar en todo esto despacio, pero ahora ven, ¡te mostraré los mapas!

Gheós condujo a Iván a una sala contigua. La construcción era de un estilo que se asemejaba al gótico, con altos techos, vidrieras que eran auténticas obras de arte y muebles de maderas nobles que encerraban tesoros de la antigüedad. Dirigiéndose a uno de esos armarios, Gheós lo abrió y extrajo un amplio pergamino enrollado, que colocó sobre una mesa que ocupaba el lugar central de la estancia. Cuando lo desenrolló, Iván abrió los ojos al máximo sin darse cuenta: le fascinaban los mapas antiguos, y ahora estaba ante uno que, como le explicaría Gheós, había pertenecido al propio Bériodun.

—¡Mira, Iván! ¡Esto es el Errion-Thal! Aquí está Eekklo… Y exactamente aquí está ahora Aldénuri, aunque, cuando se dibujó este mapa, todavía no se había fundado. En medio queda la tierra de Nielsko, cuya capital es Molievo. Tenemos poca relación con Nielsko, pues son un pueblo venido desde lejanas tierras y su lengua es enrevesada. Pero son gente de bien. Deberás atravesar su territorio para alcanzar Aldénuri por el camino más corto…

Gheós continuó instruyendo durante largo rato a Iván, que escuchaba con interés las explicaciones.

19

Cuando Helder, Filós y Wharr llegaron de regreso a Aldénuri, era poco más de mediodía. Al pasar a la altura de la casa de Hark, en el camino de descenso de la colina de Illúnn, Helder se despidió de Filós y de Wharr. Ambos se encaminaron hacia sus casas a recuperar fuerzas, pues nada habían tomado desde el temprano desayuno al amanecer. Helder, por el contrario, continuó incansable con sus deberes como thaine. Deseaba ponerse al corriente de lo acaecido ese día en la aldea.

Helder llamó a la puerta y le abrió una criada, que no se extrañó de verlo. Quizás se extrañó de verlo tan pronto.

Helder siguió a la criada hasta un espacioso salón. El ambiente era muy acogedor. La chimenea estaba encendida. Junto al fuego, Hark fumaba su pipa de después de comer. Su esposa, Eider, cosía al otro lado de la chimenea, frente a Hark. Los niños no estaban allí.

—¡Helder! ¡No te esperábamos tan pronto! ¿Qué ha pasado? —preguntó Hark, sabiendo que el viaje había sido demasiado rápido para esperar buenas noticias.

—¡Ni siquiera hemos podido salir del Áldendor! El Consejo Militar acaba de prohibir toda salida, como medida de seguridad. Dicen que las cosas están demasiado revueltas ahí fuera... Tendremos que emplear el Tesoro de Aldénuri... ¿Cómo ha ido por aquí?

—Sin novedad. Ni rastro de los kerren en todo el día. Hay varios hombres turnándose en la atalaya de la costa. En cuanto vean algo, harán sonar el cuerno de alerta.

—¡Mejor así! ¡Deseo estar presente en la entrega del rescate!

En Aldénuri, como en todo el Áldendor, había varios tipos distintos de cuernos de señales. Su sonido variaba dependiendo del material de que estuviesen hechos y del tamaño. Los áldenors estaban habituados desde niños a distinguir el significado de los diversos toques. El cuerno de alerta servía para avisar de acontecimientos importantes que no concernían a toda la población. Se suponía que aquellos a quienes incumbía el aviso se darían por enterados, mientras el resto de la aldea y valles circundantes continuaba normalmente con sus actividades. En esta ocasión, sin embargo, aunque nadie se moviera de su sitio, todos conocerían el motivo de la llamada: los kerren se presentaban a cobrar el rescate por Iván.

La conversación entre Helder y Hark no duró mucho. Llevaban unos minutos hablando cuando sonaron con fuerza los cuernos de alerta desde la atalaya de la costa.

—¡Vamos! —se dijeron el uno al otro. Se despidieron rápidamente de Eider y salieron de la casa. En cuanto Hark hubo ensillado su caballo partieron al galope.

Ana y Ferrio sintieron que les daba un vuelco el corazón al oír el cuerno de alerta. ¿Estaría Iván en el skerrag que se acercaba? Sabían que no era probable. Lo más seguro era que los kerren se retiraran con el rescate y, si todo iba bien, liberasen al cautivo después de comprobar que el pago estaba completo, quizás algunos días después.

A la llegada de Helder y Hark a la plaza de Aldénuri, todo estaba preparado, a excepción de los cinco doblones que debían tomar del Tesoro. Estos no estaban listos aún, pues su utilización dependía del éxito de la gestión de Helder ante Koldor Rijk. Ahora que esa opción había fracasado, tomarían oro y joyas del Tesoro por valor de cinco doblones.

Hanton Krim y Joss Haus, los otros dos vocales que habían apoyado esa solución, se encontraban allí, esperando el regreso de Helder. Habían permanecido en la aldea todo ese día, sin regresar a sus hogares en Skoll e Ikeldom. Solo faltaba Aran de Inenn, pero sabían que no debían esperarlo... Aran no acudiría.

Helder, acompañado por Hark, Hanton y Joss, se dirigió a la fortaleza de Aldénuri, en una de cuyas torres se encontraba, celosamente custodiada, la cámara del Tesoro. El castillo estaba en un promontorio, no lejos del thainemark o ayuntamiento. Caminaron en silencio hasta allí. Junto al portón, seis lanceros, tres a cada lado, custodiaban la entrada. Tan pronto como distinguieron a Helder con la comitiva de notables, apartaron sus lanzas y les abrieron paso al grito de «¡Aldénuri awant!». Se trataba de un antiguo grito de guerra que se conservaba en el lenguaje militar.

Una vez en el interior del castillo, el capitán que mandaba la guardia entregó las llaves de la fortaleza al thaine, tal como establecían las ordenanzas. Helder le informó inmediatamente de su propósito. Si el capitán se vio sorprendido o no por el mandato de Helder, nadie lo supo. Su rostro permaneció inmutable mientras hacía un marcial ademán de acatamiento, daba media vuelta y comenzaba el recorrido hacia la sala del Tesoro, en la torre este. Helder y su comitiva lo seguían sin pronunciar palabra.

El castillo de Aldénuri contaba ya por aquel entonces con siglos de antigüedad. En otros tiempos había servido como prisión. Ahora sus funciones se limitaban principalmente al acuartelamiento de soldados y a la custodia del Tesoro. Los muros estaban construidos con inmensos bloques de piedra. Había antorchas que iluminaban los oscuros pasadizos y las estancias. Las ventanas eran estrechas, por lo que la luz natural en el interior era escasa. Dentro, la humedad era elevada y hacía frío durante todo el año. Al hablar, inevitablemente se condensaba el aliento formando tenues nubecillas de vaho. Las pisadas de la comitiva de Helder, que seguía al capitán, producían un eco que resonaba por las paredes.

Tras un buen rato de recorrer pasillos, llegaron al inicio de la escalera de caracol que los conduciría a la cámara del Tesoro. Era un acceso estrecho, así construido para obligar a hipotéticos ladrones a pasar en fila de a uno.

Helder habló entonces:

—Capitán, debemos partir con el equivalente a cinco doblones de oro. ¡El tiempo apremia!

—¡A sus órdenes!

El capitán pronunció unas palabras que ninguno de los presentes entendió, pero que debían de ser algún tipo de contraseña. Como respuesta, varios soldados bajaron la escalera llevando diversos elementos del Tesoro. Traían antiguas coronas, espadas con empuñaduras de oro, collares espléndidos, brazaletes...

—Creo que con esto y esto será suficiente —dijo Helder señalando una antigua corona dorada y una pesada espada de acero, con empuñadura de oro; los otros notables se mostraron de acuerdo.

—Acompañadles —ordenó el capitán.

La escolta los condujo, deshaciendo el camino andado a través del castillo.

El portón de entrada se abrió cuando llegaron a él, y los lanceros volvieron a cuadrarse a su paso. Los soldados que portaban las piezas elegidas del Tesoro los acompañaron hasta la plaza del thainemark. Muchos curiosos se asomaban a las ventanas para verlos pasar. Nadie decía nada, pero se veía la pena en sus rostros. Pena por Iván y también por la pérdida de parte del Tesoro heredado de sus antepasados. En la plaza, un carro cargado con los cincuenta y cinco doblones aguardaba el resto del rescate. Dos bueyes lo arrastrarían hasta el Kéldoráin, donde se cargaría a bordo de una embarcación áldenor que saldría al encuentro del skerrag.

Helder y los vocales, seguidos por muchos habitantes de la aldea, acompañaron al carro hasta el Kéldoráin. Ferrio iba mezclado entre ellos. No quiso perderse ese momento. Era una manera personal de agradecer lo que tantos estaban haciendo por Iván. Los que lo vieron le daban ánimos o le sonreían.

Una vez a bordo el carro con el rescate, Helder, que había reparado en la presencia de Ferrio, le habló a solas antes de embarcar.

—¡Ferrio!, intuyo que deseas acompañarnos hasta el skerrag... No seré yo quien lo impida; sin embargo, me parece preferible que te quedes, iré más tranquilo: si hubiera que tomar decisiones rápidas... Todo está hecho ya. Aquí van los sesenta doblones. Ahora deben cumplir su palabra. Es muy improbable que Iván esté con ellos. Es mejor que vuelvas con Ana, ella y los niños te necesitan. Diles que hemos conseguido los sesenta doblones: ¡los sesenta! ¡Ni uno menos!

—Tienes razón, Helder —asintió Ferrio. Y, abrazándolo, añadió, sentidamente—: ¡Gracias..., amigo mío!

Después, dio media vuelta y se marchó a casa, a esperar acontecimientos.

* * *

La tripulación de la nave de Aldénuri estaba compuesta por veinticinco soldados y cincuenta remeros, que también podían luchar en caso de necesidad. Nada hacía suponer que fuera a haber problemas, pero con los kerren no se podía bajar nunca la guardia.

Aparte de la dotación, solo embarcaron Helder, los tres vocales —que lo habían acompañado para mostrar claramente su acuerdo con la medida adoptada— y Filós, que viajaba en calidad de intérprete. Después de desenganchar los bueyes del carro y bajarlos a tierra, soltaron amarras y zarparon con rumbo norte. El skerrag aguardaba al pairo a unas dos millas.

La mar estaba algo encrespada. Tan pronto como la nave abandonó la protección del Kéldoráin, las olas comenzaron a zarandearla. Previendo esa circunstancia, el carromato del rescate había sido amarrado a cubierta.

Helder viajaba de pie a proa, fuertemente asido a la baranda. Fuertes ráfagas de viento le azotaban el rostro, llenándole la barba de gotitas de agua. Miraba hacia el horizonte como desafiando al enemigo y pensaba en la defensa futura frente a los kerren. Habían estado muchos años sin aparecer frente a las costas del Áldendor, pero ahora la situación había cambiado radicalmente. Era preciso organizarse. Debían estar prevenidos de modo permanente para que una desgracia como esta no volviera a repetirse. Por ahora —pensó— se contentaría con recuperar a Iván sano y salvo, pero habrían de prepararse para el futuro.

Los tres vocales y Filós viajaban al abrigo de la cabina de popa. Hark hablaba de Iván a sus compañeros del Consejo.

—Es el mejor amigo de mis hijos Hure y Léirenn, ambos están muy preocupados por lo que le pueda suceder. Desde muy niños han jugado juntos; es un chico muy abierto. Creo que Hure le debe mucho a Iván. Es importante tener amigos de verdad desde la infancia...

—Cierto —corroboró Filós—, es un chico muy generoso.

—Ojalá podamos recuperarlo con vida —intervino Hanton—. No quiero ni pensar qué sería de esa pobre familia si le ocurriera algo.

—Mi mujer fue a visitarlos el otro día y encontró a Ana muy desmejorada. Dice que ha debido de adelgazar varios kilos en estos días...

Además del constante sube y baja de la proa al romper las inmensas olas, había momentos en que la embarcación se escoraba muy acusadamente a babor y a estribor. A la mayoría el trayecto se les hizo largo, aunque no tardaron demasiado en alcanzar una posición cercana al skerrag. Los usos del mar exigían izar una bandera de color amarillo en señal de paz. En medio del gris de las aguas, el amarillo podía verse a muchas millas de distancia. La embarcación que viera la bandera de paz debía responder izando otra bandera del mismo color, con lo que daban a entender a la otra nave que les permitían aproximarse.

Así lo hizo el capitán del barco áldenor: izó en primer lugar la bandera amarilla. Transcurrió un rato sin que los kerren respondieran. Esto era insólito, y preocupante, pues el hecho de no responder en un espacio breve de tiempo significaba todo lo contrario, es decir, una declaración de hostilidades.

—¡Thaine —habló, nervioso, el capitán—, parece una encerrona! ¡Deberíamos virar para estar preparados! ¡En esta posición y a tan corta distancia, podrían embestirnos de proa y nos partirían por medio!

—¡Opino que debemos esperar al menos unos instantes más! —respondió Helder, consciente de lo apurado de la situación—. ¡Si nos colocamos en posición de ataque, todo habrá sido inútil, huirán y perderemos al muchacho! La tensión a bordo era grande. Transcurrían los segundos y los kerren seguían sin izar la bandera amarilla. Si se proponían atacar la embarcación de Aldénuri, la ventaja que les daba su posición era casi definitiva.

Helder notó que la frente se le perlaba de sudor, a pesar del viento. La vida de Iván estaba en juego, pero tampoco podía exponer a toda la tripulación más allá de lo que era prudente... Se alegró de no tener a Ferrio a bordo. Aguantó aún un poco más, y cuando le pareció que no podía arriesgarse a esperar más tiempo, dio la orden:

—¡Capitán! ¡Puede virar! ¡Evite presentar el flanco a la nave enemiga!

La suerte estaba echada.

Por fortuna, los movimientos de los barcos en la mar son lentos. Antes de que se pudiera apreciar desde la otra nave la maniobra que iniciaban, ¡los kerren izaron la bandera amarilla!

—¡Alto, capitán! —anuló la orden Helder, con indecible alivio—. ¡Han izado la bandera amarilla! ¡Mantenga la posición!

Todos se relajaron a bordo de la nave de Aldénuri. Enseguida empezaron a moverse los soldados. Cargaron el rescate en una chalupa y embarcaron en ella dos remeros, junto con Helder y Filós. La chalupa fue botada a estribor, donde el casco de la nave la resguardaba del intenso oleaje. El cargamento iba amarrado y servía de lastre para afrontar mejor la fuerza del mar. Los remeros empezaron a impulsar con fuerza la pequeña chalupa, que al abandonar la protección de la nave avanzaba hundiéndose en profundos valles entre ola y ola, desde donde perdían de vista a los dos barcos, para volver a ascender sobre montañas de agua en las que recuperaban la referencia de la situación del skerrag.

El trecho no era muy largo, pero les costó un tremendo esfuerzo.

Cuando llegaban a las inmediaciones del skerrag, los kerren bajaron un cabo desde una sólida estructura de maderos con una polea. Sin necesidad de acudir a intérpretes, se adivinaba lo que pretendían: izarían el rescate por la borda. Así lo hicieron, sin mayores problemas, a pesar del balanceo. Al terminar la operación, Helder pidió a Filós:

—¡Pregúntales qué tal está Iván y cuándo nos lo traerán! Filós escogió cuidadosamente las palabras, a fin de no cometer ninguna incorrección gramatical. Cuando estuvo más o menos seguro, gritó:

—¡¡Ghrottën kehnta Aldënurrik van aan!! ¡¡Mittel druhna inkker ghreda aaf!!

No obtuvo respuesta. Reflexionó unos instantes, para comprobar que la frase era correcta, y la repitió de nuevo, esta vez más fuerte y con mayor convicción:

—¡¡¡Ghrottën kehnta Aldënurrik van aan!!! ¡¡¡Mittel druhna inkker ghreda aaf!!!

Al cabo de unos momentos, respondieron desde el skerrag:

—¡¡¡Inn hakkon Aldënurrik hrimm knette andùnn hrekko innver aaf Kerrenagh kwere mölden frunde hredth!!!

—¡¡¡Drenn hgrett hakkon Aldënurrik skerrag kwentäh!!! —respondió a su vez Filós; después se dirigió a Helder, que lo miraba asombrado:

—Podemos irnos.

—¡Bien, Filós! Pero ¿qué te han dicho…?

—Que Iván está bien y que después, cuando comprueben que el rescate está completo, lo traerán.

—¿Y tú qué les has dicho después?

—Que el rescate es correcto y que esperaremos la llegada del skerrag con Iván.

Los remeros ya los estaban llevando trabajosamente de regreso a bordo del barco. Mientras tanto, el skerrag, izando sus grandes velas cuadrangulares, partió veloz y pronto lo perdieron de vista entre las olas.

A bordo, Hark, Hanton y Joss aguardaban impacientes:

—¿Todo ha ido bien? —preguntó Hark—. ¿Qué sabéis de Iván?

—Dicen que Iván está bien y que, cuando comprueben el rescate, nos lo traerán.

—¡Bueno —dijo Joss, encogiéndose de hombros—, ahora no podemos hacer ya otra cosa que esperar!

20

—¿Qué hay en la tierra entre el Errion-Thal, Nielsko y el Áldendor? —preguntó Iván con gran interés a Gheós.

—No lo sabemos con certeza. Existen algunas granjas diseminadas, pero los caminos son peligrosos. Es difícil el acceso y por eso no hay casi comunicación. Hay hombres proscritos que han huido de las aldeas y se han asentado en lugares más o menos aislados: ahí se sienten seguros. También hay personas honradas que se han hecho fuertes en sus granjas frente a ladrones o salteadores, pero no conocemos con detalle qué ley impera en cada comarca.

—Entonces será peligroso acampar en despoblado…

—Sin duda. Te he preparado una carta de presentación para Zyeco, el thaine de Molievo. Ellos no dicen *thaine*, sino *tarcow*, que significa «anciano». Con esta carta sabrán que vas de mi parte y te acogerán bien. Zyeco habla nuestro idioma. También les explico lo de la invasión de los thaurroks: quizás envíen tropas para ayudarnos...

—¡Les hablaré para que vengan en vuestra ayuda! —respondió Iván, impulsivo.

—Sé muy bien que harás lo posible por ayudarnos...

Tras pronunciar estas palabras, que acentuó de un modo especial, Gheós se quedó por un momento mirando fijamente a Iván, pero pensativo, como si estuviera lejos de allí. Luego volvió a sonreír y se dispuso a explicarle algunos aspectos prácticos de su viaje a Aldénuri.

—Bien, Iván. Dime, la velocidad con que llegaste volando a Eekklo, ¿es tu..., digamos, velocidad habitual de vuelo?

—Sí. Creo que podría ir más rápido, pero depende del viento y de la concentración...

—¡Estupendo! Eso significa que podrías recorrer algo más de dos leguas y media por hora. Por lo tanto, si vas siguiendo la costa entre Eekklo y Molievo, en unas ocho horas estarás allí... Si todo va bien. Entre Molievo y Aldénuri la distancia es algo mayor, así que necesitarás unas diez o doce horas. De cualquier manera en dos días puedes estar en casa.

A Iván se le iluminó la cara. Después de todos los avatares de aquellas intensas jornadas, la idea de estar a solo dos días de regresar a su hogar le parecía un sueño...

—Para evitar problemas imprevistos, lo mejor será que pernoctes en Molievo. Te acogerán y atenderán bien. Ahora te explicaré cómo debes encontrar la costa desde Eekklo. Ven, asomémonos al balcón... ¿Ves esa colina de allá? —continuó explicando Gheós tras acceder a la amplia balconada desde la que se dominaba todo el espléndido paisaje de la campiña que rodeaba Eekklo, aún iluminado por la luz del atardecer—. Aquella, donde se distingue una mancha de árboles más amarilla entre dos bosquecillos de abetos...

—¡Sí, ya la veo!

—Pues detrás de esa colina, a no mucha distancia, se encuentra el mar abierto. Si el día es claro, lo podrás ver desde la misma colina. Si estuviera nublado, deberás volar siguiendo la misma dirección de la línea que une Eekklo con la cumbre de la colina. No tardarás en alcanzar la costa. Una vez allí, sigue la costa sin detenerte hasta que alcances el grandioso cabo de Thun: te indicará que estás ya muy cerca de Molievo.

—¿Y cómo sabré que estoy sobre el cabo de Thun? —inquirió Iván.

—¡Ah! ¡Eso será lo más fácil de todo el viaje! Se trata de un promontorio único, que sobresale varias millas hacia el mar. No hay otro igual en toda la costa que conocemos. Además, lo sobrevuelan permanentemente miles, y fíjate que digo miles, de gaviotas que anidan en las hendiduras de la roca. Thun tiene el aspecto de una gran roca surcada por innumerables grietas y cavidades. De hecho, el nombre de Thun significa «hendidura» en kerrénico, de donde nosotros lo hemos tomado. En Nielsko lo llaman Skjekap.

»Cuando te encuentres sobre Thun, deberás internarte hacia Molievo. La orientación desde ahí es también muy sencilla, pues Molievo se encuentra situada sobre una escarpada elevación cuya silueta verás recortarse en el horizonte. Desde otros lugares de la costa, a pesar de encontrarse a una distancia menor, no se llega a divisar la aldea, pues la ocultan algunas colinas. Sin embargo, desde Thun reconocerás la aldea al primer vistazo. Si el día está claro, al fondo verás una gran cadena de montañas cubiertas de nieve en el horizonte, son las Dalko. Es un paisaje muy bello, casi tanto como el de Aldénuri —bromeó Gheós—. Con tu velocidad, volando en línea recta no tardarás en alcanzar Molievo desde Thun.

»Al día siguiente, en la segunda etapa de tu viaje, bastará con que retrocedas de nuevo hasta el cabo de Thun. Desde allá, la misma costa te conducirá derecho hasta Aldénuri…

—¡Es muy fácil! Me acordaré —aseguró Iván, con un cosquilleo de ansiedad al verse tan cerca de poder abrazar a los suyos y descargarlos de la preocupación que, sin duda, tendrían.

21

Aquella noche Iván soñó con su llegada a Aldénuri: la población entera organizaba una fiesta en su honor. El thaine Helder hacía uno de sus discursos y todos brindaban y se alegraban.

Cuando despertó, todavía temprano, aún le parecía oír la alegre música y se sentía inundado de optimismo. Se asomó a la ventana y pudo contemplar el amanecer, que mostró un cielo completamente despejado.

Gheós esperaba a Iván en la sala principal del castillo. Se encontraban con él Errien y algunos notables de Eekklo, que habían acudido a despedirlo. Deseando reparar de alguna manera el hostil recibimiento de la víspera, le habían preparado un desayuno estupendo. Había de todo: huevos fritos con tocino, zumo de frutas, mermelada, mantequilla, pasteles... Iván se sintió muy satisfecho de la manera de disculparse que tenían en Eekklo, y no se hizo rogar para aceptar aquellas suculentas disculpas del mejor modo posible: se puso a la mesa y desayunó opíparamente. Necesitaba tener fuerzas para el largo viaje que le esperaba.

Llegado el momento de partir, Iván se despidió, algo emocionado:

—¡Muchas gracias por todo, no me olvidaré de Eekklo... ni de mis amigos del Errion-Thal! —Al decir esto, a Iván se le hizo un nudo en la garganta, pensando en la suerte de Ghulden y de los demás—. ¡Prometo volver con refuerzos para acabar con los thaurroks!

—Confiamos en ti… —respondió Errien—, necesitaremos toda la ayuda posible para vencer. Ahora, vete con cuidado. Procura no descender a tierra hasta llegar a Molievo. Piensa que, donde menos lo esperes, acecha el peligro…

—¡Recuerda, Iván! —le dijo Gheós—. ¡El cabo de Thun, constantemente sobrevolado por miles de gaviotas! ¡Ese es el punto en el que debes girar tierra adentro hacia las nevadas montañas de Dalko!

—¡No lo olvidaré, Gheós! Espero que pronto nos volvamos a ver.

—¡Por supuesto! —Sonrió el anciano, que añadió, poniéndole la mano en el hombro—. Estoy seguro de que nos veremos muy pronto…

—Iván, ha llegado el momento: debes partir. —Errien le estrechó la mano como había hecho Ghulden en el momento de su salida de Fenndor—. ¡Adiós, muchacho, y buena suerte!

EL FRÍO DE ARKANE

1

La pequeña comitiva acompañó a Iván hasta la balconada desde la que había aprendido con Gheós la ruta que debía seguir en dirección a la costa. Iván se concentró e inició lentamente el vuelo en dirección hacia el mar.

Se volvió todavía, agitando la mano en gesto de despedida, que correspondieron desde el castillo. Luego se concentró para ganar mayor altura y dirigirse hacia la colina desde la cual vería el mar. A esa altura la temperatura era baja, y la sensación de frío se agravaba a causa del viento. El panorama le pareció más bello que nunca. A su izquierda podía contemplar en la distancia las montañas Elúrr, coronadas ya por algunos manchones blancos de las primeras nieves. Se trataba de unas montañas rocosas, entre las que descollaban algunas moles pétreas cuyo tamaño impresionaba aun a esa distancia. Eran muy afiladas y su aspecto se asemejaba a la dentadura de un tiburón.

A su derecha el paisaje era más amable: verdes praderas surcadas por numerosos caminos. Se distinguían perfectamente los muretes de piedra que separaban unas propiedades de otras. También se veían bosquecillos de diversas especies de árboles, tanto de hoja perenne como caduca. En estos últimos, la variedad de los colores otoñales producía un efecto de gran plasticidad.

A esas horas tempranas, la brisa soplaba hacia el mar, pues la tierra estaba más fría. Esto benefició a Iván, que en poco tiempo se encontró sobre la colina que le había indicado Gheós. Entonces el mar se extendió ante sus ojos sin ningún obstáculo.

Era, después de aquellos vuelos primeros junto a su casa, la primera vez que Iván volaba sin tensiones: sin ser perseguido o sin la urgencia de salvar a alguien de un peligro inminente. Además, volvía a casa. Todo esto le hacía experimentar una sensación de plenitud y de gozo desconocida hasta entonces. Disfrutaba verdaderamente de su vuelo.

Descendió con suavidad la colina y se encaminó hacia su izquierda siguiendo la costa.

No llevaba mucho trecho recorrido, cuando distinguió a su derecha una flotilla de skerrags que surcaba los mares en dirección hacia el este: ¿vendrían de Aldénuri? Deseó con todas sus fuerzas que no fuera así. Por un instante pensó en descender para tratar de ver si llevaban cautivos, pero desechó la idea, porque podría exponerse a ser asaeteado por los kerren. Además, incluso en el caso de que llevaran presos, poco o nada podría hacer por liberarlos.

Su atención volvió enseguida al agreste paisaje: divisó unas montañas que llegaban en sentido transversal hasta la costa. No eran demasiado elevadas, pero sí lo bastante para obligarle a volar aún más alto.

Sintió que el viento soplaba con mayor fuerza a medida que se aproximaba a la divisoria de las cumbres. Las corrientes de aire lo zarandeaban, produciéndole una intensa sensación de vértigo a la que hubo de sobreponerse en repetidas ocasiones. Allá, muy por debajo de él, las olas del mar se estrellaban violentamente contra los acantilados, deshaciéndose en blanca espuma. Cada vez que superaba la cumbre de una de estas montañas, descubría al otro lado praderas muy verdes que descendían con suavidad hasta una pequeña playa desde la que se elevaban las laderas de la montaña siguiente.

Cuando el sol estaba ya en lo más alto, comenzó a sentir hambre y decidió bajar a tierra a comer algo de las provisiones que llevaba en un zurrón. Recordó los consejos que le habían dado en Eekklo: debía extremar las precauciones al elegir el lugar donde descender, y detenerse allí solo el tiempo estrictamente necesario.

2

Nada más desembarcar, Helder y sus acompañantes ascendieron la colina de Illúnn para explicar a Ferrio y Ana cómo se había desarrollado la entrega del rescate.

Atardecía. Aunque había amanecido despejado, el cielo se había ido nublando desde mediodía. Ahora amenazaba lluvia. Era una típica tarde sombría de otoño.

Los hermanos de Iván, relativamente ajenos a los acontecimientos, jugaban en las cercanías de la casa. Jugaban al escondite junto al bosque donde Iván había volado por primera vez. Enkel había dejado por un día las truchas para acompañar, junto con Kel, a su hermana Ruth a jugar con los demás niños de la aldea. Magge era demasiado pequeña y se había quedado en casa con sus padres.

Enkel era fuerte y ágil, y muy hábil para los juegos al aire libre. Su equipo casi siempre ganaba. Habían sacado una gran ventaja al equipo contrario, del que esa tarde formaba parte también Warko, hijo de Aran de Inenn. Aran había ido a la aldea para realizar algunas compras y, de camino, había dejado a su hijo jugando en la colina de Illúnn. Lo recogería al final del día, de regreso hacia su casa.

—¡Ya es tarde! ¡Hay que terminar! —dijo Kel, dirigiéndose a todos.

—¿Quién te ha dicho a ti que eres el jefe? —respondió Warko, desafiante.

—¡No soy el jefe, pero es tarde y nosotros nos vamos!

—¿Qué pasa? ¿Tenéis miedo de perder?

—¡Te recuerdo, Warko, que esta tarde hemos ganado todas las partidas! —intervino Enkel.

—¿Quién está hablando contigo? ¡Os creéis que porque a vuestro hermano se lo han llevado los piratas nadie os va a decir nada! ¡Pero es lo que os merecéis! ¡Mi padre siempre dice que os lo habéis buscado! ¡Al que le pasan estas cosas es porque se lo merece!

Sin apenas dejarle acabar, Enkel se abalanzó sobre Warko y le dio un puñetazo en un ojo. Warko se tambaleó y a punto estuvo de caer al suelo. Pero era un año mayor que Enkel, así que en cuanto se recuperó, se arrojó sobre él, intentando agarrarle por el cuello. Rodaron los dos por el suelo forcejeando.

Ruth se había puesto a llorar, asustada. Léirenn se acercó a consolarla. Kel estuvo dudando si ayudar a su hermano, pero no le pareció bien luchar dos contra uno. Además, daba la impresión de que Enkel no necesitaría ayuda. Se bastaba por sí solo.

Cuando Enkel había conseguido tener a Warko dominado en el suelo, una voz adulta le increpó con autoridad:

—¡¡Alto ahí, chico, suéltalo inmediatamente!! —Era Aran de Inenn, el padre de Warko. Sus ojos parecían arrojar fuego sobre Enkel—. ¡¡Warko, sube al carro!!

Los chicos de la aldea quedaron mudos e inmóviles mientras Warko subía al carro y se alejaba con su padre. Cuando estuvo a suficiente distancia, algunos se acercaron a Enkel:

—¡Muy bien hecho, Enkel, le está bien empleado!

* * *

La comitiva encabezada por Helder llegaba en ese momento a casa de Iván. Ferrio y Ana esperaban la visita. Conocían bien a Helder y sabían que iría a ponerlos al corriente de lo ocurrido. Habían preparado la mesa, pues intuían que Helder no habría probado bocado en todo el día. Así era, en efecto, desde el temprano desayuno de camino hacia la casa de Koldor.

—¡La cosa ha ido bien! —Fueron las primeras palabras de Helder tan pronto se hubieron acomodado junto a la lumbre, esperando a los niños para cenar todos juntos—. Hemos entregado el rescate sin contratiempos. La mar estaba algo agitada, pero ya está hecho: los kerren tienen a esta hora lo que pedían.

—¿Entonces...? —inquirió Ana nerviosa.

—No, no hemos visto a Iván, pero nos han asegurado que está bien y que nos lo entregarán tan pronto como comprueben que hemos cumplido lo que exigían.

—¿No han dado una fecha...? —insistió Ana.

—No, Ana. Habrá que tener un poco más de paciencia todavía... No podemos hacer nada más...

Se abrió la puerta y entraron Enkel, Kel y Ruth. Los gemelos habían aleccionado severamente a Ruth por el camino para que no contara la pelea a sus padres. Querían ahorrarles un disgusto. Pero Ana exclamó, nada más verlos:

—¿¡Enkel!? ¿Qué has hecho? ¿Con quién te has pegado? Es cierto que las madres tienen un sexto sentido para estas cosas, pero es que, además, el aspecto de Enkel no dejaba lugar a dudas. A pesar de sus esfuerzos por ponerse presentable, venía todo despeinado, lleno de rasguños y con la ropa manchada de barro.

A Ruth le faltó tiempo para hablar:

—¡Madre, Enkel se ha pegado con Warko, el hijo del señor de Inenn!

Ferrio se puso serio:

—¡Enkel! ¿Es verdad lo que dice tu hermana?

—¡Sí, padre! ¡Pero Warko nos insultó a todos sin motivo!

—¡Dijo que su padre dice que los piratas se han llevado a Iván porque nos lo merecemos! —volvió a intervenir Ruth.

Esta intervención de Ruth salvó a Enkel de un castigo seguro. Ferrio enmudeció. Helder y los vocales intercambiaron miradas, consternados ante esa incomprensible hostilidad de Aran de Inenn hacia la familia de Iván. Ana, consciente de la tensión que se había provocado, decidió dar por terminado el asunto:

—¡Lavaos las manos y vamos a cenar! ¡Enkel, tú cámbiate de ropa, por favor, y daos prisa!

3

Iván optó por aterrizar en la cumbre de una montaña no muy alta, resguardado del aire entre unas rocas. Allí no había nadie, y si alguien o algo se aproximara, tendría tiempo de verlo desde lejos y remontar el vuelo antes de que pudiera llegar.

Comió deprisa, y en cuanto acabó se puso de nuevo en camino. Por el tiempo que había viajado desde la mañana, estimó que debía de haber recorrido al menos la mitad del trayecto hasta Molievo.

Durante las primeras horas de la tarde el cielo empezó a nublarse y el ambiente refrescó sensiblemente. El viento soplaba cada vez más recio desde el mar hacia el interior. Venía del noroeste. El paisaje que sobrevolaba ahora se caracterizaba por la ausencia de montañas. Las leves ondulaciones del terreno apenas merecían el nombre de lomas. En el horizonte, sin embargo, continuaban distinguiéndose algunas estribaciones montañosas.

Había pequeños islotes cercanos a la costa sin más vegetación que la hierba rala que los cubría, de intenso verdor. Hacia tierra firme, se alternaban los bosques y las praderas. Los árboles más cercanos al mar presentaban un aspecto lastimoso motivado por su exposición directa a los fuertes vientos. Algunos habían quedado reducidos a una silueta fantasmagórica.

Un sonido desagradablemente familiar vino a interrumpir sus pensamientos. Se trataba del potente rugido de un thaurrok que corría por la pradera, a no mucha distancia delante de él.

—¡Ya han llegado hasta aquí! —se dijo Iván con asombro, pues jamás hubiera pensado que se hubieran podido diseminar con tal celeridad—. ¡A este ritmo no tardarán en llegar a Aldénuri…!

Al descender para acercarse, descubrió a otros dos ejemplares que seguían al primero. Avanzaban veloces en dirección al mar. La disposición de los thaurroks, vista desde arriba, le recordó la formación típica de las bandadas de patos: iban uno en cabeza y los otros dos a sus lados algo más retrasados. Venían desde el interior y, al alcanzar la costa, giraron en dirección oeste.

Iván intentó seguirlos, pero le resultó imposible. Poco a poco los fue perdiendo de vista. Sin embargo, poco después volvió a avistarlos, ahora acercándose en dirección inversa. Perseguían a un jinete, que galopaba en alocada huida, tan rápido como su caballo era capaz. Iván se sintió una vez más en la obligación de intervenir. No sabía muy bien cómo, pero tenía que ayudar a aquel desdichado. Llevaba en el zurrón, junto con los víveres, la ballesta, pero no había tiempo que perder. Pensó que podría dar resultado descender para desviar la atención de los thaurroks, como había hecho el día anterior para rescatar a Finn.

Los thaurroks iban dando alcance al jinete poco a poco, a pesar de que el caballo era un soberbio ejemplar. La escena se asemejaba a la caza de un zorro perseguido por una jauría inmisericorde.

El jinete vio antes que los thaurroks a Iván, que se acercaba de frente por el aire, volando ya muy bajo. La sorpresa estuvo a punto de descabalgarlo. Enseguida el primero de los thaurroks se percató también de la presencia de Iván, pero su reacción fue nula: no lo percibió como una amenaza para él.

«¡Debo hacer algo, o lo matarán!», pensó Iván, agitado. Comenzaba a sentir el martilleo de los latidos de su corazón. ¿Qué podía hacer? Los monstruos perseguidores no le habían prestado atención, encelados con su presa. Estaban ya a pocas zancadas del caballo. Vio entonces claramente el rostro del jinete: era más bien joven, aunque de facciones que se dirían envejecidas prematuramente. Aunque Iván no lo podía saber, vestía al modo de Nielsko, con casaca roja y pantalones negros. Llevaba el pelo cubierto por una especie de caperuza también roja e iba armado con una espada. El cabello que sobresalía de la caperuza era muy negro, en vivo contraste con la pálida faz del joven. Los ojos eran oscuros y se podía leer el terror en ellos.

De manera repentina, el caballo modificó su rumbo y se encaminó derecho hacia el mar. Sus cascos chapotearon sobre el agua y, un instante después, las olas chocaban ya contra su pecho. Pese a todo, el animal siguió adelante con el jinete espoleándolo sin cesar. Para sorpresa de Iván, los thaurroks no continuaron la persecución, sino que se detuvieron en seco al llegar a la orilla, mostrando verdadera aversión hacia el agua. Allí se quedaron lanzando bramidos y haciendo extraños movimientos con la cabeza mientras contemplaban impotentes cómo se les escapaba la presa.

El fugitivo se soltó de su corcel y nadó en dirección a uno de los islotes que abundaban en aquel lugar. Quienquiera que fuese, probablemente se había criado en la costa: además de nadar bien, lo hacía con brío. No tardaría mucho en llegar a tierra firme.

Iván voló entonces hasta el islote, con intención de prestarle socorro en lo que pudiera. Se detuvo a esperarlo en una peña que se alzaba sobre una pequeña playa, a la que sin duda llegaría el desconocido.

La isla no tendría más de una milla de longitud por media de anchura. Había algunos árboles enanos, retorcidos y maltratados por el viento. La mayor parte estaba cubierta de hierba, pero también se veían muchas zonas de roca desnuda. Era un lugar solitario e inhóspito.

Transcurrió un buen rato sin que el desconocido apareciera en la playa. Iván comenzó a inquietarse: ¿se habría ahogado?, ¿qué podía haber ocurrido? Decidió recorrer el brazo de mar que separaba la isla de la costa, tratando de localizar al desdichado fugitivo. Volaba bajo y despacio, pero no lograba verlo. Podía distinguir incluso los arrecifes submarinos sobre el fondo arenoso, pues las aguas eran poco profundas; sin embargo, no había ni rastro del desconocido. Los thaurroks se alejaban ya lentamente en dirección a Molievo.

Quizás el fugitivo hubiera llegado a un punto distinto de la playa en la que lo esperaba. ¿Y si estaba intentando acceder al islote por una zona de acantilado y se encontraba en apuros? Con esta idea, fue rodeando lentamente la isla, deteniéndose a escudriñar cada uno de sus entrantes. Al doblar uno de esos recodos, se topó con lo que menos podía imaginar. En una pequeña cala, orientada hacia el norte, estaba fondeada una embarcación que reconoció al momento, como la hubiera reconocido cualquier vecino de Aldénuri... ¡Era la nave de su extraño vecino Hugo Gorkhol!

4

«¿Qué puede estar haciendo Hugo Gorkhol en un lugar tan alejado de Aldénuri?», se preguntó Iván, tratando de sobreponerse a la desagradable sorpresa.

Volaba ahora con mayor cautela. Si en circunstancias normales habría evitado en lo posible el encuentro con el siniestro personaje, ahora, en esta situación tan extraña, no quería ser visto por Gorkhol de ningún modo.

Al avanzar un poco más, se llevó una segunda sorpresa: en una hondonada entre rocas, a cubierto de toda posible vista desde el mar o desde la costa, había una casa de piedra tan igual al acantilado que desde un poco más lejos le habría pasado inadvertida. No era una simple cabaña, era una construcción sólida, que nadie hubiera esperado jamás encontrar en semejante lugar...

La tercera sorpresa no fue menor que las anteriores: el desconocido que acababa de salvar su vida huyendo de los thaurroks caminaba tranquilamente desde la cala hacia la casa. Y daba la impresión de que sabía a dónde iba. No se trataba del hallazgo casual de un naúfrago que busca cobijo. Iván se detuvo detrás de unas rocas. Necesitaba reflexionar con calma sobre lo que acababa de descubrir. ¿Qué pensar de la casa oculta y de la presencia allí del barco de Gorkhol? Deseaba con todas sus fuerzas volver a Aldénuri. Su familia estaría muy preocupada, y además era urgente pedir ayuda para el Errion-Thal. Pero algo le decía que no hubiera hecho bien alejándose sin más averiguaciones. Estuvo un buen rato debatiéndose con pensamientos encontrados.

«¿Qué me importa a mí lo que haga Gorkhol? —decía una y otra vez—. No tengo ningunas ganas de encontrármelo de nuevo. Pero... —se respondía enseguida—, ¿por qué esa casa oculta? Seguro que trama algo... ¿Y si planeara algo contra Aldénuri? ¡Él es medio kerren...! ¡O kerren entero...!».

Finalmente, tomó una resolución. Razonó así: «Si el día de mañana llego a saber que se estaba preparando algo en esta isla y que, habiendo podido evitarlo, no hice nada..., sería terrible. Echaré un vistazo rápido y, si no veo nada raro, me alejaré un poco para dormir tierra adentro y mañana reanudaré el viaje».

La tarde iba de caída y pronto anochecería, así que Iván decidió esperar a que oscureciera un poco más, para que el riesgo de ser descubierto fuera menor. Se acercaría volando a la casa y entraría por la chimenea, antes de que encendieran un fuego. Ahora estaba apagada y seguro que no la encenderían hasta la noche, cuando nadie pudiese ver el humo.

Se tumbó boca abajo en una gran hendidura desde la que podía observar la casa sin ser visto. Había luz de velas en dos ventanas separadas, orientadas hacia el lado opuesto al mar. Esto confirmaba las sospechas de que los ocupantes de la casa tomaban precauciones para no atraer la atención de curiosos. La sombra de una persona se proyectaba sobre una de las ventanas. Podía ser el mismo Hugo Gorkhol.

Transcurrido un rato, Iván juzgó que había llegado el momento. Aún no había anochecido, pero, en el hondón donde se encontraba la casa, la oscuridad debía de ser ya grande. El corazón le latía con fuerza, no lo podía evitar. Se elevó lo menos posible, para que su silueta no se recortara por encima de las rocas, y voló hacia la casa.

Al llegar al tejado, se asomó a la chimenea y comprobó de nuevo que no estaba encendida. Tampoco oía ruido. Decidió bajar. Con todos los sentidos alerta, descendió suavemente. Antes de posarse, se detuvo a escuchar de nuevo. No parecía haber nadie en la habitación. Continuó el descenso y apoyó los pies en el suelo. Un olor nauseabundo, a humedad y podredumbre, lo llenaba todo. La tenue luminosidad que proyectaban dos velas en un candelabro permitía vislumbrar apenas lo que había en la estancia.

En el centro había una gran mesa rectangular, con algunas sillas alrededor. Encima de la mesa, el candelabro y algunos pergaminos. Al otro lado de la mesa, enfrente de la chimenea, se veía un gran armario con aspecto de ser muy antiguo.

Sin alejarse de la chimenea, para poder huir rápidamente en caso de necesidad, se detuvo a escuchar una vez más. Ahora oía voces. Aunque el sonido llegaba muy amortiguado, eran voces fuertes, casi gritos en algunos momentos. Iván aguzó el oído intentando reconocer en qué lengua hablaban… No pudo distinguirla: las voces no provenían de la habitación contigua, sino probablemente de la siguiente. Quienquiera que estuviese hablando se encontraba separado por dos o más habitaciones de donde él estaba. Si se mantenía atento, podría oír si se acercaba alguien y tendría tiempo de huir por la chimenea.

Más confiado, se acercó con sigilo a la mesa para echar un vistazo a los pergaminos. Después de comprobar que las voces seguían sonando en el mismo lugar, tomó las hojas y las acercó más a la luz de las velas. Intentó leer la primera, pero no entendía aquella escritura, salvo algunas letras sueltas. Había muchos signos desconocidos, como antiguos… Enseguida, como un chispazo, le sobrevino un recuerdo vivísimo: ¡ya había visto antes otras páginas escritas con esa letra antigua, en su medallón y en la biblioteca de Fenndor! ¿Serían aquellos pergaminos las hojas arrancadas de la *Gran Crónica del Errion-Thal*?

«¡Es imposible! —reflexionó, incrédulo—. ¡Será otra cosa! ¿Cómo va a tener Hugo Gorkhol aquellas hojas?».

Volvió a recorrer despacio con la mirada las líneas del pergamino, por si reconocía alguna palabra que lo sacara de dudas: Ghulden les había dicho aquel día que el errion-thálico antiguo era prácticamente como el actual, salvo en la escritura... Era inútil, resultaba muy difícil leer aquellos caracteres, y más con solo la pobre luz de las velas. Sin embargo, mientras movía el escrito para orientarlo mejor hacia la luz, advirtió un detalle que antes había pasado por alto: uno de los cantos del pergamino no era liso al tacto, como el otro, sino irregular. Se fijó bien, casi pegando la nariz al folio, y entonces lo vio: había una serie de pequeños orificios alineados a lo largo del borde izquierdo, y estaban todos desgarrados. ¡Exactamente como si las hojas hubieran estado antes cosidas y hubieran sido arrancadas de un tirón...!

El ruido de una puerta lo sacó bruscamente de su ensimismamiento, alertándolo de que alguien se acercaba.

«¿Qué hago, qué hago ahora?», se preguntó, casi histérico.

Echó una rápida ojeada a su alrededor: buscando mejor luz, se había desplazado al otro lado de la mesa y ahora no le iba a dar tiempo de llegar a la chimenea antes de que entraran... Podía meterse debajo de la mesa... ¡No!, allí lo verían fácilmente... Reparó entonces en el gran armario que tenía a pocos pasos. Lo abrió, vio que estaba vacío y se zambulló dentro, procurando no hacer ruido. ¡Justo a tiempo! En ese momento, se abrió la puerta de la estancia y pudo oír, muy cerca, una fuerte voz de hombre. Iván reconoció de inmediato el inconfundible acento extranjero de Hugo Gorkhol hablando en aldenórico.

5

—¡Háblame de ese muchacho, Mokke! —venía diciendo Ghorkol.

—¡Apareció de repente volando delante de mí, cuando los thaurroks estaban a punto de alcanzarme!

—¡Eso ya me lo has dicho! ¡Quiero saber qué hizo después!

—No lo sé. Lo perdí de vista cuando comencé a nadar, aunque me pareció que se dirigía hacia aquí...

—¿Hacia aquí...? ¿Qué quieres decir?

—Creo que vino a la isla...

—¿A la isla? ¿Qué te hace suponer eso? ¡Habla!

—No sé..., parecía que se proponía auxiliarme, intentando distraer a los thaurroks desde el aire... No me extrañaría que después me hubiese seguido mientras nadaba hacia aquí, o que se me hubiese adelantado para ofrecerme ayuda...

—¡Sin duda es el muchacho de Aldénuri, yo lo vi volar allí! Pero, entonces..., ¡se ha escapado de los kerren...! ¡Esto no me gusta nada, Mokke! —añadió Gorkhol brutalmente—. Si lo vuelves a ver, asegúrate de recuperar el medallón que sin duda llevará consigo, y después... ¡¡mátalo!!

Iván podía oír toda la conversación como si estuviera sentado a la mesa con aquellos hombres. Nunca había oído hablar a nadie de semejante modo. El tono en el que habían sido pronunciadas esas palabras le hizo temblar. Casi no se atrevía a respirar en el armario.

—¡Hace frío! —rezongó Gorkhol—. ¡Enciende el fuego!

—No nos queda leña, y esta isla está totalmente pelada...

—¡Pues quemaremos el armario! ¡Vamos!

Iván sabía perfectamente que estaba dentro del único armario que había en la habitación...

«¡Tengo que pensar algo enseguida! —discurrió aterrorizado—. O estoy perdido... ¿Y si espero a que pongan el armario en la chimenea y escapo volando? ¡Imposible! Antes tendrán que romperlo, y entonces...».

En ese instante se abrió la puerta del armario. Mokke se disponía a arrancarla tirando de ella. Detrás de él se veía el rostro ceñudo de Ghorkol, iluminado por las velas.

Los dos hombres no habían visto todavía a Iván: la tenue luz de la estancia no era suficiente para iluminar el fondo del vetusto mueble, donde estaba acurrucado, pero Mokke había sacado ya la puerta de sus goznes...

Sin esperar más, y confiando en la sorpresa, Iván salió de un salto y corrió velozmente hacia la puerta de la habitación, mientras Mokke estaba agachado sobre la chimenea. Gorkhol gritó:

—¡¡El chico!! ¡¡Cógelo!!

Iván cruzó la puerta como una exhalación y cerró de golpe. La habitación contigua se hallaba totalmente a oscuras y no sabía a dónde dirigirse. No tardó en abrir la puerta Gorkhol. Su silueta se recortó en el umbral, iluminada por la luz del candelabro. Esa luz permitió a Iván distinguir la otra puerta de la habitación. Corrió hacia ella y la cruzó, pero, antes de cerrar y quedarse a oscuras, pudo ver una pequeña ventana justamente a su derecha. La abrió en el mismo momento en que entraba Gorkhol, llevando un cuchillo en la mano. Detrás de él venía Mokke.

Iván se aupó a la ventana y se dejó caer de cabeza al otro lado. La altura era como de un par de metros. Con las manos pudo amortiguar bastante la caída y no se dañó gravemente, aunque el golpe sobre el suelo de roca fue muy doloroso y se produjo algunos rasguños. De inmediato, se puso en pie y, luchando por conseguir la concentración suficiente, empezó a elevarse, aunque muy despacio. Medio metro, un metro, metro y medio...

Se abrió la puerta de la casa. Gorkhol se dirigió, cuchillo en mano, hacia la ventana por la que se había dejado caer Iván, buscándolo por el suelo, donde esperaba encontrarlo herido.

Dos metros, dos metros y medio... Gorkhol distinguió de

pronto la silueta de Iván, que al elevarse destacaba contra el fondo algo más claro del cielo, y dio unos pasos apresurados hacia él.

Tres metros, tres metros y medio... Gorkhol, viendo que no lo alcanzaría, lanzó con furia el cuchillo..., pero erró por algunos centímetros.

Iván estaba magullado, le temblaban las manos incontrolablemente y se sentía empapado por un sudor frío. Pero se había salvado... Al menos de momento. ¿A dónde ir? Si se quedaba en la isla, podían salir en su busca y quizás encontrarlo. Pero, si volvía a tierra firme, podía toparse con los thaurroks... Resolvió volver a la peña en la que había esperado a Mokke. Aunque estaba en la isla, allí arriba no podrían encontrarlo y no había peligro de thaurroks.

6

Iván se posó sin ruido sobre la peña, que tenía una repisa de cinco o seis metros de anchura, suficiente para intentar dormir sin riesgo de caerse. Se dejó caer exhausto en el fondo, buscando el abrigo de la pared de roca, y se encogió sobre sí mismo, abrazándose las rodillas. Al hacerlo, sintió que algo crujía levemente contra su pecho: «¡Los pergaminos!», pensó, y, a pesar del cansancio y del miedo, sus labios se curvaron en una pícara sonrisa, recordando lo que había sucedido.

Después de esconderse precipitadamente en el armario, se había dado cuenta de que llevaba aún en la mano los pergaminos, y rezó para que Gorkhol y Mokke no se dieran cuenta de que ya no estaban sobre la mesa. Para esconderlos, los enrolló y se los metió por el cuello de la camisa, pensando que así, si lo descubrían, por lo menos no verían inmediatamente que los había cogido. No se había vuelto a acordar de ellos hasta ahora... Cambió de posición el rollo, para que no le estorbara, e intentó dormir.

Al amanecer, el frío era muy intenso. Iván había dormido a ratos, sobresaltado de vez en cuando por los ruidos nocturnos y por la inquietud de que lo capturaran. El frío de la noche supuso una dificultad añadida. Pero había conseguido descansar algo.

Reflexionó acerca de lo que había sucedido la víspera: ¿serían los pergaminos que tenía consigo las páginas robadas de Fenndor? Aquel día, en la biblioteca, cuando Ghulden descubrió que faltaban, les había dicho que alguien había tenido buenas razones para robar justamente aquellas páginas... Quizás hubiera en ellas alguna información vital para enfrentarse a la amenaza de los thaurroks..., quizás la derrota de los thaurroks no dependiera tanto de vencerlos en número o con un gran ejército, cuanto de conocer lo que los ancianos habían querido dejar consignado en esas páginas para las generaciones futuras...

Comía algo de fruta que le quedaba en el zurrón mientras meditaba acerca de lo que debía hacer. Finalmente, decidió volver a Eekklo y mostrarle el hallazgo a Gheós. Él, que era uno de los actuales miembros del Consejo de Ancianos, sabría si los pergaminos correspondían en efecto a la *Gran Crónica*, y si su contenido era importante. Si al final aquello no servía de nada, habría perdido un par de días; pero, si se trataba de las hojas robadas, ¡quizás estuviera allí la solución! Satisfecho por esta decisión, terminó la fruta y se deslizó peña abajo flotando con cautela. No quería que pudieran verlo Gorkhol y Mokke. Descendió así hasta el nivel del mar y voló a muy baja altura en dirección a la costa. Cuando consideró que estaba lo bastante lejos del islote, se elevó y continuó el vuelo rumbo al Errion-Thal.

Tenía todo el día por delante. Sabía por experiencia que llegaría al atardecer. Volaba de nuevo muy alto. El paisaje estaba más bello si cabe que a la ida. En el horizonte, envueltas en niebla, se adivinaban las montañas de Elúrr. Volvió a ver algunos thaurroks solitarios o en grupos de tres o cuatro merodeando aquí y allá.

Recorrió la costa a lo largo de toda la mañana sin detenerse.

Apenas le quedaban alimentos, pues, según el plan inicial, debería haber repuesto las provisiones en Molievo. No se aventuró a descender más que el tiempo imprescindible para terminarse las dos manzanas que le quedaban, con un poco de queso. No era una combinación del todo apetecible, pero tenía hambre…

Por fin, al atardecer, con el sol ya bajo en el horizonte, pudo contemplar de nuevo las costas del Errion-Thal. Se sintió invadido por un extraño gozo. Extraño, porque era el gozo que siente quien vuelve al hogar después de pasar mucho tiempo fuera. Por alguna circunstancia que no acertaba a comprender, el Errion-Thal había penetrado muy hondo en su corazón.

El pensamiento se le fue al Alto Errion-Thal: ¿qué sería de sus amigos?, ¿podrían resistir seguros en la torre?

Instantes después, sobrevolaba la colina que Gheós le había indicado como punto de referencia para alcanzar el mar desde Eekklo. Desde arriba, volvió a contemplar Eekklo, que no mostraba señales de haber sufrido ningún ataque importante. Fue descendiendo lentamente hasta alcanzar la muralla oeste. Algunos soldados de la guardia lo vieron enseguida, pero esta vez no le dispararon. Dos de ellos acudieron aprisa a informar a Errien.

Cuando Iván se posó en una de las torres del castillo, Errien y Gheós ya se encontraban allí para recibirlo.

—¡Iván! ¡Bienvenido de nuevo a Eekklo!

Gheós y Errien lo saludaron con mucho afecto. Sin embargo, no dejaba de ser un motivo de inquietud para ellos verlo de vuelta tan pronto. Traía un aspecto tan cansado que no quisieron preguntarle nada por el momento.

—¡Hola! ¡Me alegro de estar de vuelta en Eekklo y de volver a veros!

—¡Nosotros también nos alegramos! ¡Pareces cansado! ¿Has comido algo?

—Sí, un poco de fruta… y queso que me quedaba. —Iván percibió la inquietud en los rostros de Gheós y Errien, y añadió—: Creo que he descubierto algo, por eso he decidido volver...

—Hablaremos en el castillo. Antes, tomarás algo y te recuperarás del viaje...

Además de hambre, Iván tenía sueño y la cabeza cansada. El esfuerzo de concentrarse en volar todo el día, habiendo dormido tan poco, le había producido dolor de cabeza.

* * *

Comenzaba a anochecer. Después de cenar rápidamente, Iván, Errien y Gheós se acomodaron en la sala del este junto a la chimenea. La sala del este se hallaba en la parte alta del castillo, en una de las torres. El techo era inclinado, siguiendo la inclinación del tejado exterior. Grandes vigas de madera a la vista contribuían a dar un ambiente acogedor a ese lugar. No había nadie más que ellos en la estancia. Gheós fumaba su larga pipa, mientras Errien se limitaba a escuchar a Iván, que hasta ese momento no había hablado sino de aspectos anecdóticos de su viaje.

Ahora había recuperado en gran medida las fuerzas. Un ligero sopor pugnaba por dominarlo, pero era muy superior el deseo de comunicar lo que había descubierto en su viaje.

—¡Bueno, Iván! ¡Somos todo oídos! —le animó Errien.

—He vuelto atrás porque he descubierto algunas cosas en mi viaje que me parecen importantes, aunque no estoy seguro... Quería contaros todo cuanto antes, porque, si lo que he encontrado es lo que pienso, quizás pueda ayudarnos a saber por qué han regresado los thaurroks y la manera de acabar con ellos para siempre...

—¿Nos estás diciendo que tienes una forma de acabar con esas criaturas? —Errien casi saltó de su asiento.

—No estoy seguro... —respondió Iván, mientras sacaba por el cuello de la camisa las hojas enrolladas—. He encontrado estos pergaminos: puede ser que me equivoque, o que no digan nada importante. Yo no he podido leer esta escritura, pero he pensado que Gheós podría...

Gheós pareció particularmente interesado por los escritos. Se dirigió al thaine:

—Errien, si te parece bien, estudiaré esos pergaminos y hablaré con Iván para completar algún detalle. Mañana, cuando me haya hecho idea del asunto, te podré dar una información completa.

—Hazlo —respondió Errien levantándose—. Iván —se despidió—, siento que no puedas descansar tranquilo después de tantas horas de viaje, pero esto podría ser importante...

Iván asintió, mientras hacía esfuerzos por impedir que se le cerraran los párpados. Errien se retiró.

7

Gheós e Iván se quedaron hablando hasta muy tarde. Primero, Gheós había estudiado con detenimiento los pergaminos, y también había pasado un buen rato examinando, sin hablar, el medallón. Después habían tenido una larga conversación, en la que Iván se limitó a responder a las preguntas que el anciano le iba haciendo, algunas muy minuciosas. Era ya medianoche bien pasada cuando Gheós, con un profundo suspiro, le dijo:

—Bueno, Iván, creo que nos hemos ganado un descanso: ¡a dormir!

—Pero, entonces —respondió Iván, desencantado—, ¿no es importante lo que he encontrado?

—¿Importante, dices?

Gheós lo miró en silencio unos instantes y, luego, sonriendo débilmente, añadió:

—Hijo mío, no te puedes hacer idea de lo importante que es... Algún día lo comprenderás (¡lo comprenderemos!) del todo.

Iván lo escuchaba sin saber muy bien cómo reaccionar. Gheós había hablado casi sonriendo, pero su voz tenía un matiz de inquietud. El anciano añadió, mostrándose más animado:

—¡Ahora, a la cama! Mañana informaremos al thaine tú y yo.

Iván no se atrevió a protestar por tener que irse a dormir sin saber qué había en aquellos pergaminos. Y, por otra parte..., la perspectiva de una buena cama le parecía en aquel momento de lo más apetecible.

* * *

Por la mañana se reunieron con Errien en cuanto volvió de pasar revista a las tropas movilizadas, que se ejercitaban sin descanso en aquellos días previos a su entrada en acción. Iván estaba bastante descansado: después de haber caído en la cama como un saco, lo siguiente que recordaba era la presencia de Gheós, hacía un rato, sacudiéndolo para que despertara. El thaine Errien, después de saludarlos, se dirigió a Gheós:

—¿Y bien? ¿Has podido hacerte idea del asunto?

—Sí, Errien, una idea bastante exacta. Pero me parece importante que Iván te cuente todo desde el principio, porque no estabas presente en mi larga conversación con él, cuando llegó a Eekklo por primera vez. Así podrás valorar mejor los acontecimientos.

Errien asintió y se dispuso a prestar atención a lo que Iván tuviera que decirle:

—Te escucho, Iván.

—¿Qué le tengo que contar? —inquirió Iván a Gheós.

—Todo, desde que llegaste a Fenndor; yo te ayudaré si se te olvida algo importante.

—Ya te dije que llegué a Fenndor cuando me escapé de los kerren. —Iván, al dirigirse a Errien, imitaba sin darse cuenta los gestos y las actitudes del tío Lánder cuando narraba una historia—. Allí conocí a Ghulden Fenndordun y a Astuur. Ghulden estaba preocupado por cosas extrañas que estaban sucediendo, y pensaba que podía tratarse de los thaurroks... Bueno, eso nos lo dijo después, pero ya lo sospechaba desde hacía tiempo, porque recordaba cosas parecidas de la historia del Errion-Thal. Él nunca había visto un thaurrok todavía, pero creía que lo que estaba pasando no tenía otra explicación. Por eso nos llevó con él a la biblioteca de la casa Fenndor para ver qué decían los libros antiguos sobre la guerra contra los thaurroks.

Errien y Gheós escuchaban sin decir palabra, para que Iván no perdiera el hilo de su narración.

—Me parece que, cuando nos conocimos, te conté también esto, pero no del todo, porque me dijiste que hablara con Gheós... Aquel día, cuando bajamos a la biblioteca, Ghulden cogió un libro que se llamaba la *Gran Crónica del Errion-Thal.* Estuvo leyendo mucho rato, porque el libro estaba escrito con letras antiguas... Ghulden nos enseñó una página, y nos dijo que era la misma lengua que hablamos nosotros y que, si sabías leer esas letras, se entendía todo. Astuur me dijo que sabe leer un poco esa letra porque su padre le ha enseñado. Después, Ghulden siguió leyendo, y Astuur y yo nos aburríamos, sin saber qué hacer. Al cabo de mucho rato, nos dijo: «Escuchad lo que dice aquí». Y nos leyó una página que hablaba de los thaurroks...

Gheós intervino para aclararle a Errien:

—¿Te suena haber oído algo acerca de un antiquísimo documento sobre la guerra de los thaurroks que el Consejo de Ancianos custodió en secreto durante muchos años?

Errien asintió:

—Sí, recuerdo vagamente haber oído hablar de él, pero no sabría precisar más...

—Lo que Ghulden leyó —explicó Gheós— era la transcripción de ese documento, que trataba de los thaurroks. Cuando se cumplieron las condiciones que permitían levantar el secreto, los que formaban entonces el Consejo decidieron que se copiara el documento en las crónicas, por si un día volvía esa amenaza. Allí se explicaba el origen de los thaurroks, se describían sus características y se daban dos advertencias para el futuro: cómo podría suceder que llegaran a aparecer de nuevo y cómo se les podría vencer definitivamente…

—¡Dios mío! —exclamó Errien, consternado—. ¡Estaba ahí, y nadie lo recordaba!

Habían transcurrido siglos desde la desaparición de los thaurroks y, como suele ocurrir, las sucesivas generaciones que nacieron y vivieron sin aquella amenaza habían guardado solo un recuerdo cada vez más vago de todo aquello. Poco a poco, la historia real había ido adoptando los contornos difusos de la leyenda. Y muchas generaciones después, los descendientes de aquellos que habían afrontado la terrible lucha contra los thaurroks veían reproducirse, como si se tratara de algo nuevo y desconocido, los episodios más dramáticos de aquella misma historia.

—Debo disentir de tu afirmación —le contradijo amablemente Gheós—. No es exacto que nadie lo recordara: Ghulden se acordaba… Y no solo Ghulden, ¿verdad, Iván? Dile a Errien lo que descubrió Ghulden al leer aquel libro.

—Solo nos leyó una página, porque alguien había arrancado las siguientes…

Errien miró sorprendido a Gheós, que se limitó a asentir. Ninguno dijo nada y dejaron que Iván prosiguiera.

—Pero, en la página que nos leyó, decía que la aparición de los thaurroks había sido culpa de los morghuks…

Ahora sí habló Errien, incorporándose un poco en su asiento:

—¿Los morghuks…?

Ese nombre había despertado en su memoria el eco lejano de historias oídas de niño y casi olvidadas, que vinculaban la presencia de los thaurroks en el Errion-Thal a la maldad de los morghuks.

—Sí —confirmó Iván—, el documento de los ancianos decía también que, mientras hubiese morghuks sobre la tierra, los thaurroks volverían a sembrar el terror en el Errion-Thal «cada vez que»... Y ahí se acababa la página que nos leyó Ghulden. Me acuerdo muy bien de lo de «cada vez que».

—Entonces, ¿no sabemos nada más que eso? —Errien se mostraba decepcionado.

—¡Sabemos más, Errien! —intervino Gheós—. Y aquí es donde entran los pergaminos que trajo ayer Iván...

—¿Así que aquellas eran las páginas robadas? —preguntó Iván, alzando la voz con incredulidad.

—¡Desde luego! —Sonrió Gheós—. ¡Esas mismas!

—¡Las he encontrado! —gritó triunfalmente Iván—. ¡Ya verás cuando lo sepan Ghulden y Astuur!

—Cuando leí anoche los pergaminos —continuó Gheós, en tono más serio—, vi que solo el primero nos interesa: los otros no tienen nada que ver con el asunto... (Quizás el ladrón actuó precipitadamente y arrancó varias páginas para asegurarse). Pero esa primera página, sin duda, contiene parte del documento transcrito en la *Gran Crónica*. Os diré cómo comienza. —Buscó un momento entre los pliegues de su túnica, extrajo el pergamino y leyó—: «... aquellos volvieran a visitar el bosque de Arkane».

—¿Cómo has dicho? —preguntó Errien—. No le veo el sentido.

—Si unimos esto a aquella frase incompleta que Iván recuerda con bastante exactitud —explicó Gheós—, tendríamos, más o menos, esta afirmación: «Que, mientras hubiese morghuks sobre la tierra, los thaurroks volverían a sembrar el terror en el Errion-Thal cada vez que aquellos volvieran a visitar el bosque de Arkane». Ahí tenéis, expuesta con toda precisión, la causa de que esta pesadilla haya regresado.

—¡Pero eso no puede ser! —reaccionó, tajante, Errien—. Tiene que haber un error. ¡Los morghuks fueron completamente exterminados hace muchísimo tiempo!

—O, al menos, eso se creía… —respondió Gheós—. ¿A ti qué te parece, Iván?

—¿A mí? —se extrañó Iván.

—Sí. ¿Te has encontrado, por casualidad, con algún morghuk en tu último viaje?

—¿Con algún…? —murmuró Iván, cada vez más perplejo—. No entien… ¡¡Sí!! ¡¡Hugo Gorkhol!!

Gheós asintió.

—¡Tú lo adivinaste anoche! —exclamó Iván—. ¡Por eso me preguntabas tanto por él y me hiciste repetir dos veces lo del casco!

Gheós asintió de nuevo pausadamente. Errien tuvo que preguntar una vez más:

—Pero ¿quién es ese Hugo?

—Hugo Gorkhol —repitió Iván—. Es vecino nuestro en Aldénuri. Allí todo el mundo dice que es muy extraño, y todos los chicos le tenemos miedo. Llegó a Aldénuri hace mucho tiempo. No es de allí, pero nadie sabe de dónde es: algunos dicen que es un kerren, porque habla muy raro. No es amigo de nadie, ni trabaja en nada en la aldea; solo viaja de vez en cuando con su barco. Y sus hijos tampoco van a la escuela ni juegan con nosotros…

—¿Y lo del casco?

—Según me dijo Iván anoche —respondió ahora Gheós—, es cosa conocida en Aldénuri que, cuando llegó allí ese Gorkhol, entre su impedimenta llevaba unas extrañas armas de guerra y un casco rematado por astas de toro…

—Bien —dijo Errien—, admito que parece un tipo un tanto raro, pero de ahí a decir que es un descendiente de los morghuks…

—Los morghuks, según las crónicas, usaban en la guerra cascos como ese: era un símbolo sagrado. Pero hay algo más que Iván no te ha dicho: era precisamente Gorkhol quien tenía en su poder los pergaminos robados y, al ver a Iván hace dos noches, intentó matarlo…

—¿¡Cómo!? —se sorprendió el thaine.

Entre Iván y Gheós le contaron entonces con detalle la peligrosa aventura de Iván en el islote. Al terminar, Errien se había convencido, a juzgar por la preocupación que reflejaba su rostro.

—Entonces, ¿piensas que ha sido Hugo Gorkhol quien ha hecho que vuelvan a aparecer los thaurroks? —preguntó a Gheós.

—Solo la llegada de un morghuk al bosque de Arkane puede haber provocado ese efecto, según el documento. Y eso es lo que creo que ha ocurrido: si Gorkhol tenía las páginas robadas en la biblioteca de Ghulden, es porque vino hasta el Errion-Thal a robarlas... Y lo habrá hecho antes o después de visitar el bosque de sus antepasados. Querría asegurarse de que no sabríamos cómo responder a la venganza que se disponía a desencadenar.

—Y ha acertado de lleno... —dijo Errien con amargura.

—¡No! No del todo. Sabemos algo —replicó Gheós—, dejadme que os lea el resto del documento. Veamos..., dice: «Los sabios ancianos supieron también que los thaurroks eran fruto de la maldad que los morghuks habían sembrado en el bosque durante siglos, y que, solo cuando la luz venza a la oscuridad en el corazón del bosque, desaparecerá definitivamente la pesadilla de los thaurroks».

—¿Es una profecía? ¡No comprendo qué significa! —protestó Errien—. ¿Es esta la famosa solución para acabar con los thaurroks?

—Sí, Errien, esa es la solución: la única esperanza.

—Pero, entonces, ¿sabes tú qué significa? Si en esas palabras se encierra la clave para acabar con los thaurroks, nuestra esperanza está en que alguien sepa su significado...

—O quizás no —dijo Gheós—, quizás no. A lo mejor no se trata de una fórmula que haya que aplicar, como una receta de cocina. A veces no comprendemos las cosas porque son mucho más sencillas de lo que creemos, y las hacemos complicadas...

—¡Gheós, decididamente, hoy tienes el día misterioso!

—No pretendo ser misterioso, Errien. —Sonrió paciente Gheós—. Es que no es fácil hablar de ciertas cosas. Llevo mucho tiempo pensando en todo esto: desde antes de que llegara Iván, cuando empezaron a aparecer los thaurroks. Para no aburrirte reproduciendo el itinerario de mis meditaciones, te diré que yo esperaba que sucediera algo, aunque no sabía qué, y a los dos días apareció Iván: «¡Vaya, un chico que puede volar!», me dije. Eso era un acontecimiento. ¿No te parece?

—No veo dónde vas a parar...

—Abreviaré, no te inquietes, pero fíjate bien. Resulta que ese chico había aparecido antes, también inesperadamente, en Fenndor, después de escapar de los kerren, gracias a esa misteriosa habilidad que le surgió sin saber cómo, unos días antes de que lo secuestraran. ¿No es así?

La pregunta iba dirigida a Iván, que se mantenía en silencio desde hacía un rato, procurando no perder palabra. Asintió sin hablar, mientras Gheós, sin esperar respuesta, proseguía:

—Y resulta que llegó allí justo a tiempo para enterarse del robo de las páginas de la *Gran Crónica*, y para salvar a Finn. Resulta también que, cuando se dirigía a cumplir un plan que habíamos elaborado minuciosamente, se topó con el morghuk que ha originado este desastre y encontró, sin buscarlas, aquellas páginas... Y resulta también que, según pude ver anoche, este chico es el portador de una medalla, que halló casualmente en un agujero, fundida en el período de la victoria contra los thaurroks...

A un gesto de Gheós, Iván sacó la medalla del pecho y se la mostró a Errien, que contemplaba asombrado la figura del thaurrok.

—¿Qué significa esta inscripción? ¿La entiendes tú, Gheós? —inquirió Errien con interés.

—¡Sí, la entiendo! Literalmente significa: «Iluminarás y las tinieblas desaparecerán».

—¿Y eso qué significa?

Evidentemente, Errien buscaba una respuesta de orden práctico.

—No lo podemos saber con exactitud, pero en líneas generales parece decir lo mismo que acabamos de leer en los pergaminos...

Ahora no solo Iván, sino también Errien escuchaban absortos a Gheós. Esos hechos, casualidades y golpes de suerte, puestos todos juntos y mirados desde esa perspectiva, producían verdadero asombro. Gheós, satisfecho del efecto de sus palabras, añadió aún:

—Y resulta, por último, al menos hasta ahora, que ese chico, en lugar de hacer lo que hubiera hecho cualquier otro en sus circunstancias, seguir el camino hacia su casa, contento de haberse librado de Ghorkol, decidió, sin saber lo que había en los pergaminos, interrumpir su viaje y volver. Y está aquí, con nosotros.

Al terminar, Gheós dirigió la mirada a Iván, que estaba encogido en su asiento, un poco asustado. Errien, también impresionado, preguntó:

—¿Qué conclusión has sacado, Gheós?

—¡Buena pregunta! No soy un mago ni un profeta: solo un anciano chiflado que ha pasado demasiados años estudiando y meditando..., y que ha llegado a conocer un poco cómo funciona esta vida nuestra. Sé que el destino no está escrito inmutablemente en ningún lugar. La historia la vamos haciendo los hombres con nuestras acciones libres. Pero sé también que, si, al tomar nuestras decisiones, procuramos ser fieles a lo que se espera de nosotros, a nuestra misión, entonces nuestra vida puede tener un influjo insospechado en la historia: podemos llegar más lejos de lo que nunca hubiéramos podido soñar...

»¿Mis conclusiones? —continuó Gheós, después de un breve silencio—. Ahí van, pero os advierto que son tan inseguras, ¡o tan seguras!, como la cadena de casualidades que os acabo de mostrar... En fin: creo, Iván, que tú tienes un papel que desempeñar en la historia del Errion-Thal.

—¡¿Yo?! —Iván se señaló el pecho con el dedo—. ¡¿Qué papel?!

—Me temo que esto es todo lo que puedo decirte por ahora. Ya sé que esperabas que te dijese algo más definido, pero no es posible: no sé mucho más. Solo puedo ofrecerte un consejo para el porvenir, si quieres hacer caso a este anciano...

Ante el asentimiento de Iván, Gheós añadió:

—Mi consejo es que, pase lo que pase, sigas adelante por el que consideres en tu corazón que es tu camino. ¡Tu verdadero camino, no el que más te atraiga! Recuerda: pase lo que pase. El mal no puede entrar en nosotros si no le abrimos las puertas. En cambio, podemos expulsar el mal de nuestro interior: cada vez que decidimos hacer lo que consideramos que está bien, vamos sacando algo del mal fuera de nosotros.

Iván volvió a asentir educadamente, aunque se sentía algo defraudado. Le parecían hermosas las palabras de Gheós, pero no le habían ayudado a entender el sentido del misterioso final del documento, ni a saber cuál era ese papel que, según Gheós, le correspondía.

Errien tampoco había conseguido saber lo que más le urgía en ese momento: qué debía hacer exactamente, cuál debía ser su próximo paso. Respetaba demasiado a Gheós para poner en duda que todo aquello tuviera sentido. Pero, por su parte, decidió que aceleraría aún más el adiestramiento de las tropas, para que estuvieran dispuestas a entrar en acción en cinco días o una semana a lo sumo.

Sin más comentarios, levantó la sesión:

—Hemos hablado largamente. ¡Se nos ha pasado hasta la hora de comer! Dejémoslo por hoy. Gheós, te dejo con Iván: si surgiera algo nuevo, mándame aviso. Hasta mañana, Iván. Muchas gracias por tu ayuda.

8

La mañana era particularmente fría en la campiña en torno a Urôss, pequeña aldea situada a pocas millas al sureste de Eekklo. Ankkër, el thaine, notó que las piernas le temblaban. Quiso achacarlo al frío. Dos jóvenes soldados de Eekklo los habían avisado unos días antes: los thaurroks habían vuelto y habían sido vistos en su aldea. Después llegaron las palomas mensajeras desde Eekklo...

En Urôss se prepararon entonces para lo peor. El bosque estaba demasiado cerca para bajar la guardia. Además, las murallas no cubrían por completo el perímetro de la población. Quizás habían sido demasiado ingenuos en las últimas generaciones. El hecho de encontrarse a cierta distancia del mar les había librado de verse atacados por los kerren. Por otra parte, jamás hubieran pensado que los thaurroks, terribles pesadillas del pasado remoto, pudieran volver a aparecer. Por eso no se habían preocupado de construir sus nuevas casas dentro del perímetro de las murallas y al cabo de un tiempo terminaron por derribar todo un flanco para favorecer las comunicaciones con los pobladores del exterior. Ahora lo lamentaban muy de veras.

Dependían de sus propias fuerzas. Habían ideado toda una táctica defensiva para cuando llegara el ataque, que tarde o temprano se produciría: ¿cuántas bestias vendrían?, ¿cuál era su tamaño real?, ¿serían ciertas las historias que les atribuían hasta diez metros de altura y una ferocidad desmesurada?

La respuesta no se haría esperar: el momento había llegado. El ronco grito de aviso de uno de los vigías apostados frente al bosque solo podía significar una cosa. A Ankkër un escalofrío le recorrió la espalda. Tembló con mayor intensidad y ahora supo que no era debido al frío. Se sobrepuso, espoleó suavemente a su caballo y pasó revista al pequeño ejército que permanecía en guardia para cuando llegara el momento temido. Les dio instrucciones bien precisas: la lucha era definitiva. Debían vencer o serían aniquilados.

Los rostros de los guerreros de Urôss se mostraban tensos a la tenue luz del amanecer. Parecían de acero. El silencio era sobrecogedor, roto solo por las palabras secas del thaine y el sonido del metal contra otros metales: espadas, espuelas, corazas, cascos y escudos... Pudo oírse con claridad el lejano graznido de algunos cuervos que levantaban el vuelo sobre la campiña.

Las mujeres, los ancianos y los niños, con un terror contenido, se refugiaron en la torre más alta de la muralla. No era del todo segura, pues el portón de entrada, si bien fuertemente sellado por dos gigantescas trancas de madera de roble, era demasiado ancho para impedir el paso de los thaurroks en caso de que consiguieran derribar la puerta.

Yakue, uno de los ancianos, se dirigió a todos los presentes:

—¡Roguemos a Dios para que nos conceda hoy la victoria! ¡Y si hubiera llegado nuestra hora, roguemos también para que sepamos morir como dignos hijos de nuestros padres y del Errion-Thal!

El terrible rugido de un thaurrok cortó el aliento a los habitantes de Urôss. Los soldados tensaron sus músculos inconscientemente. Un nuevo rugido les heló la sangre en las venas.

Sobreponiéndose a la fuerte impresión, Ankkër dio la señal de situarse en posición. Los jinetes, con las espadas desnudas, avanzaron al paso en dirección al bosque, hacia la zona de donde provenían los terribles rugidos. Los soldados de infantería, armados con lanzas y ballestas, se aprestaron tras un pequeño altozano que separaba Urôss del bosque de Arkane. Allí esperarían a los thaurroks.

Entretanto, las mujeres, los ancianos y los niños rezaban siguiendo los consejos de Yakue.

Varios árboles crujieron en la lejanía. A juzgar por el fuerte ruido que producían al caer, debía de tratarse de soberbios ejemplares. No fue el único sonido que llegó hasta los atemorizados habitantes de Urôss: amenazadores rugidos, cada vez más cercanos e imponentes, se oyeron por doquier. Varios niños rompieron a llorar. Los ancianos y las mujeres prepararon junto a las almenas el aceite hirviendo que emplearían para rechazar a los thaurroks...

Cuando el primer thaurrok apareció fuera del bosque, muchos soldados quedaron como petrificados... Después surgieron otros detrás: eran muchos, se contaban por decenas. El primero de ellos, que parecía gobernar a los demás, lanzando un largo bramido, inició una veloz carrera hacia los guerreros de Urôss.

Ankkër alzó la espada y gritó con fuerte voz:

—¡¡A sangre por los hijos de Urôss y del Errion-Thal!! Mientras le respondía el clamor vibrante de sus hombres, espoleó su caballo con decisión y galopó para salir al encuentro de la pavorosa embestida. Todos los jinetes lo siguieron, mientras la infantería aguardaba expectante el resultado del primer choque...

9

Iván había pasado la tarde recorriendo distintas dependencias del castillo y observando los ejercicios de los soldados en el patio de armas. Las palabras de Gheós no dejaban de darle vueltas en la cabeza. Sin embargo, nada más meterse en la cama, se quedó profundamente dormido.

Soñó con thaurroks y con morghuks que asediaban Aldénuri, donde la población resistía hasta morir de hambre y sed. Gorkhol dirigía el asalto. Los kerren combatían al lado de los morghuks y se hacían con el Tesoro de Aldénuri.

A una pesadilla sucedió otra, y después otra. También Ghulden y Astuur aparecieron en sus sueños. Resistían en los sótanos de la torre el asalto de los thaurroks, que golpeaban con fuerza las puertas, haciéndolas pedazos. Hordas de morghuks se adentraban en el sótano capturando a los dos, que eran llevados prisioneros al bosque de Arkane.

Iván se despertó tarde. Se sentía inquieto y sudoroso, pero se fue tranquilizando al darse cuenta de que todo lo había soñado. Recordaba vagamente los sueños, a excepción del que hacía referencia a Ghulden y Astuur, que se le había quedado grabado con especial viveza en la memoria.

«Hoy iré a Fenndor. Tengo que ver cómo están —decidió mientras se vestía—. Además, así podré contarle a Ghulden lo que descubrí en la isla de Gorkhol, quizás él sepa explicarme su significado mejor que Gheós. Y veré a Astuur...».

Cuando acudió a desayunar, a pesar de lo avanzado de la hora, Gheós lo aguardaba en el comedor.

—¡Buenos días, Iván! ¿Qué tal has dormido?

—He tenido pesadillas, pero me encuentro muy bien... He decidido volver a la casa de Ghulden y Astuur. ¡Tengo que ver si están bien y si necesitan ayuda!

Iván había supuesto que su idea alarmaría a Gheós, por el peligro al que se expondría volviendo a una zona infestada de thaurroks. Bien pensado, ¿qué ayuda podría brindarles, aparte de llevar los pocos alimentos que pudiera transportar en su vuelo...? Pero, para su sorpresa, no ocurrió nada de eso. Gheós respondió con toda naturalidad, como si supiera de antemano lo que iba a hacer:

—Te he preparado una bolsa con provisiones, que supongo que te agradecerán. Me he tomado la libertad de añadir algunos dulces. Astuur, como su padre de niño, es muy goloso.

Iván miró en el interior de la bolsa que le tendía. Además de queso, carne seca, pan y otros alimentos básicos, había un paquete de dulces típicos de Eekklo, de aspecto muy apetitoso. Cerró la bolsa y preguntó:

—¿Cómo sabías que decidiría volver a la casa de los Fenndordun?

—No sé si prestaste la suficiente atención a lo que te dije anoche —respondió Gheós, aunque su sonrisa indicaba que sabía que sí—. Es posible que estuvieras demasiado cansado. Creo que tienes una misión que cumplir en el Errion-Thal, y el lugar clave de toda esta historia es Arkane... Por eso intuía que decidirías ir allá.

—Entonces... ¿Te parece bien que vuelva a la torre de Fenndor?

—Sí, me parece bien... Si es lo que te parece que debes hacer. ¿Recuerdas el consejo que te di?

—¡Sí! Es fácil —Iván recitó como quien repite de carrerilla algo cuyo sentido no acaba de entender—: debo seguir adelante pase lo que pase. Debo seguir el que considere que es mi verdadero camino, aunque no sea el que más me atraiga...

—Muy bien, Iván: no lo olvides. Y ahora..., adiós. Te tendré muy presente, pequeño.

Gheós pronunció estas últimas palabras como una despedida a alguien que se va para mucho tiempo, quizás para siempre.

—¡Adiós, Gheós! —se despidió Iván, sin dejar de advertir algo especial en la actitud del anciano—. Volveré pronto y traeré noticias de los de allí.

Tomó la bolsa con las provisiones y, elevándose suavemente, partió rumbo a la casa-torre de los Fenndordun, en los linderos del bosque de Arkane.

La ruta era sencilla. No había mucha distancia desde Eekklo a Fenndor en línea recta, a vuelo de pájaro. No le supondría problema alguno mantener el rumbo sur: Iván tenía cierta habilidad para orientarse por el sol. Filós les había enseñado cómo hacerlo. En cuanto superara la colina, casi monte, que separaba el valle de Eekklo del de Arkane, tendría toda la planicie de la casa-torre a la vista. Esa colina era aparentemente más elevada por el lado de Eekklo, pues el valle de Arkane estaba a más altura, de ahí que recibiera el nombre de Alto Errion-Thal. La colina descendía en suave pendiente hasta el bosque. No era perfectamente lisa, estaba algo ondulada, como si fuera un tranquilo mar de hierba. Aparecía salpicada aquí y allá por algunos árboles no pequeños, hayas y abedules en su mayor parte. Si la emoción al regresar a Eekklo había sido grande, ahora era incluso mayor. Iván había hecho una buena amistad con Ghulden, y en especial con Astuur. Estaba preocupado por ellos y tenía muchos deseos de verlos.

Pronto escuchó un rugido que ya le era conocido. Y poco después pudo ver la figura de cinco thaurroks que avanzaban hacia Eekklo. Notó que avanzaban formando una «uve», como los que había visto perseguir al secuaz de Gorkhol. Se estremeció. No era fácil acostumbrarse a la visión de los thaurroks. Dio gracias por poder volar y no tener que verse en tierra frente a ellos.

Continuó el vuelo en suave descenso hacia Fenndor. Calculó que en pocos minutos alcanzaría a ver la torre en el horizonte. Volvió a ensimismarse a la vista de las montañas Elúrr, esta vez a su derecha. Las sombras que proyectaban unos picos sobre otros producían formas caprichosas y las diversas tonalidades de la roca, acariciada por el sol, parecían extraídas de un paisaje de ensueño. No tardarían en cubrirse de nieve por completo, hasta bien entrada la primavera.

Hubo algo que le llamó la atención: en el horizonte, a no demasiada distancia hacia el este, se levantaban varias oscuras columnas de humo. Se acercó a inspeccionar el origen de ese humo y, entonces, descubrió un panorama desolador: era una aldea totalmente devastada. Sin duda, se trataba de Urôss, pero apenas quedaban las ruinas. Algunas casas todavía ardían: de ahí provenía la humareda que le había llamado la atención. Tal vez los habitantes de la aldea, en un intento desesperado de ahuyentar a los thaurroks, habían prendido fuego a sus hogares.

Iván, profundamente conmovido, trató de encontrar supervivientes entre los escombros, pero fue en vano: no los había. En lo que había sido el patio de una casa encontró una pequeña muñeca de trapo semicalcinada a la que faltaba un brazo. Aterrizó y la recogió con cuidado, como si se hubiese tratado de un ser humano. Era lo único que había podido salvarse de la aldea de Urôss.

El terrible espectáculo de desolación estremeció lo más profundo de su alma. Solo el pensamiento de que podía haber sucedido algo así en Fenndor fue capaz de hacerle reaccionar y reemprender el viaje: debía acudir inmediatamente en auxilio de sus amigos.

* * *

Recorrió un buen trecho ensimismado y abatido por la fuerte impresión recibida en las ruinas de Urôss. De manera repentina, a cierta distancia, en la planicie, una sombra se desplazó fugazmente desde la base de un viejo roble hasta otro árbol cercano. Por su tamaño, desde luego no era un thaurrok, ni siquiera un oso.

Iván se acercó con cierta cautela. Cuando estuvo más próximo, vio que se trataba de un hombre no muy corpulento, quizás un muchacho. Evidentemente, estaba en apuros. Miraba nervioso a derecha e izquierda. Sin duda, temía a los thaurroks. No volvió el rostro en su dirección hasta que Iván estuvo muy cerca. Entonces pudo reconocerlo: ¡¡era Astuur!!

—¡Astuur! ¿Qué estás haciendo aquí? —susurró Iván, después de abrazar a su amigo.

—¡Iván! —Astuur también bajó la voz, para evitar que pudiera oírlos algún thaurrok que merodeara por allí—. ¡Esto es una aparición! ¡Mis ruegos han sido escuchados!

—Pero, dime, ¿por qué estás aquí? ¿Cómo están tu padre y los demás?

—Están bien, no te preocupes. Resistimos. Los thaurroks no pueden entrar en los sótanos: son demasiado grandes. Pero rondan la entrada día y noche.

—Entonces, ¿cómo has conseguido escapar?

—No he escapado. Me había estado fijando en que, cuando duermen, los thaurroks tienen un sueño muy pesado, y esta madrugada, sin decir nada a nadie, he aprovechado para salir en busca de agua.

—¿Saben en la torre lo que ha pasado en Urôss?

—Nos lo imaginamos... Alguien nos envió una paloma con

un mensaje que más bien era una despedida... —respondió Astuur con visible pesadumbre—. ¿Y tú? ¿Cómo has sabido de la destrucción de Urôss? ¿Ha llegado la noticia a Eekklo?

—Creo que no... Verás..., han ocurrido muchas cosas desde mi partida hacia Aldénuri... A mitad de camino entre Eekklo y Aldénuri, opté por regresar para comunicar a Gheós algunos descubrimientos que hice por casualidad... Entre ellos..., ¡los pergaminos que faltaban en la biblioteca de Fenndor! Una vez en Eekklo, decidí venir a ver si podía ayudaros en algo... Por el camino he tenido ocasión de contemplar la desolación de Urôss: al ver el humo, me he acercado a ver de dónde salía...

Astuur no acertó a decir nada. Estaba visiblemente afectado. Tras un breve silencio, Iván volvió al inicio de la conversación:

—¿Has conseguido agua?

—Sí, llevo este pellejo lleno. Debería estar ya de vuelta en el sótano. Lo que ocurre es que ha habido varios grupos de thaurroks merodeando desde antes de la salida del sol. Ahora no podremos entrar hasta que sea de noche. Esos bichos deben de llevar ya tiempo despiertos.

—Tenemos que encontrar un sitio donde estemos a salvo... Sobre todo, tú.

—Sí, pero ¿dónde? Los árboles no me parecen un sitio muy seguro: si nos descubren, los pueden derribar como si fueran de paja. Estaba yendo hacia una pequeña cueva que existe a un par de leguas de aquí. No veo otra posibilidad de sobrevivir hasta que vuelva a anochecer, y...

Astuur interrumpió bruscamente su explicación cuando un thaurrok surgió de detrás de una loma. Al detectarlos, lanzó un poderoso rugido, avanzando despacio hacia ellos. Por un breve instante quedaron paralizados. Después, Iván emprendió el vuelo, y Astuur, una alocada carrera sin rumbo definido. La bestia volvió a rugir, quizás llamando a otros congéneres. Mientras tanto, Iván iba ganando altura, y Astuur, apuradísimo, algunos metros de distancia.

10

Al principio, en buena medida, Iván se había sentido inclinado a tratar amigablemente a Astuur porque le había dado pena saber que era huérfano de madre desde tan pequeño, y vivía sin hermanos ni hermanas con quienes hablar de sus cosas y compartir sus juegos. De manera inconsciente lo comparaba consigo mismo o con sus amigos Hure y Léirenn, que vivían en el ambiente alegre de familias con muchos hermanos. Pero después había empezado también a admirarlo y a aprender de él. Habían sintonizado tan bien en el poco tiempo que habían estado juntos que ahora le parecía que era su mejor amigo.

Viéndolo en una situación tan apurada, mientras él se encontraba a salvo, se sintió urgido a actuar. Estaba dispuesto a hacer cualquier cosa por salvar a Astuur.

Hizo un primer intento de distracción, volando por delante del monstruo, sin conseguir apenas atraer su atención, como había ocurrido en otras circunstancias similares: era muy difícil distraer a un thaurrok cuando se había fijado en una presa y se disponía a cobrarla. Astuur se iba alejando poco a poco. Pero la velocidad a la que corría, comparada con la capacidad de movimiento de un thaurrok, era ridícula. En cuanto el monstruo diera unas cuantas zancadas, Astuur se vería atrapado.

Astuur ni tan siquiera miraba hacia atrás. Corría con todas sus fuerzas, decidido a no parar mientras tuviera un hálito de vida. Le parecía que no avanzaba en absoluto, como si estuviera corriendo siempre sobre el mismo lugar. Iván veía, impotente, que el thaurrok seguía desentendiéndose de él para centrar toda su atención en Astuur. Sin pensarlo, de manera casi involuntaria, voló rodeando al animal para acercarse a él por detrás. Cuando se encontró a su espalda, tomó altura, se lanzó sobre la monstruosa cabeza y con ambas manos buscó los ojos, intentando taparlos. El thaurrok rugía y movía la cabeza a un lado y a otro, pero sus patas delanteras eran demasiado cortas para alcanzar a Iván y quitárselo de encima. Iván, forcejeando para no desprenderse, animaba a su amigo:

—¡¡Corre, Astuur, corre!!

Astuur sentía un dolor insoportable en el costado. Con una mano llevaba el compás de la carrera y con la otra se sujetaba las costillas, buscando alivio. Miraba con atención el terreno que pisaba, para no tropezar con las múltiples irregularidades. Al saltar por encima de una gran piedra que sobresalía, levantó la cabeza y vio... ¡tres thaurroks que se acercaban en dirección contraria! Venían probablemente desde la mismísima casa Fenndor, quizás alertados por los terribles rugidos de su congénere. Astuur se vio perdido. Ahora sí que estaba acorralado...

No podía detenerse ni darse por vencido, pero ¿qué podía hacer? ¿Hacia dónde huir? Un súbito impulso, quizás el mero instinto de supervivencia, le movió a dirigirse hacia el bosque de Arkane. No era una decisión muy racional: equivalía a meterse en la boca del lobo... Pero quizás allí tuviese alguna posibilidad de encontrar un refugio, un lugar donde esconderse de aquellas bestias que en campo abierto era imposible despistar.

Mientras tanto, Iván luchaba por mantenerse sobre las espaldas del inmenso thaurrok, concentrado en no soltarse de la cabeza del coloso, que no paraba de agitarse enfurecido. Al ver la audaz maniobra de Iván, cualquiera habría apostado que, con la fuerza descomunal de estos monstruos, un simple movimiento brusco de la cabeza hubiera bastado para mandarlo a muchos metros de distancia. Sin embargo, sorprendentemente, parecían tener una capacidad de movimiento del cuello muy limitada, y sus sacudidas eran violentas, pero soportables.

Sostenerse allí era trabajoso, pero no más difícil que mantenerse sobre un caballo que corcoveara y se encabritase. La diferencia era que, si caía, lo haría desde una altura de nueve o diez metros... Por suerte, la forma de la cabeza del animal le permitía abarcarla con los brazos, lo que le proporcionaba un agarradero muy firme.

De hecho, Iván estaba consiguiendo mantener a este thaurrok fuera de combate. Metro a metro, Astuur cubría la distancia que lo separaba de Arkane. Pronto estaría a cubierto, es decir, todo lo a cubierto que se pudiera estar en un bosque que era la guarida misma de los thaurroks…

El thaurrok gruñía, corría, se detenía, giraba y volvía a correr desorientado… Pero Iván continuaba firmemente sujeto. Casi empezó a perder el miedo y a divertirse con la hazaña, porque, si uno conseguía sentarse a horcajadas en la zona vulnerable de un thaurrok, allí donde sus temibles garras no llegaban, hasta podía tener la impresión de que se trataba de una bestia estúpida y poco peligrosa. Eso sí, para hacerlo había que ser capaz de ponerse a su espalda sin ser visto y después saltar unos diez metros… No era un procedimiento al alcance de muchos.

Cuando Iván alzó de nuevo la mirada, se percató de algunas novedades en el panorama: Astuur estaba a punto de internarse en el bosque de Arkane, pero otros tres thaurroks furibundos se acercaban velozmente. Se diría que venían dispuestos a ayudar al que le soportaba sobre sus hombros.

«¡Ha llegado el momento de largarse de aquí!», se dijo Iván. Lo que no tenía tan claro era cómo iba a conseguir remontar el vuelo en tales circunstancias. Necesitaba unos instantes de reposo para poder despegar desde un punto fijo; de lo contrario, si se soltaba, saldría despedido en una de las sacudidas del thaurrok… Tenía que pensar algo rápido.

Vio un árbol cercano, un haya, que tenía ramas gruesas más o menos a su altura. Si consiguiera pasar cerca, quizás podría encaramarse a una de las ramas y desde ahí iniciar el vuelo… La cuestión era dirigir al thaurrok hacia el haya, pero no se le ocurría ningún modo de conseguirlo…

El thaurrok continuaba moviéndose de acá para allá con los dos ojos tapados. Finalmente, tropezó y cayó al suelo de bruces. Iván, asido con todas sus fuerzas a la cabeza, no resultó mal parado, pues el propio thaurrok amortiguó la caída con sus patas delanteras.

Antes de que el animal pudiera darse la vuelta, Iván se incorporó tan rápido como pudo e inició una lenta ascensión. Subió lo bastante alto para que los otros tres thaurroks, que estaban ya muy cerca, lo perdieran de vista. Entonces volvió a ocuparse de la suerte de Astuur.

«¡Ha penetrado en el bosque...! —pensó—. ¡Es una locura...! ¿Cómo va a salir vivo de ahí?».

Iván sentía una fortísima resistencia a internarse en el bosque de Arkane. Era el territorio de los thaurroks. Además, era tan tupido que tendría muchas dificultades para volar en su interior, con las ramas de los árboles tan próximas unas a otras. Si se adentraba allí, tendría que limitarse a caminar.

Pero no podía dejar a Astuur solo en Arkane. No hubiera podido perdonarse jamás una acción semejante. No tuvo la menor duda respecto a dos cosas: la primera era que debía buscar a Astuur; la segunda, que, si lo hacía, era por pura amistad. Si por él fuera, ese bosque sería el último lugar en el mundo al que se acercaría de manera voluntaria...

Los tres thaurroks que habían venido atravesando la llanura se habían reunido ya con su congénere. Habían perdido momentáneamente la pista de Iván: si lo hubieran localizado, solo habrían visto un puntito en el cielo, porque había subido muchísimo para perderse de vista. Considerando que, por el momento, les había dado esquinazo, Iván se dirigió hacia el punto por donde le parecía que Astuur se había adentrado en Arkane hacía escasos instantes y comenzó a descender de nuevo.

Aterrizó en el lindero mismo del bosque. Miró hacia adentro: no vio nada, estaba demasiado oscuro. Tampoco oía ningún sonido, parecía reinar la muerte en el interior. Venciendo la fuerte resistencia que experimentaba, comenzó a internarse lentamente en la espesura...

11

En cuanto Iván se adentró en el bosque de Arkane, se vio invadido por el frío... No era el frío habitual en esa época del año en un lugar sombrío: tenía una naturaleza distinta. Oprimía en el pecho y penetraba hasta el fondo del alma. Afectaba también a la mente. Iván discurría ahora con dificultad y se vio atenazado por un difuso pesimismo. Ahora no sabía muy bien qué estaba haciendo allí. Oscuros pensamientos le asaltaban: ¿para qué buscar a Astuur? ¿Por qué sacrificarse por él, pudiendo evitarlo sin el menor esfuerzo? Mejor sería salir del bosque y volver a Aldénuri cuanto antes. Hiciera lo que hiciera, tarde o temprano los thaurroks arrasarían el Errion-Thal con Eekklo y todos sus habitantes. No tenía ningún sentido su presencia en aquel bosque, oscuro e inhóspito. Sin embargo, resistiendo al asedio de aquellas ideas desalentadoras, continuó avanzando como un autómata hacia el interior, impulsado a duras penas por la débil acción de su voluntad. Seguía sin oírse nada. Tan solo sus leves pisadas sobre la hojarasca.

Volvió la cabeza para mirar atrás: aún podía distinguir la luz que penetraba en el bosque desde la campiña exterior. No quería perderla de vista. Llamó a Astuur en voz no muy alta:

—¡Astuur! ¡Astuur! ¿Me oyes?

Un silencio sobrecogedor fue la única respuesta. Temió haber alertado a los thaurroks y continuó caminando en silencio. Se sentía como ido, con la mente embotada. El frío seguía oprimiéndole el pecho, como una mano de hielo que hurgara suavemente en busca de su corazón.

«Astuur no puede estar muy lejos», reflexionó, reprimiendo un escalofrío. Oyó en la lejanía un sonido difícilmente reconocible y se detuvo a escuchar conteniendo la respiración... El silencio volvía a ser absoluto. Un pensamiento absurdo le hizo relacionar aquel silencio con Filós, cuando repetía en la escuela de Aldénuri:

«¡Quiero absoluto silencio!». El contraste con la situación en la que se encontraba le hizo sonreír. Al hacerlo sintió que cedía ligeramente la opresión del pecho y pudo razonar con mayor claridad durante unos instantes: cayó en la cuenta de que lo que había oído eran pisadas sobre la hojarasca. Pisadas que desde luego no eran de un thaurrok. ¡Podían ser las de Astuur! Este pensamiento le alivió aún más la sensación de frío y le devolvió un poco de su habitual optimismo. Volvió a aguzar el oído... No se oía nada... Siguió avanzando.

Apenas había dado algunos pasos, sonó un nítido «¡crac!» a la distancia de un tiro de piedra. Continuó con mayor sigilo, dirigiéndose hacia el lugar desde el que provenía el ruido. Antes de salir a un pequeño claro, se asomó con cautela, escondido tras el tronco de un viejo roble caído...

¡Ahí estaba Astuur! Yacía en el suelo. Mantenía los ojos abiertos, pero con una mirada inexpresiva.

Iván abandonó veloz su escondite para dirigirse hacia él. Al correr en ayuda de Astuur, olvidó el frío paralizante que le había ido envolviendo y pudo razonar de nuevo con claridad. Volvía a ser el de siempre.

—¡Astuur! ¡Soy Iván! ¿Qué te ha ocurrido?

Astuur apenas esbozó una mueca acompañada de un breve sonido cuyo significado Iván no acertó a comprender.

—¡Astuur! ¿Estás bien? —insistió, sacudiéndolo un poco por los hombros—. ¿Me oyes?

Por la pasividad de Astuur, era fácil comprender que no se encontraba bien. Estaba desmadejado, dominado por una apatía que le impedía moverse o reaccionar.

Iván intentó levantarlo y, al agarrar su mano, comprobó que estaba muy fría.

—¡Astuur, estás helado! Espera, te pondré mi capa.

Mientras lo envolvía en la capa para hacerle entrar en calor, Astuur continuaba ausente, con la mirada perdida en el infinito.

Un rugido se dejó oír a cierta distancia. Podían ser los thaurroks que habían quedado en la pradera. Astuur ni se inmutó. Iván tuvo que discurrir rápido. Si los thaurroks los descubrían, estarían perdidos. Ahí dentro no podía volar a más de tres o cuatro metros...

Recordó el tronco caído tras el que se había ocultado hacía un momento, antes de encontrar a Astuur... Era un tronco enorme y estaba hueco: ¡quizás pudieran esconderse en su interior! Sin pérdida de tiempo, Iván comenzó a arrastrar a Astuur, tendido sobre la capa, hacia el tronco. Debía darse prisa, pues los thaurroks no se encontraban lejos. Los imponentes rugidos y el chasquido de ramas quebradas a su paso se iban acercando.

Afortunadamente, el árbol caído estaba muy cerca. Iván, no sin esfuerzo, consiguió introducir a Astuur por un extremo del tronco en la oquedad, que resultó ser lo bastante ancha para acoger sin apreturas a una persona. El árbol medía varios metros de largo, de modo que Iván pudo también meterse por el lado opuesto, hasta que tocó los pies de Astuur con los suyos. No eran los únicos seres vivos en el interior del tronco: se movían por allí también bastantes bichitos que en la oscuridad Iván no pudo ni quiso distinguir... La tensión del momento consiguió hacerle superar la natural repugnancia hacia todas aquellas criaturillas.

Astuur continuaba ausente, así que ni siquiera era consciente de la presencia de gusanos y arañas. Pero en su pecho, por primera vez desde que el frío lo invadiera, comenzaba a abrirse paso un soplo de calor, como una llamita apenas perceptible...

Los thaurroks merodeaban en círculos por la zona, unas veces más cerca y otras menos. Por lo visto, andaban desorientados. No conseguían localizar a Iván y a Astuur. Quizás no tuviesen buen olfato... Iván recordó entonces lo que les había leído Ghulden en la *Gran Crónica* acerca de que los thaurroks poseían un sistema de orientación similar al de los murciélagos, y se alegró. ¡Eso significaba que el tronco era un buen escondite!

Los thaurroks no se alejaron de allí en varias horas. Iván pudo oír sus pisadas y sus rugidos yendo y viniendo durante casi todo el día. Solo al anochecer abandonaron la búsqueda. Durante todas esas horas, el calorcillo que empezaba a caldear el pecho de Astuur había ido tomando fuerza. Ahora parecía despertarse poco a poco.

—¿Dónde estoy? —preguntó en voz alta.

—¡Astuur! —respondió Iván, alegre de oírle hablar con aparente normalidad—. Estás escondido dentro de un tronco hueco en el bosque de Arkane. No temas, ya podemos salir. Los thaurroks se han ido.

Astuur, a medida que se disipaban las nieblas de su mente, comenzó a recordar su huida hacia el interior del bosque, y el frío paralizante que le había ido invadiendo hasta hacerle perder completamente el sentido.

Los dos amigos se deslizaron fuera del tronco, cada uno por su lado. Hablaban en voz baja, temerosos de los thaurroks que pudieran estar al acecho:

—¿Estás bien ya, Astuur?

—Sí. Estoy bien. Ha sido terrible. Las pesadillas que he tenido…, no recuerdo haber pasado en toda mi vida una cosa así.

Mientras hablaba, Astuur se rascaba, intentando librarse de la gran cantidad de habitantes del tronco que se le habían infiltrado entre las ropas. Otro tanto hacía Iván. Por suerte, era ya noche cerrada y no podían ver el aspecto de sus «huéspedes». La claridad de la luna menguante y de las estrellas penetraba muy debilitada en el bosque. Apenas eran capaces de distinguir los troncos de los árboles para caminar entre ellos. Decidieron volver sobre sus pasos y salir de Arkane cuanto antes.

Se dirigirían hacia la casa-torre.

12

Cuando llevaban una media hora andando, empezaron a dudar de su sentido de la orientación; pero, después de hora y media, se convencieron definitivamente de que se habían perdido. Ya no podrían salir por donde habían entrado. Desconocían la ruta que debían seguir. El frío del bosque, siempre acompañado de una sensación de profundo desaliento, pugnaba con insistencia por penetrar en sus corazones. Estaban cansados y desorientados. Optaron por detenerse a descansar. Caminar sin rumbo fijo no tenía sentido.

—Podemos trepar a un árbol —propuso Astuur—, ahí estaremos algo más seguros. Si los thaurroks no nos han conseguido localizar en el hueco del tronco, quizá tampoco nos encuentren en la copa de un árbol…

—Me parece una buena idea. Solo le veo un problema.

—¿Cuál?

—Que, si uno se duerme en una rama y se cae…, se mata al llegar abajo…

—¡Eso se puede remediar, ya lo verás!

Astuur tenía mucha experiencia en este tipo de cuestiones. Iván quedó sorprendido al comprobar la velocidad a la que era capaz de trepar a lo más alto de un abeto, a la escasa luz de la luna menguante. Él ascendió volando muy lentamente por entre los árboles.

Una vez arriba, Astuur le enseñó la manera de trenzar varias ramas entre sí hasta conseguir un acomodo bastante mullido, que además impedía que uno se pudiera caer mientras dormía. Iván se construyó un lecho casi tan perfecto como el de su amigo y se dispuso a dormir.

* * *

Amaneció un frío día otoñal. Estaba despejado. El sol despertó a Iván al iluminar sus ojos con algunos tibios rayos matinales. Astuur, situado en una rama más baja, aún tardó un rato en ser alcanzado por los rayos del sol. Para entonces, Iván había realizado una breve exploración del terreno. Se había elevado cuidadosamente por encima de las copas de los árboles con intención de fijar su posición exacta en el bosque y buscar el camino más corto para salir de allí. A pesar de que había llegado a bastante altura, no consiguió distinguir ningún punto de referencia para orientarse, pero no quiso elevarse más ni alejarse de la vertical de su árbol, por miedo a perder la posición de Astuur.

Cuando descendió, Astuur estaba ya despierto:

—¿Has podido orientarte? —preguntó, ahogando un bostezo.

—¡No! Este bosque es muy grande. ¡Nos hemos internado un buen trecho! Me parece que la única solución es tomar una dirección y mantenerla todo el tiempo hasta que salgamos, ¿qué te parece?

—Me parece bien. Opino que debemos ir hacia el norte. Este bosque está al sur de la casa de mi padre. Así, cuando salgamos, estaremos más o menos cerca de casa. Además, es fácil seguir ese rumbo. A la mayoría de los árboles les crece musgo en la parte del tronco que da hacia el norte. Bastará con que nos fijemos en eso.

—¡Muy bien! —respondió Iván, ofreciéndole la bolsa con la comida que había llevado para la torre.

Más que un desayuno, aquello fue casi un banquete, porque no habían tomado nada en todo el día anterior. Después de reponer fuerzas, se pusieron en marcha con ánimo renovado. Sin embargo, el extraño frío del bosque volvió pronto a hacerse sentir, con su fuerte invitación a la desesperanza.

Iván sentía en la cabeza una gran opresión que le impedía discurrir. Sus pensamientos eran cada vez más negativos, y le era muy difícil salir de ellos. Inconscientemente, iba perdiendo interés por todo: incluso por salir del bosque. Astuur, por su parte, no lo estaba pasando mejor: le dolía de nuevo el pecho, como si un puñal de frío lo atravesara. También iba viéndose envuelto en una espiral obsesiva de ideas descorazonadoras, que amenazaban con paralizarlo, haciéndole detenerse allí mismo.

Se sentían ambos tan hundidos que dejaron de comunicarse. Hablar les suponía un grandísimo esfuerzo. Además, el ambiente entre ellos parecía cargado de electricidad, como en esas tormentas secas, en las que solo saltan chispas y relámpagos. La presencia del uno se hacía casi insufrible para el otro. Aun sin hablarse, cada cosa que uno hacía irritaba sobremanera al otro, sin que ninguno de los dos supiera decir por qué.

Llegó un momento en el que la situación se hizo insoportable: Iván se sentía sin fuerzas y, sobre todo, sin ánimos para continuar. Sin mediar palabra, se dejó caer al suelo y se quedó tumbado boca arriba donde estaba.

Astuur, ansioso por separarse de Iván, porque se le hacía inaguantable su sola presencia, continuó adelante. Se fue alejando poco a poco y perdiendo de vista en el bosque.

Iván sentía que la cabeza le daba vueltas y llegó a creer que se estaba volviendo loco. Después se desvaneció.

* * *

Nunca llegaría a saber cuánto duró ese estado de inconsciencia. A él le parecieron siglos. Al despertar, se sentía como si hubiera recibido una brutal paliza. Seguía sintiéndose con el entendimiento muy espeso, incapaz de poner sus ideas en orden…

Sin embargo, allá, muy en el fondo de su conciencia, descubrió que resonaban débilmente, como una melodía pegajosa que retornara una y otra vez, las palabras de Gheós: pase lo que pase, sigue adelante… Tu verdadero camino, no el que más te atraiga. ¡Pase lo que pase!

«Mi camino… —empezó casi involuntariamente a dialogar

con aquella lejana voz—. ¿Y cuál se supone que es mi camino?». El recuerdo del consejo de Gheós fue produciendo el efecto de una suave brisa primaveral que despejara poco a poco un campo envuelto en frías nieblas. Iván recuperó algo la capacidad de pensar con claridad: debía continuar la marcha. Tenía que volver a encontrar a Astuur y salir del bosque con él. Pero le faltaban las fuerzas para levantarse. Los miembros le pesaban una enormidad y se negaban a obedecer el débil mandato de su voluntad. Le pareció que, en ese estado, ni la presencia de un centenar de thaurroks al acecho sería capaz de moverlo de allí. Sabía que, si no reaccionaba ahora, las tinieblas volverían a dominar su mente, quizás para no retirarse nunca más...

Se esforzó por recordar de nuevo las palabras de Gheós. No era fácil. Su mente trabajaba con mucha dificultad. El empeño por rebuscar en su memoria le producía un profundo sopor y tenía que luchar por no sucumbir al sueño... Sin embargo, el esfuerzo valió la pena: sintió que aquellas palabras volvían, entrecortadas pero claras: «Sigue adelante... tu camino..., tu verdadero camino..., pase lo que pase...». Esta vez, quizás por la lucha activa que había puesto para recordar, su mejoría fue mayor: no solo vio con gran claridad que debía continuar la marcha, sino que se sintió algo más fuerte y animado para hacerlo.

«¡Ahora o nunca!», se dijo, llamando en su ayuda a toda la tozudez de la que era capaz. Inició un lento movimiento para incorporarse: rodó sobre sí mismo y consiguió ponerse a gatas. Apoyó primero un pie y después el otro... Sentía como si tuviera encima una montaña. Sin embargo, siguió combatiendo denodadamente contra esa extraña flojedad.

Pasados algunos instantes que le parecieron una eternidad, se encontró en cuclillas sobre el suelo del bosque: lo más difícil estaba hecho. Después, con un último esfuerzo de voluntad, se irguió y consiguió ponerse en pie.

¿Dónde estaría Astuur? ¡Tenía que encontrarlo! La abundante pinaza que alfombraba el suelo le permitió distinguir el rastro de su amigo sin dificultad. Empezó a seguirlo caminando penosamente.

Después de andar no mucho tiempo, notó que el esfuerzo por traer a su conciencia el consejo de Gheós le había devuelto la lucidez mientras caminaba. Aquella débil brisa que había comenzado a disipar sus tinieblas interiores había terminado por despejarle del todo la mente. Ahora podía discurrir con fluidez.

Caminó otro trecho con más agilidad, y solo se detuvo al ver que frente a él, entre los árboles, brillaba una débil luz. Habituado a la penumbra del bosque, esa luminosidad le llamó poderosamente la atención. ¿Qué podía ser? ¿Estaría llegando a los límites del bosque? Era improbable.

Se veía atraído por aquella luz. Le evocaba sentimientos de calidez, de alegría, de hogar: todo lo contrario de lo que había encontrado hasta ese momento en Arkane... Sin embargo, algo le decía que desconfiara.

Luchando por contener su impulso, continuó acercándose con sigilo. La luz crecía en intensidad a medida que se acercaba. Aparentemente, nada indicaba peligro. Pero, al encontrarse ya casi dentro del resplandor, comenzó a inquietarse, pues el silencio se hizo más pesado. Se detuvo a escuchar. No se oía nada..., nada en absoluto. De pronto, notó algo que le sobresaltó: ¡alguien lo observaba! ¡Su mirada se acababa de encontrar con un par de ojos que lo miraban! Ni siquiera pestañeaban...

Iván quedó petrificado, mirando también aquellos ojos. No se atrevía a mover un músculo. Se le secó la boca, y gruesas gotas le caían por la frente, mientras el corazón parecía galopar entre sus costillas.

Así transcurrió un buen rato. Los ojos que lo observaban continuaban inmóviles. Entonces Iván comenzó a reaccionar, movido por una sospecha que fue creciendo en su interior.

Con un suspiro de alivio, distinguió finalmente una figura conocida delante de él: ¡los ojos eran los de Astuur!

Como el día anterior, Astuur se encontraba apoyado contra un inmenso abeto, con la mirada fija en el infinito. Iván comprobó que volvía a tener las manos muy frías y temió que no pudiera sobrevivir mucho tiempo en esas condiciones. Desafiando el peligro de atraer a los thaurroks, sacó el pedernal de su zurrón y encendió una hoguera lo más cerca posible de Astuur. Entretanto, no dejaba de hablarle:

—¡Vamos, Astuur! ¡Tienes que despertar! ¡No te puedes quedar aquí! ¡Tenemos que volver a casa, junto a tu padre, con Finn y Gwyes! ¡Respóndeme! ¡Dime algo!

Pasado un rato, le tomó el pulso. Latía muy débilmente, pero se diría que entraba en calor. Recogió más ramillas secas de los alrededores y avivó la hoguera. Una columna de humo cada vez más visible se elevaba entre las copas de los árboles, y el crepitar de las ramas que ardían podía oírse a decenas de metros de distancia.

Nada de todo esto preocupaba a Iván. Su única preocupación en ese momento era salvar a Astuur de una muerte inminente. Volvió a tomarle el pulso: era algo más fuerte, y la cercanía del fuego le estaba haciendo sin duda entrar en calor. ¡Astuur se estaba reponiendo!

«¡Que no vengan los thaurroks! ¡Que no vengan los thaurroks!», repetía interiormente Iván a modo de plegaria, mientras seguía alimentando la hoguera. A la vez, continuaba hablando a Astuur todo el rato: de su casa, de Aldénuri, de su último viaje, de la impresión que le había causado Gheós… Intercalaba, de cuando en cuando, llamadas o preguntas, para mover la mente de Astuur a reaccionar.

Por fin, habló Astuur:

—¿Dónde estoy? ¿Se han ido los morghuks?

Al oír esto, un escalofrío recorrió la espalda de Iván, pero pudo más su alegría:

—¡Astuur! ¡Has despertado!

—¡Iván! ¡Estás vivo!

—¿Por qué no habría de estarlo?

—¡Porque te he visto en apuros con los guerreros que te han salido al encuentro! ¿Dónde están esos thaurroks?

—¡Astuur! ¡Me parece que has tenido pesadillas!

—¿Pesadillas? ¿Qué quieres decir? ¿Estamos a salvo?

—Llevas un buen rato inconsciente, apoyado contra este abeto... No hay ningún guerrero ni ningún thaurrok por aquí. ¡Al menos por ahora!

—¿Y esa hoguera? ¡Los atraerá!

—Tranquilo, ahora mismo la apagaré. La he encendido para calentarte. ¡Estabas helado!

—Es verdad... ¡Qué frío tenía!

Astuur iba saliendo poco a poco del mundo de los sueños para tomar conciencia de la realidad. Iván comenzó a pisotear la hoguera para apagarla.

—¡Ha sido horrible! —relataba Astuur entretanto—. Ahora veo que ha sido una pesadilla: primero, me perdí por unos pasadizos oscuros. El frío se me iba metiendo dentro y llegó un momento en que me paralizó. Entonces aparecieron los morghuks y un thaurrok enorme. Tenían un aspecto muy desagradable. Con su presencia, el frío se hizo más intenso. Querían apoderarse de ti. No sé por qué, pero lo sabía. Venían a por ti. Entonces, apareciste y te vieron todos. Salieron en tu persecución y te perdí de vista. Me quedé solo, esperando a que regresaran, y entonces volvieron el calor y la luz. Primero, muy débilmente; después, mucho más fuertes. Los morghuks huían del calor, y el thaurrok, más pesado, como no podía huir, se enterró. Empezó a escarbar y se enterró a sí mismo...

—Tenemos que irnos de aquí, Astuur. No sé si el fuego atraerá o alejará a los thaurroks, pero lo que es seguro es que hemos dado pistas de nuestra situación.

—¿Qué es ese resplandor? —Astuur se percató entonces de la extraña luz que había atraído a Iván un rato antes.

—No lo sé. Venía a intentar averiguarlo, cuando te he encontrado. ¿Crees que debemos investigar?

—Creo que sí. La luz no les gusta a los morghuks —respondió Astuur, aún bajo la fuerte impresión de su sueño.

Iván avanzó delante, procurando pisar sin ruido. No tardó en percatarse de que aquel resplandor procedía de un gran claro en medio del bosque. Cuando pudo contemplar lo que allí había, comprobó que el bosque de Arkane podía asombrarle aún con nuevas sorpresas. A sus ojos se ofrecieron las ruinas de toda una ciudad deshabitada.

—¡Astuur! ¿Ves lo mismo que yo?

—¡Debe de ser la antigua ciudad de los morghuks!

* * *

Las pequeñas casas que antaño sirvieron de hogar a los morghuks estaban ahora cubiertas por la hiedra, con los tejados hundidos y la vegetación del bosque creciendo dentro de ellas. En el centro se veía un gran edificio adornado por rostros horribles que representaban a los guerreros morghuks ataviados con sus máscaras de guerra. Todo allí tenía un aire siniestro y amenazador.

—Astuur..., no me gusta nada este lugar —comentó Iván en voz muy baja. Al mismo tiempo, le vino a la mente la idea de que ya había visto esa fortaleza antes en algún otro sitio...

—A mí tampoco. Vámonos de aquí cuanto antes.

Aquí y allá por el suelo se veían claramente esqueletos enteros y huesos esparcidos. Iván y Astuur se dieron perfecta cuenta, pero prefirieron no hablar de ello. Sin duda, eran restos humanos, vestigio quizás del tiempo en el que los habitantes del Errion-Thal sostuvieron una lucha a muerte con los morghuks.

Empezaron a atravesar la ciudad más o menos en diagonal, eligiendo siempre la dirección que estimaban que les encaminaba hacia el norte. A Astuur se le ocurrió un razonamiento que le pareció que podría animar a Iván:

—Iván, mi padre me dijo en una ocasión que este bosque, a pesar de tener una gran extensión de este a oeste, en dirección norte-sur no supera nunca las diez leguas. Eso significa que, como mucho, en día y medio o dos días podemos estar fuera.

—No sé a ti —respondió Iván—, pero a mí no me gusta demasiado la idea de dedicar día y medio o dos días más a recorrer este bosque...

—Depende... Si no paramos en toda la noche, podemos ganar tiempo. ¿Cómo estás de fuerzas?

—¡Bien! Además, resisto mucho: una vez fui con mi tío desde Aldénuri hasta Érdain andando sin parar.

—¿Y eso cuánto es?

—Pues... unas nueve leguas.

—¿Nueve leguas de ida? ¿O nueve leguas entre ida y vuelta?

—¡No! Nueve leguas de ida, volví varios días después.

—O sea, que una vez hiciste nueve leguas en un día... ¿Y qué tal te encontrabas al llegar?

—Cansado. Pero no tenía a los thaurroks pisándome los talones ni unas ganas terribles de llegar, como las que tengo ahora.

—¿Quieres decir que estás dispuesto a que andemos sin parar desde ahora hasta que salgamos de aquí?

—¡Eso mismo! ¿Y tú?

—Yo también. Además, creo que te gano...

—Que me ganas... ¿en qué? —preguntó Iván, haciéndose el ofendido.

—Pues en que una vez fui andando con mi padre desde nuestra casa hasta la costa y vuelta.

—¡Ya! ¿Y eso es mucho?

—¡Diez leguas!

—¿Ida, o ida y vuelta?

—Diez leguas en total...

—¡No está mal! —reconoció Iván—. Pues esta vez pueden ser otras tantas…

—No creo.

—¿No acabas de decir que el bosque tiene, como mucho, diez leguas de norte a sur?

—Sí, pero, a pesar de los morghuks, todavía me queda algo de cerebro: si hemos entrado desde el norte y nos perdimos ayer…, no hemos podido adentrarnos más de un día de marcha… Y eso, suponiendo que todo el tiempo que anduvimos perdidos buscando la salida hayamos caminado en dirección sur…

—¡Caramba, Astuur! ¡Tienes razón! ¡Si estuviera aquí Filós, te daba un premio! —Iván habló con guasa, pero se animó visiblemente al comprender lo acertado del comentario de Astuur. Eso significaba que no estaban lejos de la anhelada salida.

—¿Y quién es ese? —preguntó Astuur.

—Es el maestro de Aldénuri. Dice que no hay manera de hacernos razonar… ¡Deberías venir a clase una temporada, solo para animarle…!

—Me lo pensaré… —respondió Astuur, también en tono alegre.

Pero poco duró el optimismo. Una siniestra carcajada en el interior de la fortaleza que ocupaba el centro de la aldea morghuk les hizo estremecerse. Por si fuera poco, el ruido inconfundible de varios thaurroks a la carrera y derribando árboles a su paso se oía cada vez más cercano. Sin duda habían visto el fuego.

Iván y Astuur se miraron con cara de pánico, sin saber qué decir. En las almenas de la fortaleza morghuk, apareció entonces una figura: ¡era un guerrero morghuk! Llevaba el casco rematado con grandes astas de toro. No podían distinguir su cara, pues lo veían a contraluz. El sol brillaba a las espaldas del morghuk iluminando a Iván y a Astuur en medio del claro donde se asentaba el poblado.

La terrorífica visión de una docena de thaurroks que llegaban a la carrera les hizo olvidar por un momento al extraño guerrero.

Iván solo contaba con su ballesta, que sacó de la bolsa procurando no hacer movimientos bruscos. Astuur estaba desarmado.

Los thaurroks se encaminaron hacia ellos. Rugían con fuerza, como celebrando el avistamiento de sus presas. Iván hizo un desesperado esfuerzo por concentrarse y volar..., pero fue incapaz. Estaba demasiado alterado.

Entonces empujó a Astuur y los dos se parapetaron tras las ruinas de un muro que había junto a ellos, en un inútil intento de protegerse.

—¡¡Khujj urhokk thauh jhambrya!! —oyeron gritar al guerrero morghuk. La dicción era extraña: en nada se asemejaba al lenguaje de Aldénuri y del Errion-Thal, ni siquiera al kerrénico. Iván no entendió lo que decía, pero sí reconoció la voz: ¡era Hugo Gorkhol! El efecto de sus palabras fue asombroso: los thaurroks, como si se tratara de dóciles perros de compañía, se detuvieron en seco, manteniéndose en silencio.

Iván trataba en vano de dar con un modo de escapar de allí. Exasperado, se encaró por fin con su extraño vecino:

—¡Hugo Gorkhol! ¡Déjenos en paz! ¿Qué pretende? ¿Por qué está aquí?

—¡Eres demasiado curioso, muchacho! ¡Soy yo quien hace aquí las preguntas! ¡Dime! ¿Dónde está el medallón?

—¿Qué medallón?

—¡No seas estúpido! ¡Sabes perfectamente a lo que me refiero! ¡¿Dónde está?!

La pregunta hizo pensar a Iván. El medallón debía de ser más importante de lo que había creído hasta entonces. Quizás tuviera alguna posibilidad de entretener a Ghorkol mientras se le ocurría algo: si verdaderamente le interesaba conseguir ese objeto, no le haría daño antes de saber si lo tenía... Decidió intentarlo.

—¡Lo he enterrado en un lugar del camino de Eekklo! —respondió al morghuk, mientras comprobaba que el medallón seguía bien oculto bajo su camisa—. ¡No está lejos! ¡Podría ayudarle a encontrarlo, si no nos hace daño…!

—¡Por supuesto que lo harás! A no ser que prefieras que te devoren mis thaurroks y después devoren también a tu familia en Aldénuri. No creas que allá están a salvo… Para mí son como perrillos amaestrados… No tardarían más de un par de días en alcanzar Aldénuri, y no quedaría piedra sobre piedra, como ya ha ocurrido en Urôss.

—¿¡Usted envió a los thaurroks contra Urôss!?… ¿Cómo sabe que yo encontré la medalla? —continuó Iván, intentando ganar tiempo—. ¿Cuándo robó las páginas de la biblioteca de Fenndor?…

Mientras pensaba a toda velocidad cómo seguir entreteniendo a Gorkhol, Iván cayó en la cuenta de dónde había visto antes la fortaleza morghuk: ¡precisamente en el medallón! ¡Esa era la fortaleza que aparecía iluminada por un rayo desde el cielo y con aquella inscripción thálica antigua que Gheós había traducido: «Iluminarás y las tinieblas desaparecerán».

—¿No te he dicho que soy yo quien hace las preguntas? ¿Quieres ver cómo un thaurrok se come a tu amigo? ¡Khajêh urhokk thauh izbbyja!

Al sonido de estas palabras, uno de los thaurroks rugió y se encaminó despacio hacia ellos. Astuur empezó a temblar sin control. Miró hacia Iván, que cargó su ballesta con decisión y apuntó a los ojos del enorme animal. Astuur, agachándose tras el trozo de muro que los cubría, buscó una piedra o algo que le sirviera de defensa contra el formidable atacante. Vio entonces algo metálico que brillaba semienterrado. Se agachó y tiró con las dos manos del objeto para desenterrarlo y usarlo como arma. Era un antiguo escudo, quizás de un morghuk o de un guerrero del Errion-Thal. De poco serviría, pero menos era nada.

Entretanto, Iván, asomado por encima del muro, apuntaba al thaurrok, a punto de disparar.

—¡Alto! —le gritó Gorkhol—. ¡No dispares, o enviaré a los demás thaurroks!

—¡Usted quiere encontrar el medallón!, ¿no? —Iván, consciente de lo desesperado de su situación, habló con firmeza; no tenía nada que perder—. ¡Pues entonces detenga a ese thaurrok!

—¡De acuerdo! ¡Khujj urhokk thauh jhambrya! —ordenó Gorkhol, y el thaurrok se detuvo en seco—. ¡No os mováis! —añadió, dirigiéndose a los muchachos—. Voy a bajar de aquí, tenemos mucho de que hablar. Si intentáis escapar, los thaurroks atacarán...

Diciendo esto, desapareció de las almenas. En unos instantes habría descendido desde lo alto de la fortaleza y vendría a su encuentro en el claro del bosque. Iván sintió una punzada de inquietud en el estómago y volvió a palparse el cuello de la camisa, escondiendo bien el medallón. Astuur, que seguía agachado detrás del parapeto, mantenía el escudo asido entre sus manos, como último baluarte ante el ataque de los thaurroks... Iván miró de reojo a su amigo y se percató del hallazgo del escudo. Su mente trabajaba a mil por hora...

—¡Eh! ¿Qué es eso? —Iván se había sorprendido al ver el escudo: tenía un brillo intenso de plata, como un espejo, a pesar del polvo que lo cubría y del tiempo que podía llevar enterrado en el bosque.

—¡Astuur, déjame ese escudo! —le apremió, con una mirada de súbita decisión.

Iván asió el escudo y, colocándolo de modo que recibiera la luz del sol, comenzó a apuntar sucesivamente el potente reflejo hacia cada uno de los rincones que aparecían oscuros en la aldea morghuk. No parecía suceder nada...

Hugo Gorkhol cruzaba en ese momento el portón de la fortaleza. Al ver lo que estaba haciendo Iván, el pánico pareció apoderarse de él, y empezó a gritar con auténtica histeria:

—¡Chico! ¡Detente! ¡Deja ese escudo ahora mismo! Viendo que Iván no le obedecía, gritó a los thaurroks:

—¡¡¡Khajêh urhokk thauh izbbyja!!! —exclamó y, desenvainando la espada, se dirigió lentamente hacia ellos, sin dejar de ordenar a Iván que dejara el escudo. También los thaurroks, gruñendo con ferocidad, avanzaron de nuevo contra Iván y Astuur. Les quedaban segundos de vida...

Iván, animado por la reacción de Gorkhol, enfocó entonces el escudo hacia los thaurroks y hacia él, intentando deslumbrarlos. Fue moviendo una y otra vez el haz de luz del morghuk a las bestias, que seguían avanzando impertérritas. Pero el reflejo, al ir de un lado a otro, iluminó varias veces con breves destellos las ventanas de la fortaleza, haciendo penetrar la luz en su interior...

De repente, con un aleteo ensordecedor, comenzaron a salir por todas las ventanas miles y miles de aves, semejantes a cuervos, de una especie desconocida para Iván, como si la luz proyectada por el escudo los hubiera despertado de un profundo letargo.

La aparición de los pájaros causó tal efecto en los thaurroks que Iván y Astuur creyeron estar de nuevo soñando: las terribles bestias empezaron a dar muestras ostensibles de un pánico solo comparable al que ellas mismas provocaban en cualquier otra criatura. Miles y miles de aquellos cuervos, que continuaban saliendo sin cesar de la fortaleza morghuk, al ver a los thaurroks, se lanzaban en picado, buscándoles los ojos. Los thaurroks, que, momentos antes, amenazaban a los dos muchachos, huían ahora desbandados en todas direcciones, tratando en vano de protegerse los ojos con sus cortas patas delanteras. Iván y Astuur pudieron ver muchos que corrían con la cara ensangrentada, ya sin ojos, o con uno solo, perseguidos por centenares de cuervos que los atacaban sin tregua. Cuando al fin un thaurrok caía, se veía inmediatamente sepultado por una masa compacta de aquellas aves, que lo remataban hundiéndole sus picos ensangrentados en el cuello y continuaban devorándolo con increíble avidez...

Iván y Astuur dejaron de mirar al poco rato, asqueados por el repugnante espectáculo. Solo entonces se acordaron de Hugo

Gorkhol: ¿dónde estaba? Ya no se le veía cerca de la fortaleza. Debía de haber huido a través del bosque…

Ni por un segundo se plantearon la posibilidad de buscarlo. Lo único que pensaron fue que era el momento de salir de allí lo más rápido posible, tal como habían intentado hacer antes de toparse con el siniestro morghuk. Emprendieron, pues, una marcha maratoniana, siempre hacia el norte. Acordaron de nuevo que no se detendrían a comer ni a dormir hasta que no se vieran fuera del bosque. Al menos, en la medida en que sus fuerzas se lo permitieran.

* * *

Fueron transcurriendo las horas, y comenzó a declinar el día. El cansancio había ido haciendo presa en ellos. Estaban fatigados, esa es la verdad, y apenas hablaban. Pero el cansancio de ahora era solo el propio de una larga caminata, y nada tenía que ver con las sombras deprimentes y el perverso frío que habían padecido horas antes. Por algún motivo, ya no se veían afectados por la influencia negativa del bosque. Tampoco observaron ni oyeron nada que indicara la presencia cercana de los thaurroks… Sí vieron, en cambio, grandes bandadas de aquellos pájaros brotados de la fortaleza morghuk, que sobrevolaban el bosque en todas direcciones, sin duda buscando thaurroks.

Cuando se hizo noche cerrada, la débil luz de las estrellas y de la luna menguante apenas penetraba en el bosque. Debieron aminorar la marcha y comprobar de vez en cuando su orientación palpando los troncos para encontrar el lado por donde crecía el musgo. Ahora el cansancio era mayor, y el sueño comenzó también a hacer mella en su ánimo. Sin embargo, ninguno de los dos se atrevía a proponer al otro un alto para descansar. Fuera por miedo, por pundonor o por tenacidad, el hecho es que continuaron la marcha sin detenerse.

Astuur iba abriendo camino. Tenía mayor experiencia para orientarse en el bosque. Iván lo seguía a poca distancia, casi al tacto, para no perderlo de vista, por eso no pudo evitar chocar con él cuando se detuvo de forma brusca.

Iván iba a protestar, pero entonces se percató de que Astuur estaba mirando al cielo y se reía suavemente. Miró él también hacia arriba y… un gozo indescriptible le hizo estremecerse: allí estaban todas y cada una de las estrellas que le eran tan familiares, rodeando la luna menguante: ¡estaban por fin fuera del bosque de Arkane!

MÁS ALLÁ DEL CABO DE THUN

1

—¡Iván! —Astuur se volvió, abrazándolo con fuerza—, ¡hemos salido! ¡Estamos libres!

—¿Estás seguro...? ¿No será un claro como el de la ciudad morghuk?

—¡Estoy completamente seguro! ¡Allá al fondo distingo las montañas de Elúrr a la luz de la luna!

En efecto, fuera del bosque, la luna alumbraba con más fuerza, y Astuur, acostumbrado a aquel paisaje, pronto pudo identificar los accidentes geográficos que les rodeaban. Ahora no le sería difícil encontrar el camino a Fenndor.

—¡Estamos a unas dos horas de casa!

—¡Es la mejor noticia que he recibido en toda mi vida!

Los dos empezaron a bailar y a dar palmas, riéndose con ganas. Les desapareció cualquier síntoma de cansancio como por arte de magia.

—¡Astuur! —dijo Iván cuando se calmaron un poco—, ¿te ves con fuerzas como para llegar hasta tu casa?

—¿¡Que si me veo con fuerzas!? ¿No te he contado antes que en una ocasión anduve diez leguas? ¿Crees que hoy habremos andado más de seis?

—¡Posiblemente no!

—¡Entonces todavía puedo andar cuatro más! ¡Si tú puedes, claro! —respondió Astuur exultante.

—¡Vamos! —dijo Iván con idéntico entusiasmo.

Astuur continuaba marchando por delante. Ahora se encontraba ya perfectamente orientado y caminaba derecho hacia su casa.

Tras el momento de expansión a la salida del bosque, habían vuelto a guardar silencio. También por prudencia, aunque en aquel momento el pensamiento de la posible presencia de los thaurroks en la llanura no era capaz de empañar su tranquilidad y su optimismo. Era como si las angustias padecidas en Arkane les hubiesen inmunizado contra todos los pensamientos desagradables.

No había transcurrido todavía el tiempo calculado, cuando Astuur divisó la torre de su casa en el horizonte.

—¡Iván! ¡Mira! —dijo, señalando hacia el frente.

—¡La torre de Fenndor! ¡Hemos llegado!

Los corazones de ambos muchachos comenzaron a latir con más fuerza. Apretaron el paso, con lo que no tardaron en llegar a la casa.

No había ningún thaurrok a la vista. Iván vio con pena que la casa mostraba muchos destrozos hasta la altura que era capaz de alcanzar un thaurrok con sus terribles golpes, pero se mantenía en pie. La torre tenía la portada casi derruida. Entre los escombros había hueco suficiente para que pasara una persona, apretándose un poco.

La escalera interior estaba cortada por grandes piedras caídas de los muros, que impedían subir por ella. Solo era practicable el tramo que descendía hacia los sótanos.

Iván y Astuur bajaron corriendo y dando voces:

—¡Padre! ¡Somos nosotros! ¡Estamos aquí!

2

Ghulden estaba medio despierto. La preocupación por su hijo desaparecido no le permitía dormir con profundidad. Había oído la primera llamada de los muchachos, pero no se movió. Había atribuido esas voces a una mala pasada de su imaginación y de sus nervios, bastante afectados por los acontecimientos de aquellos días. Ahora que se había despertado completamente de su duermevela y seguía oyendo la voz de Astuur, empezó a pensar si sería real. Volvió a oírlo más cerca, en el sótano:

—¡Padre! ¿Me oyes? ¡Soy Astuur! ¡Vengo con Iván…!

De un salto, Ghulden se levantó del suelo donde dormía envuelto en mantas y corrió hacia la entrada con una antorcha en la mano.

—¡Hijo! ¡Astuur! ¡Has vuelto!

—¡Padre!

Los dos se fundieron en un apretado abrazo. Iván los contemplaba en silencio, a la luz de la antorcha. Ghulden volvió a hablar, aún visiblemente emocionado:

—¡Astuur! ¡Qué alegría! He pasado unos días horribles… ¡Iván! ¿Dónde os habéis encontrado? ¿Cuándo has vuelto?

—¡Iván me ha salvado de los thaurroks y del bosque de Arkane! —se apresuró a responder Astuur.

Ghulden se puso muy serio, y su voz sonó preocupada:

—¿Habéis estado en el bosque?

Ante el gesto de asentimiento de los muchachos, continuó, maravillado:

—¡Y habéis vuelto…! ¡Gracias a Dios! Me parece que tenéis mucho que contarme…

—Y aquí —preguntó Iván, recordando el motivo de su viaje desde Eekklo—, ¿cómo os ha ido? ¿Estáis bien? ¿Os quedan provisiones?

—Hasta ahora, nos hemos defendido bastante bien, aunque han hecho muchos destrozos ahí fuera... Y, sí... —Ghulden sonrió—, hemos podido comer, aunque ya no nos queda gran cosa, porque tuvimos que dejar arriba gran parte de los víveres. Sobre todo hemos tenido que racionar la bebida. Pero ha habido novedades: los thaurroks han abandonado el asedio. Y a lo mejor me equivoco, pero creo que no los veremos por aquí cuando amanezca ni durante el día...

—¿Qué te hace pensar eso, padre?

—Ayer, hacia el inicio de la tarde..., cuando más violentos estaban, golpeando los muros como si fueran arietes vivientes, repentinamente se alejaron corriendo hacia el bosque, perseguidos por una gran bandada de cuervos que apareció de no sé dónde. Parecían huir aterrorizados... No sé explicar muy bien por qué, pero tengo el presentimiento de que no van a volver...

Iván y Astuur cruzaron una mirada de entendimiento. Iván decidió entonces que, en cuanto recuperase las fuerzas, iría a Eekklo para contar los últimos acontecimientos a Gheós. Si había alguien en el mundo capaz de comprender el significado de todo lo ocurrido, esa persona era Gheós.

Así se lo dijo a Ghulden.

—¡Estoy de acuerdo, Iván! Si alguien puede conocer el sentido de todo esto, es Gheós. Pero ahora debéis descansar. Tenéis un aspecto horrible. ¿Queréis tomar algo antes de dormir? Aún hay algunas cosas...

—Muchas gracias, Ghulden, prefiero dormir.

—Sí, yo también —apostilló Astuur—. Mañana ya desayunaremos o comeremos, según a qué hora nos despertemos...

—¡Muy bien! Os daré unas mantas. No hay camas aquí abajo, pero tenemos mantas de sobra.

A Astuur e Iván les pareció que, con camas o sin ellas, eran capaces de dormir en cualquier sitio.

Finn y Gwyes, ajenos a todo, dormían a pierna suelta en la sala que habían acondicionado como sala de estar, dormitorio, cocina, comedor y hasta lugar de paseo, mientras los thaurroks continuaran impidiendo la salida. Era una sala muy amplia, que en tiempos se había utilizado como almacén de armas. Tenía un techo abovedado de unos seis metros de altura. El aire era muy húmedo y frío, por lo que la gran provisión de mantas no estaba de más...

A Ghulden le costó volver a dormirse. Pero, una vez que entró en el mundo de los sueños, lo hizo muy profundamente. Al día siguiente se despertó como nuevo. Finn y Gwyes hacía rato que estaban levantados. No habían hecho ruido para no despertar a los demás. Ya habían visto a los chicos, que dormían envueltos hasta la cabeza, y estaban hablando de ello en voz baja en un rincón.

—¡Buenos días! —saludó Ghulden—. ¿Habéis visto? ¡Astuur ha vuelto! ¡Iván lo ha salvado!

—De eso hablábamos —respondieron Finn y Gwyes—. Ese chico tiene el don de aparecer en el momento oportuno...

—¿Habéis oído a los thaurroks?

—No, Ghulden, no hay ni rastro de ellos. ¿Estarán al acecho para que nos confiemos?

—Finn, tengo la corazonada de que se han ido... para no volver.

—¿Cómo? ¿Estás seguro?

—Es solo un presentimiento. Cuando se despierten los chicos, tienen mucho que contar: anoche estaban agotados. Entonces sabremos algo mejor qué ha sucedido en las últimas horas.

Hablaban en voz baja para no despertar a Iván y a Astuur. Aunque lo más probable es que no los hubiera despertado ni un desfile de thaurroks que atravesara la sala rugiendo a pleno pulmón. Los dos muchachos dormían muy profundamente. Los fuertes ronquidos daban buena prueba de ello.

Ghulden desayunó con Finn y Gwyes parte de los víveres que aún les quedaban. Después, decidieron poner en práctica una idea de Ghulden para comprobar si los thaurroks habían abandonado en realidad el asedio. Se trataba de salir de la torre para intentar llegar por fuera a los pisos superiores, y desde ellos a la casa. Todo, con mucha cautela, por si acaso los thaurroks siguieran merodeando por la zona.

Les llevó buena parte de la mañana, pero al fin lo consiguieron. Desde los pisos superiores de la torre pudieron pasar a la casa, sin problemas. Una rápida inspección les confirmó que tampoco la parte inferior de la casa había sufrido daños graves. Los gruesos muros exteriores habían resistido bien, aunque mostraban visibles huellas del asedio, que habría que reparar. También el porche de la casa se había derrumbado, obstruyendo la puerta.

Lo mejor de esta operación fue que les permitió recuperar los víveres que habían acumulado en los pisos altos de la torre y preparar una comida bastante surtida y, sobre todo, abundante. Ya no tendrían necesidad de racionar la bebida. Se esmeraron para dar una sorpresa a los chicos.

Seguía sin haber señales de presencia cercana de thaurroks. Ahora que se habían alejado de la casa, si regresaban podrían oírlos desde que salieran del bosque. Por eso, decidieron utilizar el comedor de la casa y abrir algunas ventanas para disfrutar del aire fresco y de la luz natural, cosa que no habían podido hacer en todo ese tiempo. Quizás eso, volver a ver la luz del día, fue lo que más agradecieron. Al mediodía despertaron a Iván y a Astuur, que llegaron justo a tiempo para la comida. Ghulden bendijo la mesa, añadiendo unas sentidas palabras de agradecimiento por los últimos sucesos. Se iba confirmando en la esperanza de que aquella pesadilla tocaba a su fin.

El salón donde se encontraban era alto y espacioso. Presidía la estancia un gran retrato de Irian, pintado en la pared, según se acostumbraba a hacer entonces en algunas casas-fortaleza. Irian, la esposa de Ghulden y madre de Astuur, era una hermosa mujer muy joven que vestía de blanco y con pocas joyas, conforme al gusto del Errion-Thal. En el lado opuesto, las ventanas, algo mayores que las del resto de la casa, miraban sobre la pradera que se extendía al frente. Al fondo se distinguía el bosque de Arkane. Iván no pudo evitar quedarse unos momentos mirándolo, y se alegró verdaderamente de estar a salvo y rodeado de amigos.

Comieron con gran apetito, en un ambiente de fiesta. Todos se fueron contagiando de los sentimientos de Ghulden, convenciéndose de que los thaurroks no volverían. Por eso se olvidaron alegremente de racionar las provisiones: eso habría empañado el espíritu festivo que los animaba. Incluso Iván y Astuur bebieron urkkôts, una vieja bebida típica de las grandes ocasiones en el Errion-Thal. En cierto modo recordaba al sukkôts de Aldénuri, pero era algo más exótica, pues debía beberse en el interior de un cuerno de uro.

Aunque Iván intervenía de vez en cuando, para responder a las preguntas que le hacían unos y otros, el que más habló fue Astuur: relató con detalle sus peripecias hasta que se encontró con Iván en la pradera, antes de huir hacia el bosque. Después continuó describiendo los peligros de Arkane, con aquel frío que encogía los ánimos, y cómo fueron saliendo de las diversas dificultades. Ghulden, Finn y Gwyes, que escuchaban absortos la narración de Astuur, dieron muestras de intranquilidad al oírle contar el encuentro con Hugo Gorkhol en el poblado morghuk. Lo que más les impresionó fue la inesperada aparición de los cuervos cuando más lo necesitaban los muchachos. Se explicaron entonces el misterio de la aparición de aquellos pájaros volando sobre Fenndor y la repentina desbandada de los thaurroks.

A los postres, reinaba un ambiente de gran optimismo.

Reían y cantaban canciones tradicionales de la región. Iván nunca las había oído y disfrutó de lo lindo. El gusto musical del Errion-Thal era algo distinto del de las tierras del Áldendor, pero le entusiasmó desde el primer momento. La balada que más le gustó fue *El caminante del Yriön*, tanto que hizo a Gwyes que la repitiera varias veces, hasta que logró aprendérsela.

Cuando terminaron de recoger todo, surgió en la conversación una cuestión que flotaba en el ambiente, aunque nadie había aludido a ella todavía: si los thaurroks habían abandonado, Finn, Gwyes y desde luego Iván tendrían que volver a sus hogares. Con esta perspectiva, paradójicamente, el clima festivo se ensombreció un poco. No porque no les alegrara a todos volver a casa, sino porque todas las despedidas son un poco tristes. Sobre todo, la de Iván, que se iba mucho más lejos que los demás.

Ghulden se ofreció a acompañarle con Astuur hasta Eekklo, e incluso hasta el mismo Aldénuri. Pero pronto hubo de ceder ante la realidad que se imponía: no podía abandonar su casa en aquel estado de deterioro. Mientras no se hicieran todas las reconstrucciones y reparaciones necesarias, cualquiera podía entrar a robar con una simple escalera. Hasta podía convertirse en refugio de alimañas, que lo destrozarían todo aún más. Además, Iván aseguró que había volado solo casi hasta Nielsko, sin que ello hubiera supuesto el menor peligro (a no ser el que él mismo se buscó, adentrándose en la guarida de Gorkhol). Con estas razones, Ghulden quedó convencido. Sin embargo, tanto a Astuur como a él les dolía separarse de Iván. Trataron de consolarse prometiéndole que harían una visita a Aldénuri tan pronto como la casa estuviera en condiciones y se confirmara que había desaparecido la amenaza de los thaurroks. Iván prometió también que, si no iban ellos a Aldénuri, él volvería.

Pero, aunque todos disimulaban, esta conversación no les servía de gran consuelo, pues sabían que un viaje hasta Aldénuri, aun sin thaurroks en el camino, era una empresa harto arriesgada. Abundaban los salteadores y ladrones sin escrúpulos, y el viaje por mar no era mucho más seguro. Por su parte, Iván podía viajar con mayor tranquilidad por el aire, pero tampoco estaba tan claro que sus padres vieran con alegría que volviera a dejarles para ir a visitar a sus amigos del Errion-Thal. Así pues, nada tiene de extraño que todos quisieran abreviar el mal rato de las despedidas, para evitar mayores melancolías y pesares.

A Gwyes y a Finn les hubiera gustado aprovechar la calma y volver a caballo esa misma tarde a Eekklo, pero no quedaba ningún caballo con vida en casa de Ghulden. Convinieron en que Iván avisaría en Eekklo para que, si la calma duraba, alguien fuese a recogerles a la casa-Fenndor. Después salieron todos a la balconada de la fachada principal, desde allí Iván volaría una vez más hasta Eekklo.

—¡Iván, volveremos a vernos! ¡Que tengas un buen viaje! ¡Y sé prudente! —dijo Ghulden, abrazándolo.

—¡Escríbenos cuando llegues a Aldénuri…! —añadió Astuur, algo tristón.

—¡Os escribiré, descuida! ¡Y volveré si no vienes a Aldénuri: acuérdate de que tengo que presentarte a Filós!

—Sí, para lo del premio… —Sonrió Astuur.

—¡Adiós Iván! Contamos contigo para nuestro regreso a Eekklo.

—Sí, descuidad, en cuanto llegue, avisaré a vuestras familias de que estáis bien y pediré a Errien que envíe jinetes a buscaros. Me alegro mucho de haberos conocido y…, bueno…, ¡adiós a todos!

Conteniendo la emoción, que estaba a punto de traicionarle, Iván comenzó a elevarse. Antes de volverles la espalda para tomar su rumbo, alzó la mano en un último ademán de despedida.

3

La tarde comenzaba ya a declinar, pues iba avanzando el mes de la luna de vínneann. Iván volvió a sentir la familiar sensación del viento frío en la cara mientras ascendía.

Cuando estuvo bien alto sobre la casa de Ghulden, se volvió para mirar: cuatro diminutas figuras saludaban aún desde el balcón. Él también agitó los brazos para devolverles el saludo. Enseguida quedarían ocultos tras la colina que separaba la casa Fenndor de Eekklo.

Poco tiempo después, cuando pudo ver la silueta de Eekklo en el horizonte, distinguió la torre del homenaje, situada en lo más alto del castillo, sobre la que aterrizaría. A medida que se fue acercando, pudo distinguir también las casitas de la aldea. La mayor parte de ellas estaba situada en el interior de las murallas.

Entonces empezó a advertir que las ventanas y balcones rebosaban de gente. Se veía toda la aldea engalanada, como si se celebrara una gran fiesta. Enormes pendones colgaban de las torres del castillo, y sobre la torre del homenaje había una multitud: tantas personas como cabían.

Esto le hizo dudar por un instante: ¿era aquello verdaderamente una fiesta? ¿No habrían subido hasta allí huyendo de los thaurroks? ¡No era normal concentrarse en lo alto de la torre del homenaje para celebrar una fiesta! Lo lógico hubiera sido reunirse en la plaza central de la aldea, pero no allá arriba...

Mientras se aproximaba a la torre, otras cosas le sorprendieron aún más: la gente parecía gritar algo y agitaba pañuelos de colores... Cuando pudo oír con claridad lo que decían, enrojeció en la soledad de las alturas. ¡Lo vitoreaban a él! La multitud estaba gritando entusiasmada: «¡Viva Iván! ¡Viva Iván de Aldénuri! ¡Bienvenido!...».

Errien estaba allí arriba. A su lado, estaba su esposa y, un poco más a la derecha, Gheós, con una sonrisa de oreja a oreja al ver la confusión de Iván.

«¡Pues sí que cambian pronto estos eekkloks! —se dijo Iván, mientras descendía para posarse en la torre—. ¡La primera vez por poco me despanzurran con la catapulta, y ahora me aclaman!». Se alegraba del buen recibimiento, pero estaba también confundido y avergonzado: no sabía qué cara poner. Se calmó pensando que todo aquello no tenía nada que ver con él: era lógico que aquella gente celebrara la desaparición de los thaurroks, y quizás al verlo aparecer volando en medio de su fiesta, con el jolgorio propio de la ocasión, habían empezado a ovacionarlo...

—¡Iván! ¡Bienvenido! —se adelantó Gheós a recibirlo cuando aterrizó.

—¡Gheós! ¿Qué es todo esto? ¿Qué estáis celebrando?

—¡Eekklo ha querido organizar esta fiesta para recibirte!

—¿A mí? —Iván se sonrojó de nuevo, apurado, y decidió cambiar de tema—. ¿Cómo sabías que volvería? Cuando salí hacia Fenndor tuve la impresión de que temías que no fuera a volver.

—Es cierto: ya veo que cada vez disimulo peor... Pero ayer supe ya que vendrías, y que no tardarías... ¿Cómo están en la casa de Ghulden?

—¡Todos sanos y salvos! Pero los caballos han muerto, hay que enviar a buscar a Finn y a Gwyes.

El griterío de la multitud apenas les permitía oírse. Gheós llamó a un soldado del castillo y le pidió que acudiera rápidamente a tranquilizar a las familias de Finn Ibérr y Gwyes Hordendun, y que fuera por la mañana con caballos a Fenndor para traerlos de regreso. Después, casi por señas, indicó a Iván que lo acompañara hasta el comedor, donde habían dispuesto un banquete en su honor. Por el camino, iban deteniéndose a saludar a los notables de la aldea, que felicitaban a Iván y le agradecían lo que había hecho por ellos. Mientras se abría paso entre la multitud, Iván sonreía un poco desconcertado. Todo aquello le parecía irreal, como si estuviera soñando.

Finalmente, se encontró delante de Errien y su esposa.

—¡Iván! ¡Bienvenido! ¡Espero que disfrutes de tu fiesta! No queríamos detenerte más tiempo, por eso celebraremos un banquete esta noche y mañana podrás volver a Aldénuri. ¡Te presento a mi esposa, Wendeleyah!

—¡Iván! —dijo la hermosa señora, acercándose a saludarle—. ¡Tenía tantas ganas de conocerte...! Hemos padecido mucho, llegamos a pensar que los thaurroks acabarían con nuestro pueblo, pero gracias a ti... ¡Estamos muy felices y te lo teníamos que agradecer!

—¡Pero, señora...! —tartamudeó Iván—. Yo..., yo no he hecho nada... Yo solo...

El empuje de la gente en movimiento dispensó a Iván del difícil intento de terminar la frase. Wendeleyah se cogió de su brazo y descendieron todos las escaleras hacia el gran comedor del castillo. Un apetitoso aroma a cordero asado subía desde allí.

Iván se quedó deslumbrado al entrar en el comedor: cientos de antorchas y candelabros ardían, iluminando la amplísima sala como si estuvieran bajo el sol en pleno día. Había largas mesas sobre las que relucía la vajilla de oro, plata y cristal. Todas las paredes estaban cubiertas de colgaduras con las armas de los grandes caballeros de la historia del Errion-Thal. La mesa de presidencia, sobre una tarima algo más elevada que el resto, estaba reservada para Errien y Wendeleyah, Iván, Gheós y algunos notables de la aldea con sus esposas. Iván ocupó el puesto de honor entre Errien y Gheós.

Fue la primera vez en su vida que escuchó a músicos profesionales, que tocaban la flauta, el arpa y el violín, y cantaban durante la cena. Seguía sin comprender gran cosa de lo que estaba ocurriendo, pues le resultaba imposible hablar con Gheós, a causa del ruido, los músicos y los continuos brindis y comentarios que llegaban hasta sus oídos.

Gheós, adivinando sus pensamientos, le hizo un gesto de complicidad, dándole a entender que después hablarían. A partir de ese momento, Iván, algo más relajado, empezó a gozar de la fiesta. Disfrutó de una manera especial cuando los músicos interpretaron maravillosamente *El caminante del Yriön*. Mientras tarareaba por lo bajo la melodía, se le fue el pensamiento a sus amigos Astuur y Ghulden, y le reconfortó pensar también que las familias de Finn y Gwyes ya sabrían que ambos estaban bien y que al día siguiente volverían a casa...

Hacía ya un buen rato que habían servido la gran tarta de manzanas con fresas del bosque de Eekklo, y reinaba en la sala ese desbarajuste propio de las fiestas en estado avanzado: unos estaban de pie; otros, hablando con los de la mesa de al lado; otros, riendo estruendosamente, y alguno, medio dormido. Gheós se levantó entonces, hizo una seña a Iván para que lo siguiera y salió con cierta discreción del comedor a través de una portezuela semioculta por los tapices.

Esa puerta salía a un estrecho pasillo que, a su vez, desembocaba en otro más amplio, adornado con enormes cuadros y cubierto por una espesa alfombra. Gheós lo condujo a una estancia, conocida como la sala de lectura o la biblioteca de la torre, y lo invitó a sentarse en uno de los sillones, mientras encendía su larga pipa de brezo y se sentaba en otro frente a él.

Iván fue el primero en hablar:

—¡Gheós! ¿Por qué me han hecho esta fiesta? ¿Cómo sabías que vendría hoy?

—¡No te preocupes, todo tiene su explicación! Pero, si te parece bien, haremos cada cosa a su tiempo. Antes, me contarás tú lo que te ocurrió desde que saliste de Eekklo hacia el Alto Errion.

Atendió la petición de Gheós y le fue relatando paso por paso su viaje. Al oír la descripción de Urôss devastado, el anciano Gheós se entristeció visiblemente, a pesar de que ya conocía la noticia. Iván continuó narrando el encuentro con Astuur, los apuros para escapar de los thaurroks que les salieron al encuentro y la huida hacia el interior del bosque, donde Iván hubo de seguir a su amigo para no dejarlo solo en tal peligro.

—¿Así que entraste en Arkane solo por Astuur? —lo interrumpió Gheós.

—¡Claro! ¡Es mi amigo!

—Pero sabías que era peligroso...

—Me daba mucho miedo —asintió Iván—. ¡Y eso que no sabía aún lo del frío...!

—¿El frío...?

—Bueno, no frío como el del invierno...

Iván intentó describir a Gheós aquella angustiosa sensación, y le explicó que había llegado a paralizar a Astuur en dos ocasiones. Añadió, estremeciéndose:

—¡Nunca había sentido nada tan horrible!

—¿Más horrible que los thaurroks?

—¡Mil veces peor! —respondió Iván sin dudarlo.

—Mmm... Ya veo —dijo Gheós, reflexivo—. ¿Y a ti no te afectó?

—Sí. Casi me paralizó también. ¡Me pasó dos veces! Por eso sé que era horrible... No sé cómo lo hice, pero me recuperé...

—¿No te has parado a pensar cómo pudiste impedir que te dominara?

Iván reflexionó durante algunos instantes. Respondió, pensativo:

—Yo quería resistir aquel frío, porque sabía que, si no ayudaba a Astuur, moriría... Pero de pronto se me empezó a ocurrir que no valía la pena, que no importaba, y solo quería tumbarme a dormir... Era como si todo me diera igual, aunque yo no quería que me diera igual: yo no lo pensaba queriendo, pero era como si esos pensamientos me sonaran en la cabeza cada vez más fuerte y me quitaran las ganas de todo... Pero entonces empezaba a acordarme también de tu consejo, y me repetía: «Pase lo que pase, sigue adelante, sigue tu camino, no lo que más te atraiga...».

—¿Podías recordarlo?

—Me costaba muchísimo, pero me di cuenta de que, si me esforzaba por recordarlo, conseguía resistir y la cabeza se me despejaba un poco; y, si dejaba de hacer el esfuerzo, aumentaba el dolor del frío en el pecho y sentía más tristeza y más desgana... Al principio, era muy difícil, pero luego se fue haciendo cada vez más fácil. Cada vez que me repetía «¡Sigue adelante! ¡Astuur te necesita!», y resistía a un pensamiento de esos, me costaba menos resistir al siguiente... Al final conseguí levantarme y volver a caminar en busca de Astuur, y ya no me pasó más veces...

Mientras Iván hablaba, Gheós hacía de vez en cuando gestos de asentimiento. Sin embargo, no volvió a interrumpirlo. Dejó que se explayara en los detalles de su aventura en Arkane, hasta el momento en que los cuervos, despertados por el resplandor del escudo, ahuyentaron definitivamente a los thaurroks.

Cuando llegó al final de la narración, Iván volvió a interrogar al anciano como al inicio de la conversación:

—¡Y eso es todo!... Ahora te toca a ti responderme: ¿por qué esta fiesta en mi honor? Y... ¿por qué sabías que llegaría hoy?

Gheós sonrió ante la impaciencia de Iván, pero, al disponerse a contestar, su rostro adquirió de nuevo una expresión grave:

—¡Iván! ¡Iván de Aldénuri! ¡Poco faltó para que no reconociera la misión a la que habías sido llamado! La primera vez que viniste al Errion-Thal, apenas llegué a ver en ti a un muchacho del Áldendor que necesitaba ayuda para volver a su tierra. Es cierto que podías volar, sí, pero eso no significaba nada más que una habilidad poco corriente. No empecé a comprender de verdad hasta que viniste por segunda vez... Como os dije a ti y a Errien, a veces no comprendemos las cosas porque son mucho más sencillas de lo que creemos y las complicamos...

»En tu primera venida creí que tu papel se reduciría a traer refuerzos de tierras amigas. Solo cuando volviste antes de lo previsto y me hablaste de los textos olvidados de la *Gran Crónica del Errion-Thal* y de tu encuentro con Gorkhol, comprendí que posiblemente estabas más ligado al futuro del Errion-Thal de lo que había creído en un principio. Aquella noche, al leer en los pergaminos que la luz debía vencer a la oscuridad en el bosque de Arkane, y al ver la leyenda de tu medalla..., me convencí de que aquello tenía que ver contigo... ¿Lo entiendes, Iván? Tú has llevado la luz al bosque..., tú has vencido a la oscuridad del bosque, al frío del que me acabas de hablar.

—¡Pero no fui yo! —protestó Iván—. Fue Astuur quien encontró el escudo, lo que pasa es que a él no le decía nada, pero a mí sí, porque ya había oído las palabras del pergamino y de la medalla... Por eso le pedí el escudo, para probar: ¡no podíamos hacer otra cosa!

—¿El escudo, dices? Sí... Después hablaremos del escudo. Pero te equivocas: la luz que ha vencido a las tinieblas en el bosque no ha sido exactamente la que se reflejó en el escudo. Eso vino después.

Ahora sí que Iván no entendía nada. Ante su cara de pasmo, Gheós le aclaró:

—Tú has llevado al bosque una luz distinta: la que era necesaria para disipar la maldad que durante siglos se había aposentado allí. Cada vez que te has olvidado del peligro que corrías para preocuparte de Astuur, la luz ha sido más fuerte que las tinieblas del bosque. ¡Me lo acabas de decir tú mismo! Si entraste en el bosque fue solo por amistad, por ayudar a Astuur... ¿No lo recuerdas?

Iván no dijo nada. El anciano continuó, no obstante:

—Y cada vez que tu voluntad se ha rebelado con valentía para no sucumbir a la tristeza paralizante y heladora del bosque, la luz ha vencido a las tinieblas... ¡Y todo eso ha sucedido en el corazón mismo de Arkane, dominio de las tinieblas y del mal durante siglos! Arriesgando tu vida por pura amistad, has asestado un golpe de muerte a la misma muerte que reinaba en Arkane, y así has salvado no solo tu vida, sino la de otros muchos. ¿Lo comprendes?

—Yo... No sé... —repuso Iván, aturdido.

—Verás: me has contado antes el sueño que tuvo Astuur en Arkane, ¿recuerdas? En el sueño aparecían los morghuks y un thaurrok enorme, y el frío se hacía más intenso. Querían apoderarse de ti y te persiguieron, mientras Astuur, sin poder moverse, esperaba a que regresaran. Entonces empezaron a volver el calor y la luz, cada vez más fuertes; los morghuks huían del calor, y el thaurrok se enterraba para evitarlo. ¿Era así?

—Sí... Eso es lo que me dijo Astuur.

—Pues bien, creo que puedo interpretarte ese sueño: Astuur, mientras estaba inconsciente, vio en cierto modo lo que en realidad estaba sucediendo en Arkane, fuera del alcance de la vista. Ese calor que hizo huir a los morghuks lo llevaste tú, siguiendo el camino del bien que te dictaba tu conciencia.

—Pero el morghuk nos atrapó cuando yo había reanimado ya a Astuur, y no huyó hasta el final…

—Sin duda, Hugo Gorkhol, después de tu visita al islote, al ver que habían desaparecido los pergaminos, se dio cuenta de que algo iba mal y por eso intervino en persona, y lo intentó todo hasta el final. Pero fíjate: no pudo nada contra ti, con todo su poder.

—¿Y la medalla, y el escudo, y los cuervos…?

—¡Ah, la medalla! ¿La conservas contigo?

—Sí, desde que mi madre me dio esta cadena la llevo siempre conmigo…

—¡Bien! Consérvala: te pertenece. Esa medalla, de alguna manera, te estaba esperando. Tu lucha contra las sombras del bosque te hizo digno de entender el sentido de su inscripción y de emplear el escudo.

—¿Tú sabías que ese escudo estaba allí? ¿Lo conocías?

—No, pero la inscripción de la medalla es inconfundible: ese era el lema que aparecía en las armas de Harran del Errion-Thal. Quizás te hayas fijado: estaban en uno de los tapices centrales del comedor…

Iván se encogió de hombros: no se había fijado.

—Sin duda, la medalla perteneció a Harran, el único descendiente de Bériodun que permaneció en estas tierras. ¡Es un antepasado tuyo! Fue un bravo guerrero que combatió a los morghuks, y casi llegó a ver la victoria: murió en la terrible batalla final, dentro de Arkane.

—¿Y por qué has dicho que me equivoco cuando te he hablado de la medalla y del escudo, si gracias a ellos hemos vencido a los thaurroks, como decía el pergamino?

—No digo que hayan sido poco importantes, pero solo han sido instrumentos. Lo decisivo ha sido esa otra «luz» de la que te he hablado: la del bien, la lealtad y la generosidad. Solo porque te has mantenido fiel a lo que se esperaba de ti, encontraste ese escudo y supiste cómo debías emplearlo para iluminar también físicamente el corazón del bosque, el interior de la fortaleza de los morghuks, con el resultado que pudiste presenciar...

—¿De dónde salieron todos esos pájaros? ¡Fue impresionante verlos aparecer! ¡Era como si la imagen del medallón se hubiese hecho real!

—Se llaman «grazkos», es decir, «comedores de ojos», en la lengua antigua. Son los enemigos naturales de los thaurroks: fue Harran quien los llevó a Arkane por primera vez. Entonces contribuyeron decisivamente a la victoria. Cuando todo acabó, supongo que anidaron en la desierta fortaleza morghuk y allí habrán tenido durante todos estos siglos su morada. Tú los sacaste de su letargo con la luz del escudo y, sobre todo, con esa otra luz interior. Una vez despiertos, ya no descansarán hasta acabar con todos los thaurroks u obligarlos a enterrarse para hibernar de nuevo. Por eso quisimos organizar una fiesta, porque estábamos felices de ver desaparecer a los thaurroks... Y la organizamos en tu honor porque tú has sido el causante de su derrota... Bueno, creo que te he respondido, ¿no?

Iván, incapaz de decir nada, se limitaba a mirar a Gheós, sin verlo. La historia de los últimos días se abría ahora a su entendimiento con un sentido que no había sospechado mientras la había ido viviendo paso a paso, y su importancia le apabullaba... Sintió que le ardían las mejillas: ¿qué mérito podía tener él para que le hubiera correspondido protagonizar esos hechos...? Si la gente supiera lo cerca que había estado, más de una vez, de volver la espalda y abandonarlo todo... ¡Si supieran el miedo que había tenido!

Vino a sacarlo de su ensimismamiento el recuerdo de que todavía quedaba algo por aclarar:

—Gheós... —dijo, como despertando de un sueño.

—¿Sí?

—¿Para qué podía querer Gorkhol la medalla? Y, por otra parte..., ¿cómo es que, si perteneció a Harran, pude encontrarla en Aldénuri? ¿Quién la llevó hasta allí? ¿Y cómo se perdió?... ¿O para qué se escondió en el agujero de un árbol?

—Calma, calma, Iván... Refrena un poco tus ansias de conocer hasta los últimos detalles de esta historia, que en cierto modo me temo que no ha hecho más que comenzar... No es poco lo que hemos aprendido en estos días... ¡Ni ha sido pequeña la victoria que hemos logrado!... A pesar de la destrucción de Urôss... —Gheós pronunció estas últimas palabras en un tono que denotaba profunda pesadumbre y dolor—. Lamento no poder responder a todas tus preguntas por ahora, pero o mucho me equivoco, o en un futuro no muy lejano iremos conociendo más acerca de esa medalla y del porqué del enorme interés de Gorkhol en conseguirla.

—De todas formas, queda todavía una cosa a la que has prometido responderme: no me has dicho cómo sabías que vendría hoy...

—¡Ah! ¡Eso ha sido lo más fácil de todo! Lamento defraudarte, Iván —dijo Gheós, con una sonrisa—, pero ya te he dicho que no soy mago ni tengo una bola de cristal... Los thaurroks desaparecieron de todas partes en el mismo momento. También los grazkos llegaron hasta aquí... Por tanto, a partir de entonces, nada os impedía volver cada uno a su casa. Calculé que tendríais ganas de salir del bosque cuanto antes y que no os costaría más de un día hacerlo... Supuse que descansarías un poco con Ghulden, Finn y Gwyes, y que vendrías inmediatamente después, con ganas de salir hacia Aldénuri lo antes posible... ¿Me equivoco?

—¡No! —respondió Iván con asombro.

—Pues, si repites todos esos cálculos, verás que te sale poco más o menos que llegarías cuando has llegado... ¡Afortunadamente —añadió Gheós, con un guiño de complicidad—, porque, si hubieras decidido quedarte un día más en Fenndor, habríamos tenido que cenar sin ti, y repetir la fiesta al día siguiente, con todos esos notables haciendo ruido por aquí!

Iván rio de buena gana, y eso le alivió un poco la sensación de responsabilidad que le había abrumado mientras escuchaba las explicaciones de Gheós.

—Bueno, Iván: es tardísimo, y mañana tienes que estar fresco para tu viaje. Te acompañaré a tu habitación, y así me prestas el escudo hasta mañana: me gustaría echarle un vistazo.

Iván necesitó tiempo para asimilar la conversación con Gheós. ¡Él, sin saberlo, había tenido en sus manos la salvación del Errion-Thal, y quién sabe de cuántas aldeas y comarcas, incluso lejanas, como el Áldendor! Menos mal que, gracias a Dios, las cosas habían salido bien... Pero quién sabe lo que podía haber ocurrido si en alguna de aquellas situaciones hubiera decidido echarse atrás...

Le costó mucho dormirse esa noche. Había quedado de acuerdo con Gheós en que partiría de madrugada rumbo a Aldénuri. Tenía mucha prisa por volver a casa. Al principio quería hacerlo en una sola jornada, pero Gheós se lo desaconsejó. No era prudente. Anochecía pronto y podía perderse en el mar...

4

Se levantó antes de que saliera el sol, incapaz de aguantar más tiempo en la cama, desayunó y, cuando llegó a la torre del homenaje del castillo de Eekklo, desde donde iba a emprender su vuelo de regreso, se encontró con un pequeño comité de despedida: Errien y su esposa, Gheós y el comandante de la guardia, que mandaba una escolta de honor. Gheós se adelantó a su encuentro y le entregó un envoltorio:

—¡Iván! Sabes que nuestro deseo sería acompañarte y escoltarte hasta el mismo Áldendor. Sin embargo, sabiendo que deseas llegar a tu casa lo antes posible, comprendemos que es mejor volver a tu tierra usando tu facultad de volar. Permítenos que, como señal de gratitud, te hagamos entrega de esta capa tejida con lana de Elúrr. Con ella podrás pernoctar al raso incluso en lo más crudo del invierno. Tanto si te cubren las estrellas con su suave luz, como si lo hace la lluvia o la fría nieve, esta manta te protegerá y te traerá el recuerdo de nuestros cálidos sentimientos de amistad.

—¡Gracias, muchas gracias a todos!

Iván agradeció muy de veras el presente, sobre todo por su valor simbólico, pero también por su utilidad: con él no necesitaría desviarse hasta Molievo esa noche, sino que podría dormir al raso con la mayor comodidad. Bastaría con buscar un lugar a salvo de posibles salteadores, lo cual sería sencillo en alguno de los islotes de la costa que ya conocía.

Gheós añadió aún, tendiéndole otro objeto:

—Y no te olvides del escudo. Anoche desperté al guarnicionero para pedirle que hiciera esta funda y, al saber para lo que era, ha trabajado con mucho gusto hasta hace un rato. Con estas correas podrás colgártelo de los hombros para llevarlo a la espalda sin que te estorbe... Por cierto, después de haberlo visto despacio, te confirmo lo que te adelanté ayer: es el escudo de Harran... ¡Y ahora, el de Iván de Aldénuri!

Iván, emocionado, se colgó a la espalda la bonita funda de piel con el escudo, que quedaba cómodamente sujeto y le permitía moverse con toda libertad. Después, Errien lo abrazó con fuerza, y Wendeleyah se despidió con un beso que hizo enrojecer a Iván, poco acostumbrado a muestras de afecto demasiado efusivas.

—¡Adiós, Iván! ¡Espero que nos volvamos a ver!

—Yo, también... Ojalá sea pronto.

—¡Hasta pronto, Iván! —lo despidió Gheós—. ¡Tendremos que seguir hablando...!

—¡Adiós, Gheós, hasta la vista! Por cierto..., me quedó por hacer una última pregunta: ¿hemos vencido a los thaurroks para siempre?

—¿Me preguntas si podrían volver en el futuro?

—Sí, eso es.

—No lo sé, Iván. Es difícil de decir... —Gheós se puso serio, como la noche anterior—. Me temo que dependerá en gran medida de la suerte que haya corrido Hugo Gorkhol: él es el heredero de los morghuks...

—¿Entonces, a lo mejor vuelve a empezar todo otra vez?

—Es imposible aventurarlo. Quizás vuestra victoria en el bosque les haya afectado... Pero no sabemos de qué modo o hasta qué punto...

Tras reflexionar unos instantes, Gheós volvió a hablar con seguridad:

—Pero no te preocupes, ¡tendremos siempre la luz!, no lo olvides. ¿Recuerdas el camino a Aldénuri?

—¡Sí, perfectamente! Hay que ir hacia aquella colina, desde donde veré el mar, y después seguir la costa hasta el cabo de Thun, y después...

—¡Muy bien! Ya veo que te acuerdas... Ahora, debes partir. ¡Tienes que aprovechar las horas de sol!

—Sí, ya me voy. ¡Muchas gracias por todo! ¡Adiós a todos, hasta pronto!

Aunque le había costado arrancarse, mientras se elevaba empezó a pensar: «¡A casa!, ¡vuelvo a casa!». Esta vez, a la luz del amanecer, no vio thaurroks furiosos corriendo por la aldea, sino calles tranquilas y silenciosas, en las que empezarían pronto a reparar los destrozos. La paz y el orden volvían a reinar en Eekklo y en todo el Errion-Thal.

5

El viento soplaba del este-nordeste, cosa poco habitual en el Errion-Thal y en toda la costa del mar de Enden hasta Aldénuri, donde predominaba por regla general el viento del noroeste. Esto favorecería a Iván en su viaje: podría volar a una velocidad dos y hasta tres veces superior a la que le era habitual. Además, el viento seco y límpido del este le permitiría disfrutar de la vista de paisajes lejanos con una gran nitidez.

El viento del este en verano era cálido y seco. En este tiempo otoñal era frío por la noche y suave de día. Ahora, de amanecida, todavía hacía frío. La escarcha cubría la hierba, y una tenue neblina parecía desperezarse sobre los campos. Al fondo, las omnipresentes montañas de Elúrr brillaban acariciadas por el sol.

Cuando alcanzó la colina, Iván se volvió para dirigir una última mirada hacia Eekklo. ¿Cuándo volvería? No podía saberlo. Quizás nunca más en su vida. Alzó la vista al frente, donde ya comenzaba a divisar el mar. Su casa y su familia lo esperaban en la costa frente a ese mismo mar, a unas cuantas leguas hacia el oeste…

En pocas horas —la mitad de las que hubiese necesitado sin la ayuda del viento del este—, alcanzó el islote donde había descubierto la guarida de Gorkhol. Al acercarse, le entró la comezón de echar un vistazo, por si descubría algo que le indicara qué había sido del morghuk y de su cómplice: no se había quedado del todo tranquilo con la desaparición de Hugo Gorkhol en Arkane. Era aún pronto para almorzar, así que resolvió desviarse para observar desde una distancia prudente.

Se acercó volando casi a ras de la superficie del mar, para evitar ser visto en caso de que aún hubiera alguien en el islote. Se encaminó hacia el norte, bordeando la isla por su lado más abrupto, el lado oeste, que era todo él un acantilado. No tardó en divisar la cala donde días atrás se encontraba fondeada la embarcación de

Hugo Gorkhol. Ahora estaba vacía. Aún no alcanzaba a ver la casa, que se confundía con el paisaje, semioculta en una cavidad. Continuó acercándose sin descuidar la vigilancia. Al doblar un saliente rocoso que parecía colgado sobre el mar, divisó la casa unos metros delante de él. No había señales de vida. El silencio era total, solo se oían las olas, que rompían a intervalos regulares contra la roca, y el chillido de alguna de las escasas gaviotas que sobrevolaban la isla.

Al ver que no parecía haber nadie, Iván decidió entrar.

Quizás en aquel escondite hubiera alguna pista de los planes de Gorkhol... Como en su anterior incursión, se asomó a la chimenea y comprobó que no estaba encendida. Tampoco oía ruido, así que bajó por el hueco y se posó en la misma habitación que había conocido aquel día.

Dentro hacía más frío que en el exterior y la humedad saturaba el ambiente, impregnado de aquel olor desagradable que contribuyó a traer a la memoria de Iván los acontecimientos de su anterior visita. El armario que le sirvió entonces de escondite ya no estaba. Una de las contraventanas se encontraba abierta y la luz del día entraba con fuerza suficiente para ver sin dificultad.

Había unos papiros tirados en una esquina de la habitación, pero no les prestó atención. Prefirió inspeccionar el resto de la casa. Después de escuchar atentamente sin oír ningún ruido, pasó a la habitación contigua y de esta a la siguiente. Seguía sin haber señales de vida, aunque se veía una gran cantidad de basura por los suelos.

Al cabo de un buen rato de registro, Iván se dio por satisfecho. Almorzaría algo y después reanudaría el viaje. Pero decidió comer fuera de aquel antro, donde olía tan mal que empezaba a sentir naúseas. Se encaminó hacia la habitación de la chimenea: lo más sencillo era volver a salir por ahí, pues las puertas estaban aseguradas, y la anterior salida por la ventana no le había dejado un buen recuerdo.

Cuando se agachaba para entrar en la chimenea, reparó de nuevo en los papiros que había tirados por el suelo y volvió sobre sus pasos para asegurarse de no dejar atrás algún indicio importante del paradero de Gorkhol.

Al recogerlos, vio que eran dos mapas, llenos de nombres que jamás había oído: Lándemark, Passamar, Ethuria, Hérrendurg, Ghundermont, Errotz, Anthoaïn…

Desde que Gheós le enseñó a interpretarlos, Iván sentía fascinación por los mapas. Su imaginación volaba mientras detenía su vista en un punto que señalaba una aldea, una montaña u otro accidente geográfico, y el hecho de tratarse de lugares desconocidos acrecentaba aún más su interés. Dobló cuidadosamente ambos pliegos para guardarlos en el zurrón y salió al aire libre, reprimiendo una arcada.

La luminosidad del día y la limpieza del aire contrastaban con la sucia lobreguez del refugio de Hugo Gorkhol. Aspiró una honda bocanada de aire y se elevó despacio hasta alcanzar el punto culminante del islote, desde donde podía dominar la mayor parte de su extensión. En la cumbre azotaba un viento recio, que lo obligó a buscar reparo en una abertura de la roca.

En Eekklo le habían preparado un buen trozo de queso del Alto Errion para el almuerzo. Al abrir el zurrón y ver los mapas, los sacó de nuevo, para estudiarlos mientras comía. Absorto en las cadenas montañosas, valles, ríos y aldeas de aquellas lejanas tierras, se le fue pasando el tiempo casi sin sentir: ni siquiera recordaba haberse comido el queso. Si por la mañana había llegado a pensar que, con el viento a favor, quizás lograría alcanzar las costas de Aldénuri en un solo día, ya no cabía duda de que no iba a ser posible. Se puso en marcha acuciado por una repentina prisa, y de mal humor por la estúpida pérdida de tiempo…

El viento soplaba aún con la misma dirección de la mañana, y esto le seguía favoreciendo. A partir de ahora sobrevolaría ya un territorio desconocido para él: la costa de Nielsko, más abrupta y rocosa que la que dejaba atrás. No había playas. La costa era alta y terminaba en acantilados de granito que caían verticalmente sobre el mar. Había gaviotas revoloteando por doquier. Hacia el interior, se divisaban en el horizonte unas majestuosas montañas: las Dalko.

Poco después, Iván se sorprendió al ver el magnífico espectáculo que se presentaba ante sus ojos: ¡sin duda, aquel debía de ser el cabo de Thun! Una mole granítica piramidal que se elevaba desde el mar hasta una altura no inferior a los mil metros. Miles y miles de gaviotas sobrevolaban a su alrededor. Le costó un gran esfuerzo ascender hasta la cumbre de tan formidable accidente geográfico, pero prefirió hacerlo así, en lugar de rodear el inmenso peñasco entre fuertes ráfagas de viento que podrían arrojarlo contra las afiladas rocas.

Una vez en lo alto, la transparencia de la atmósfera le permitió divisar sin dificultad todo el sistema de las Dalko, donde habían caído ya las primeras nieves del otoño sobre la nieve vieja que había resistido el paso del verano. Mucho más cerca, en la meseta entre el mar y las montañas, se llegaba a vislumbrar una gran aldea sobre un alto promontorio: Molievo, sin duda. Portaba una carta de Gheós con la que podía presentarse en la aldea y ser bien atendido. Sin embargo, Iván decidió no desviarse hasta allí. Durante las dos horas de luz que calculó que quedaban, podía recorrer aún unas leguas que le parecieron preciosas. Además, así probaría a dormir a la intemperie con la capa que le regalaron en Eekklo. Sería la mejor manera de estrenarla.

Por el otro lado del cabo de Thun, la masa de granito descendía de forma tan abrupta sobre el mar como había ascendido por la cara este. La costa seguía siendo muy rocosa, con puntas afiladas que, con seguridad, constituirían el terror de los marinos. Aquí probablemente los kerren no podrían hacer incursiones como en Aldénuri.

Durante un buen trecho, el paisaje mostró un aspecto muy uniforme, que a Iván se le antojó monótono: costas rocosas y praderas con escaso arbolado. Lejos del mar, hacia el interior, de vez en cuando se divisaba alguna aldea, pero por lo general la distancia no permitía hacerse una idea cabal de su aspecto.

Unas cuantas leguas más hacia el oeste, cuando ya comenzaba a oscurecer, descubrió una casa-fortaleza rodeada de casas más pequeñas dentro del mismo recinto amurallado. Debía de tratarse de una de aquellas granjas de las que Gheós le había hablado. Iván no sabía a qué tipo de gente pertenecería aquel asentamiento, pero tampoco se interesó mucho en averiguarlo: lo que le importaba a esas horas era adelantar lo más posible rumbo a Aldénuri.

No fue difícil localizar un lugar seguro donde dormir, antes de que anocheciera. En la costa, encima de una gran peña aislada, inaccesible para cualquiera que no pudiera volar, encontró una oquedad de tamaño suficiente, con suelo de tierra, donde podría descansar sin peligro aquella noche, cubierto con la capa de Eekklo. Se tumbó para probar la dureza del suelo, se cubrió con la capa y, antes de haber decidido si el lugar era adecuado o no, dormía ya profundamente.

6

Lo despertaron los tibios rayos del sol acariciándole en la cara. Había amanecido hacía ya algún tiempo y el cielo continuaba despejado. Sin embargo, los campos estaban aún cubiertos de escarcha y el frío era notable. En la peña, por la cercanía del mar, la escarcha se alternaba con finas gotas de rocío sobre la capa de Eekklo. Iván había dormido como un lirón sin sentir frío en toda la noche. Había sido un sueño reparador, del que despertó con muchas ganas de acometer la etapa final de su viaje. Era tal el ansia por regresar a Aldénuri que hasta olvidó desayunar. O al menos no quiso perder el tiempo en desayunar... Se lavó la cara en el mar y continuó el viaje a casa...

El viento había rolado al norte. Esto no le ayudaría en absoluto, pues en esta última etapa del viaje debía volar precisamente en esa dirección. Por fortuna, era un viento flojo. Calculó que, si todo iba bien, podría llegar hacia el mediodía. Poco a poco el paisaje fue haciéndose más familiar.

Pronto comenzó a reconocer en la lejanía montañas cuya silueta conocía por haber pasado cerca en alguno de sus viajes con su padre o con el tío Lánder. Al saberse en terreno conocido, decidió abandonar la costa y continuar por el interior. De esta manera acortaría un buen trecho.

Se emocionó mucho cuando descubrió, oculta en el bosque, la torre de vigía del Fhárendain. Junto a otra torre igual, no lejos de allí, había intentado salir Helder en busca de ayuda..., pero, claro, eso él ahora no podía saberlo. Le bastó reconocer el límite del territorio del Áldendor para que el corazón le diera un vuelco: ¡estaba llegando a casa! Volaba muy bajo, casi rozando las copas de los árboles, para evitar ser visto por los vigías.

Afortunadamente, los guardias de las lindes no lo vieron pasar. De lo contrario, habrían hecho sonar el cuerno de guerra, pues desconocían que un muchacho de Aldénuri fuera capaz de volar y, sin duda, se habrían alarmado.

La mañana avanzaba e Iván iba acercándose a su hogar al ritmo previsto, pues el viento, aunque contrario, no pasaba de ser una leve brisa del norte. Desde luego, hacía más frío que en los días anteriores, pero ya nada le importaba con tal de llegar pronto.

Aunque no seguía la línea costera para guiarse, podía orientarse a la perfección por la gran familiaridad que tenía con las montañas circundantes: ahí estaba el Thanegh, de casi dos mil metros de altitud; el Beltz, de dos mil quinientos, y el omnipresente Léhiandär, que, con sus más de tres mil metros, era el techo del Áldendor, visible desde cualquier punto del territorio.

Según los cálculos de Iván, de seguir a ese ritmo sin contratiempos, llegaría a comer a su casa. El mero hecho de pensarlo le hizo sentir un escalofrío. No volaba muy alto, continuaba a solo un par de metros por encima de las copas de los árboles. Prefería que nadie lo viera hasta llegar a casa.

Ya casi no se fijaba en el paisaje. Estaba un poco nervioso y solo tenía un pensamiento: ¿qué cara pondrían sus padres cuando lo vieran? ¿Y sus hermanos? ¿Estaría el tío Lánder, o habría regresado ya a Érdain? ¿Lo darían por muerto? Todas esas preguntas, que habían quedado en suspenso durante los días vividos intensamente en el Errion-Thal, afloraban ahora.

Estaba ya muy cerca. Podía ver la colina de Méndihan: detrás de ella estaba la colina de Illúnn, y allí su casa. Paradójicamente, ahora que estaba tan cerca, le parecía que avanzaba con una lentitud exasperante, tales eran sus ganas de llegar y de abrazar a sus padres y hermanos.

7

La familia de Iván acababa de sentarse para almorzar.

Ferrio bendijo la mesa y empezaron a comer en silencio.

Ni él ni Ana habían perdido aún la esperanza de recuperar con vida a su hijo, pero el sufrimiento que venían soportando, agravado por el lento sucederse de los días sin noticias de Iván, iba minándolos visiblemente.

Las risas en casa habían pasado a ser cada vez menos frecuentes, hasta casi desaparecer, incluso entre los pequeños. Por eso el tío Lánder había preferido quedarse todo aquel tiempo: quería ayudar en lo que pudiera a levantar los ánimos.

Acababan de servirse el primer plato cuando sonó un golpeteo apenas audible en una de las altas ventanas del comedor, un sonido similar al de la lluvia, pero muy breve. Magge, que estaba sentada junto a Kel y Enkel frente a la ventana, fue la única que lo oyó. Miró hacia allí y vio a su hermano, que golpeaba el vidrio:

—¡Es Iván! —dijo en voz alta.

Iván había intentado entrar por la puerta principal, pero desde hacía un tiempo Ana insistía en que la puerta quedara cerrada con llave mientras la familia se encontraba reunida en el comedor. Iván había hecho sonar la aldaba con fuerza, pero nadie parecía haber oído sus golpes. Entonces había volado hasta una de las ventanas del comedor, que estaban a unos cuatro o cinco metros sobre el suelo del jardín. Desde ahí podía ver a toda su familia sentada a la mesa. Comprobó que el tío Lánder seguía en Aldénuri, y se alegró, pues le tenía mucho afecto. Golpeó en el cristal y vio que ninguno prestaba la menor atención a su llamada.

Aunque Magge avisó a su manera de que Iván estaba en la ventana, no la tomaron en serio y, puesto que los ánimos no estaban muy altos, nadie hizo el menor comentario.

Iván volvió a golpear la ventana con los nudillos. Esta vez, además de Magge, también lo oyó Enkel, que miró hacia arriba y lo vio.

—¡¡Es verdad!! ¡¡Madre!! ¡¡Padre!! ¡¡¡Es Iván!!!

Ana, que deseaba con todas sus fuerzas que fuera verdad, miró hacia la ventana sin alcanzar a ver nada, quizás porque tenía los ojos arrasados en lágrimas desde la intervención de Magge. A pesar de todo, una fuerza irresistible le hizo levantarse de la mesa y correr hacia el jardín, con el corazón a punto de estallar. Todos la siguieron.

Ana corrió más que nadie. Cuando Ferrio llegó al jardín, encontró a su mujer y a su hijo fundidos en un abrazo que hablaba por sí solo. Ana lloraba de alegría y a Iván la emoción le impedía articular palabra.

—¡¡Iván!! ¡¡Iván de mi vida!! ¡¡Estás aquí!! —repetía Ana una y otra vez.

Ferrio corrió también hacia ellos y abrazó a los dos juntos, casi levantándolos del suelo.

El tío Lánder, Atania y los niños reían, lloraban, cantaban, bailoteaban desbordantes de alegría. Solo Magge, a quien habían ocultado la verdad de los acontecimientos, estaba un tanto sorprendida de ver que al principio nadie le hacía caso, cuando anunciaba la llegada de Iván, y poco después todos parecían volverse locos.

Cuando se serenaron un poco, regresaron al comedor y volvieron a ocupar sus lugares. Ana, sentada enfrente de Iván, no hacía más que mirarlo, como si temiera que volviese a desaparecer si lo perdía de vista un instante.

Todos deseaban conocer cómo habían sido los días de cautiverio de Iván. Como solía ocurrir, fue Enkel quien rompió el fuego:

—¡Iván! ¿Qué tal son los kerren? ¿Te han dado bien de comer?

—¿Los kerren? ¡Ah, sí! ¡Casi los había olvidado! Es que me escapé del barco a los dos días de su venida, ¿sabes? Nos atacaron unos monstruos marinos que partieron el skerrag en el que viajaba y…

Iván empezó el relato de sus peripecias desde que se había despertado en el camarote del skerrag. Al oír que se había escapado tan pronto, Ferrio miró significativamente a Lánder, que masculló por lo bajo:

—¡Malditos piratas sin honor!

Pero los niños en ese momento seguían boquiabiertos la descripción del ataque de los krilden, y no lo oyeron. Cuando Iván les contó su llegada al Errion-Thal, Enkel, mirando al tío Lánder, dijo inocentemente:

—¡Así que era verdad lo del Errion-Thal!

El tío Lánder le lanzó una mirada con la que desaprobaba ofendido su incredulidad, pero no dijo nada.

Otro tanto ocurrió al mencionar a los thaurroks. Esta vez fue Kel quien interrumpió el relato:

—¡¿Thaurroks...?!

—Sí... —confirmó Iván—. ¿También os ha hablado el tío Lánder de ellos?

—¡Sí, también! ¿Son tan terribles como dice?

—No sé cómo dice el tío Lánder que son, pero seguro que mucho peores...

Iván se quedó un momento como perdido en sus recuerdos, y a todos les impresionó ver que inconscientemente cambiaba de expresión, como si se hubiera hecho mayor de repente, pero enseguida se repuso y continuó narrando todas sus aventuras en el Alto Errion-Thal y en Eekklo, su primer encuentro con Hugo Gorkhol y, por fin, su extraña incursión en el bosque de Arkane.

Ni el tío Lánder había logrado jamás un éxito así. Salvo algún ocasional murmullo de los gemelos, o un contenido grito de horror de Ruth al hilo de la historia —por ejemplo, cuando apareció por segunda vez Hugo Gorkhol—, no se oía más sonido que su voz en el comedor. Todos estaban prendidos de sus palabras, excepto la pequeña Magge, que, una vez más, se quedó pronto dormida en brazos de su madre. Así resultó mucho mejor, pues se habría asustado con algunas de las explicaciones.

Cuando Iván acabó, ya estaba atardeciendo.

Atania, que se había quedado en la puerta, con un trapo en la mano, al principio de la narración, se dio cuenta entonces de que aún sostenía el trapo y la mesa estaba sin recoger. Como en trance, empezó a apilar los platos, moviendo la cabeza y murmurando algo para sí misma. Ana se levantó a ayudarla, dejando a Magge, de nuevo despierta, en el suelo, y los niños corrieron al jardín. Kel y Enkel perseguían a Ruth, diciendo con voz ronca: «¡Somos thaurroks, prepárate!».

Iván se acordó entonces de algo:

—¡Ah! Padre, tío Lánder, esperad: tengo algo que enseñaros.

Fue un momento a la puerta y volvió enseguida con el escudo, que entregó a Ferrio, y el zurrón, de donde sacó los mapas para Lánder. Mientras Ferrio contemplaba con reverencia el escudo de sus antepasados, Lánder le preguntó de dónde había sacado esos mapas. Iván le contó entonces la última visita a la guarida de Gorkhol en el islote.

El tío Lánder estudiaba minuciosamente los mapas, mientras fumaba su pipa, e Iván lo observaba desde detrás con atención. Aunque no dijo nada, había reconocido el territorio representado en los mapas, y eso no le había producido ninguna alegría. Al contrario, sus ojos reflejaban cierta preocupación, que se esforzó por disimular.

Tenía en sus manos dos mapas que, en realidad, eran uno solo, pues representaban las dos mitades de un mismo país. Se trataba del este y el oeste de Kerrenia.

Sin llegar al conocimiento que el sabio Gheós tenía de la geografía y de la historia de los pueblos del mar de Enden, Lánder de Érdain había acumulado a lo largo de su vida una vasta erudición. La suficiente para saber a ciencia cierta, después de la narración de Iván, que Hugo Gorkhol era un ser temible.

Ese oscuro personaje —que, por cierto, había abandonado la casa de Aldénuri con su familia en los días en que los kerren se llevaron a Iván—, después de preparar minuciosamente el regreso de los thaurroks al Errion-Thal, se había visto derrotado por un muchacho que era, además, hijo de Ferrio de Aldénuri, la persona a la que Hugo Gorkhol más detestaba. Todo hacía temer que buscaría venganza. Por eso, a la vista de los mapas, Lánder sospechó que se encontraría en algún lugar de Kerrenia tramando sus planes para desquitarse de la victoria de Iván.

Y tenía razón. Sin embargo, estos oscuros presagios, que se guardó muy bien de comunicar a nadie por el momento, tardarían aún en verse confirmados por los hechos.

Quedaba pendiente también la recuperación del rescate exigido de manera fraudulenta por los kerren, y que Aldénuri había entregado con tanto sacrificio. Pero todo esto habrá que dejarlo para una próxima historia…

Baste decir por ahora que en Aldénuri hubo una gran fiesta para celebrar el regreso de Iván. Todos, chicos y grandes, se alegraron muy de veras de verlo de nuevo entre ellos sano y salvo, en especial sus amigos Léirenn y Hure. Y en medio de aquella alegría, y de la normalidad que vino después, Iván llegó a tener la extraña sensación de que sus recientes aventuras pertenecían a un pasado muy muy lejano…

ÍNDICE DE NOMBRES Y GLOSARIO

A continuación encontrarás una lista de los principales personajes, lugares y criaturas que aparecen en esta historia:

PERSONAJES

IVÁN DE ALDÉNURI: joven protagonista.
FERRIO: padre de Iván.
ANA: madre de Iván.
KEL: hermano de Iván. Gemelo de Enkel.
ENKEL: hermano de Iván. Gemelo de Kel.
RUTH: hermana de Iván.
MAGGE: hermana menor de Iván.
LÁNDER: tío abuelo de Iván. Tío paterno de Ana.
LÉIRENN: amiga y vecina de Iván. Hermana de Hure.
HURE: amigo y vecino de Iván. Hermano de Léirenn.
HARK: Esposo de Eider. Padre de Léirenn, Hure y Anthe.
EIDER: Esposa de Hark. Madre de Léirenn, Hure y Anthe.
ANTHE: hermano pequeño de Léirenn y Hure.
HELDER: thaine de Aldénuri.
HUGO GORKHOL: extraño personaje ajeno a Aldénuri y que vive en la aldea.
ELGGA: esposa de Gorkhol.
JAN URGULL: farero de Aldénuri.
ARAN DE INNEN: vocal de Aldénuri.
WARKO: hijo mayor de Aran de Innen.
GHEÓS: venerable y sabio anciano de Eekklo.
GHULDEN: señor de la casa de Fenndor, en el Errion-Th al. Padre de Astuur.

ASTUUR: hijo de Ghulden. Amigo de Iván.
ATH: médico de Aldénuri.
MOKKE: colaborador de Gorkhol.
INGHARR: corpulento y fiel soldado de Eekklo.
ERRIEN: thaine de Eekklo.
HARRAN: personaje casi legendario, antepasado de Iván. Fue el Bèrehor mientras vivió.
BÉRIODUN: personaje casi legendario, antepasado de Iván.

LUGARES

ALDÉNURI: aldea natal del protagonista de esta saga.
ÁLDENDOR: territorio o país al que pertenece Aldénuri.
ERRION-THAL: península cercana al Áldendor y de donde proceden sus habitantes.
ARKANE: bosque al sur del Errion-Th al donde los morghuks habitaron du rante siglos desde tiempos inmemoriales.
NIELSKO: territorio entre el Áldendor y el Errion-Thal.
NIÉLSKOVAR: idioma de Nielsko, de raíz distinta al idioma del Áldendor o aldenórico.
KERRENIA: territorio de los kerren.
KÉLDORÁIN: estrecho y peligroso paso marino por el que se accede a la costa de Aldénuri.
FHÁRENDAIN: puesto fronterizo vigilado al sureste del Áldendor.
ÉRDAIN: aldea al suroeste del Áldendor, de la que es originario Lánder. Por extensión, se llaman «de Érdain» a las montañas vecinas.

NOMBRES COMUNES

ÁLDENOR: natural del Áldendor.
KERREN: pueblo guerrero y marino del norte.
MORGHUK: pueblo maligno y hostil.
EEKKLO: aldea principal del Errion-Thal.
FENNDOR: casa fuerte del sur del Errion-Thal, donde viven Ghulden y su hijo Astuur.
SKERRAG: nave kerrénica caracterizada por su insuperable versatilidad y velocidad en mar abierto.
THAINE: en el Áldendor, personaje en quien recae el gobierno de cada aldea.
SUKKÔTS: vieja bebida típica de las grandes ocasiones en Aldénuri.
URKKÔTS: vieja bebida típica de las grandes ocasiones en el Errion-Th al. Debía beberse en el interior de un cuerno de uro.

CRIATURAS

THAURROKS: animales de tamaño colosal, con cuerpo similar al de un lagarto. Su aspecto es monstruoso y su agresividad no tiene parangón. Se caracterizan por su dura piel, que los hace invulnerables, salvo en los ojos, el cuello y el talón. Se distinguen por su cabeza, de aspecto semejante a la de un toro.

KRILDEN: cefalópodos frecuentes en el mar de Enden. A menudo atacan a flotas enteras de barcos a los que fácilmente consiguen hundir.

GRAZKOS: especie de córvido abundante en el pasado, del que se conservan algunos ejemplares en el corazón del bosque de Arkane.